KB113288

무진기행

무진기행

김승옥 지음

더클래식

무진기행(霧津紀行)

무진으로 가는 버스

버스가 산모퉁이를 돌아갈 때 나는 '무진 Mujin 10km'라는 이 정비(里程碑)를 보았다. 그것은 옛날과 똑같은 모습으로 길가의 잡 초 속에서 튀어나와 있었다. 내 뒷좌석에 앉아 있는 사람들 사이 에서 다시 시작된 대화를 나는 들었다. "앞으로 10킬로 남았군요." "예, 한 30분 후에 도착할 겁니다." 그들은 농사 관계의 시찰원들 인 듯했다. 아니 그렇지 않은지도 모른다. 그러나 하여튼 그들은 색 무늬 있는 반소매 셔츠를 입고 있었고 데드롱 직(織)의 바지를 입었고 지나쳐오는 마을과 들과 산에서 아마 농사 관계의 전문가 들이 아니면 할 수 없는 관찰을 했고 그것을 전문적인 용어로 얘 기하고 있었다. 광주에서 기차를 내려서 버스로 갈아탄 이래, 나 는 그들이 시골 사람들답지 않게 낮은 목소리로 점잖을 빼면서 얘기하는 것을 반수면 상태 속에서 듣고 있었다. 버스 안의 좌석들은 많이 비어 있었다. 그 시찰원들의 대화에 의하면 농번기이기 때문에 사람들이 여행을 할 틈이 없어서라는 것이었다. "무진엔 명산물이…… 뭐 별로 없지요?" 그들은 대화를 계속하고 있었다. "별게 없지요. 그러면서도 그렇게 많은 사람들이 살고 있다는 건 좀 이상스럽거든요." "바다가 가까이 있으니 항구로 발전할 수도 있었을 텐데요?" "가보시면 아시겠지만 그럴 조건이 되어 있는 것도 아닙니다. 수심이 얕은 데다가 그런 얕은 바다를 몇백 리나 밖으로 나가야만 비로소 수평선이 보이는 진짜 바다다운 바다가 나오는 곳이니까요." "그럼 역시 농촌이군요." "그렇지만 이렇다 할 평야가 있는 것도 아닙니다." "그럼 그 오륙만이 되는 인구가 어떻게들 살아가나요?" "그러니까 그럭저럭이란 말이 있는 게 아닙니까?" 그들은 점잖게 소리 내어 웃었다. "원, 아무리 그렇지만 한 고장에 명산물 하나쯤은 있어야지." 웃음 끝에 한 사람이 말하고 있었다.

무진에 명산물이 없는 게 아니다. 나는 그것이 무엇인지 알고 있다. 그것은 안개다. 아침에 잠자리에서 일어나서 밖으로 나오면, 밤사이에 진주해온 적군들처럼 안개가 무진을 뺑 둘러싸고 있는 것이었다. 무진을 둘러싸고 있던 산들도 안개에 의하여 보이지 않는 먼 곳으로 유배당해버리고 없었다. 안개는 마치 이승에 한이 있어서 매일 밤 찾아오는 여귀(女鬼)가 뿜어내놓은 입김과 같았다. 해가 떠오르고, 바람이 바다 쪽에서 방향을 바꾸어 불어오기 전에는 사람들의 힘으로써는 그것을 헤쳐버릴 수가 없었다. 손으로 잡을 수 없으면서도 그것은 뚜렷이 존재했고 사람들을 둘러쌌고 먼 곳에 있는 것으로부터 사람들을 떼어놓았다. 안개, 무진의 안개, 무진의 아침에 사람들이 만나는 안개, 사람들로 하여금 해를, 바람을 간절히 부르게 하는 무진의 안개, 그것이 무진의 명산물이 아닐 수 있을까!

버스의 덜커덩거림이 좀 덜해졌다. 버스의 덜커덩거림이 더하고 덜하는 것을 나는 턱으로 느끼고 있었다. 나는 몸에서 힘을 빼고 있었으므로 버스가 자갈이 깔린 시골길을 달려오고 있는 동안 내 턱은 버스가 껑충거리는 데 따라서 함께 덜그럭거리고 있었다. 턱이 덜그럭거릴 정도로 몸에서 힘을 빼고 버스를 타고 있으면, 긴장해서 버스를 타고 있을 때보다 피로가 더욱 심해진다는 것을 알고 있었지만 그러나 열려진 차창으로 들어와서 나의 밖으로 드러난 살갗을 사정없이 간지럽히고 불어가는 6월의 바람이 나를 반수면 상태로 끌어넣었기 때문에 나는 힘을 주고 있을 수가 없었다. 바람은 무수히 작은 입자로 되어 있고 그 입자들은 할 수 있는 한, 욕심껏 수면제를 품고 있는 것처럼 내게는 생각되었다. 그 바람 속에는 신선한 햇살과 아직 사람들의 땀에 밴 살갗을 스쳐보지 않았다는 천진스러운 저온(低溫), 그리고 지금 버스가 달리고 있는 길을 에워싸며 버스를 향하여 달려오고 있는 산줄기의 저편에 바다가 있다는 것을 알리는 소금기, 그런 것들이 이상스레 한데 어울리면서 녹아 있었다. 햇빛의 신선한 밝음과 살갗에 탄력을 주는 정도의 공기의 저온, 그리고 해풍에 섞여 있는 정도의 소금기, 이 세

10

가지만 합성해서 수면제를 만들어낼 수 있다면 그것은 이 지상에 있는 모든 약방의 진열장 안에 있는 어떠한 약보다도 가장 상쾌한 약이 될 것이고 그리고 나는 이 세계에서 가장 돈 잘 버는 제약회사의 전무님이 될 것이다. 왜냐하면 사람들은 누구나 조용히 잠들고 싶어 하고 조용히 잠든다는 것은 상쾌한 일이기 때문이다.

그런 생각을 하자 나는 쓴웃음이 나왔다. 동시에 무진이 가까웠다는 것이 더욱 실감되었다. 무진에 오기만 하면 내가 하는 생각이란 항상 그렇게 엉뚱한 공상들이었고 뒤죽박죽이었던 것이다. 다른 어느 곳에서도 하지 않았던 엉뚱한 생각을, 나는 무진에서는 아무런 부끄럼 없이, 거침없이 해내곤 했었던 것이다. 아니 무진에서는 내가 무엇을 생각하고 어쩌고 하는 게 아니라 어떤 생각들이 나의 밖에서 제멋대로 이루어진 뒤 나의 머릿속으로 밀고 들어오는 듯했었다.

"당신 안색이 아주 나빠져서 큰일났어요. 어머님의 산소에 다녀온다는 핑계를 대고 무진에 며칠 동안 계시다가 오세요. 주주총회에서의 일은 아버지하고 저하고 다 꾸며놓을께요. 당신은 오랜만에 신선한 공기를 쐬고 그리고 돌아와보면 대회생제약회사의 전무님이 되어 있을 게 아니에요?"라고, 며칠 전날 밤, 아내가 나의 파자마 깃을 손가락으로 만지작거리며 나에게 진심에서 나온 권유를 했을 때도, 가기 싫은 심부름을 억지로 갈 때 아이들이 불평을 하듯이 내가 몇 마디 입안엣소리로 투덜댄 것도, 무진에서는 항상 자신을 상실하지 않을 수 없었던 과거의 경험에 의한 조건반사

였었다.

내가 좀 나이가 든 뒤로 무진에 간 것은 몇 차례 되지 않았지만
그 몇 차례 되지 않은 무진행이 그러나 그때마다 내게는 서울에서
의 실패로부터 도망해야 할 때거나 하여튼 무언가 새 출발이 필요
할 때였었다. 새 출발이 필요할 때 무진으로 간다는 그것은 우연이
결코 아니었고 그렇다고 무진에 가면 내게 새로운 용기라든가 새
로운 계획이 술술 나오기 때문도 아니었었다. 오히려 무진에서의
나는 항상 처박혀 있는 상태였었다. 더러운 옷차림과 누우런 얼굴
로 나는 항상 골방 안에서 뒹굴었다. 내가 깨어 있을 때는 수없이
많은 시간의 대열이 멍하니 서 있는 나를 비웃으며 흘러가고 있었
고, 내가 잠들어 있을 때는 긴긴 악몽들이 거꾸러져 있는 나에게 혹
독한 채찍질을 하였다. 나의 무진에 대한 연상의 대부분은 나를 돌
봐주고 있는 노인들에 대하여 신경질을 부리던 것과 골방 안에서
의 공상과 불면을 쫓아보려고 행하던 수음(手淫)과 곧잘 편도선을
붓게 하던 독한 담배꽁초와 우편배달부를 기다리던 초조함 따위거
나 그것들에 관련된 어떤 행위들이었었다. 물론 그것들만 연상되
었던 것은 아니다. 서울의 어느 거리에서고 나의 청각이 문득 외부
로 향하면 무자비하게 쏟아져 들어오는 소음에 비틀거릴 때거나,
밤늦게 신당동 집 앞의 포장된 골목을 자동차로 올라갈 때, 나는 물
이 가득한 강물이 흐르고 잔디로 덮인 방죽이 시오 리 밖의 바닷가
까지 뻗어나가 있고 작은 숲이 있고 다리가 많고 골목이 많고 흙담
이 많고 높은 포플러가 에워싼 운동장을 가진 학교들이 있고 바닷

12

가에서 주워온 까만 자갈이 깔린 뜰을 가진 사무소들이 있고 대로 만든 와상(臥床)이 밤거리에 나앉아 있는 시골을 생각했고, 그것은 무진이었다. 문득 한적이 그리울 때도 나는 무진을 생각했었다. 그 러나 그럴 때의 무진은 내가 관념 속에서 그리고 있는 어느 아늑한 장소일 뿐이지 거기엔 사람들이 살고 있지 않았다. 무진이라고 하 면 그것에의 연상은 아무래도 어둡던 나의 청년이었다.

그렇다고 무진에의 연상이 꼬리처럼 항상 나를 따라다녔다는 것은 아니다. 차라리, 나의 어둡던 세월이 일단 지나가버린 지금은 나는 거의 항상 무진을 잊고 있었던 편이다. 어제저녁 서울역에서 기차를 탈 때에도, 물론 전송 나온 아내와 회사 직원 몇 사람에게 일러둘 말이 너무 많아서 거기에 정신이 쏠려 있던 탓도 있었겠지 만, 하여튼 나는 무진에 대한 그 어두운 기억들이 그다지 실감나게 되살아오지는 않았다. 그런데 오늘 이른 아침, 광주에서 기차를 내 려서 역구내를 빠져나올 때 내가 본 한 미친 여자가 그 어두운 기 억들을 홱 잡아 끌어당겨서 내 앞에 던져주었다. 그 미친 여자는 나일론의 치마저고리를 맵시 있게 입고 있었고 팔에는 시절에 맞 추어 고른 듯한 핸드백도 걸치고 있었다. 얼굴도 예쁜 편이고 화장 이 화려했다. 그 여자가 미친 사람이라는 것을 알 수 있는 것은 쉬 임 없이 굴리고 있는 눈동자와 그 여자를 에워싸고 서서 선하품을 하며 그 여자를 놀려대고 있는 구두닦이 아이들 때문이었다. "공 부를 많이 해서 돌아버렸대." "아냐, 남자한테서 채여서야." "저 여 자 미국말도 참 잘한다. 물어볼까?" 아이들은 그런 얘기를 높은 목소리로 하고 있었다. 좀 나이가 든 여드름쟁이 구두닦이 하나는 그 여자의 젖가슴을 손가락으로 집적거렸고 그럴 때마다 그 여자는 여전히 무표정한 얼굴로 비명만 지르고 있었다. 그 여자의 비명이, 옛날 내가 무진의 골방 속에서 쓴 일기의 한 구절을 문득 생각나게 한 것이었다.

그때는 어머니가 살아 계실 때였다. 6·25 사변으로 대학의 강의가 중단되었기 때문에 서울을 떠나는 마지막 기차를 놓친 나는 서울에서 무진까지의 천여 리 길을 발가락이 몇 번이고 불어터지도록 걸어서 내려왔고, 어머니에 의해서 골방에 처박혀졌고 의용군의 징발도 그 후의 국군의 징병도 모두 기피해버리고 있었었다. 내가 졸업한 무진의 중학교의 상급반 학생들이 무명지에 붕대를 감고 '이 몸이 죽어서 나라가 산다면……'을 부르며 읍 광장에 서 있는 트럭들로 행진해가서 그 트럭들에 올라타고 일선으로 떠날 때도 나는 골방 속에 쭈그리고 앉아서 그들의 행진이 집 앞을 지나가는 소리를 듣고만 있었다. 전선이 북쪽으로 올라가고 대학이 강의를 시작했다는 소식이 들려왔을 때도 나는 무진의 골방 속에 숨어 있었다. 모두가 나의 홀어머님 때문이었다. 모두가 전쟁터로 몰려갈 때 나는 내 어머니에게 몰려서 골방 속에 숨어서 수음을 하고 있었다. 이웃집 젊은이의 전사 통지가 오면 어머니는 내가 무사한 것을 기뻐했고, 이따금 일선의 친구에게서 군사 우편이 오기라도 하면 나 몰래 그것을 찢어버리곤 하였었다. 내가 골방보다는 전선을 택하고 싶어 해가는 것을 알고 있었기 때문이다. 그 무렵에 쓴 나의 일기장들은 그 후에 태워버려서 지금은 없지만, 모두가 스스로를 모멸하고 오욕을 웃으며 견디는 내용들이었다. '어머니, 혹시 제가 지금 미친다면 대강 다음과 같은 원인들 때문일 테니 그 점에 유의하셔서 저를 치료해보십시오……' 이러한 일기를 쓰던 때를, 이른 아침 역구내에서 본 미친 여자가 내 앞으로 끌어당겨주었던 것이다. 무진이 가까웠다는 것을 나는 그 미친 여자를 통하여 느꼈고 그리고 방금 지나친, 먼지를 둘러쓰고 잡초 속에서 튀어나와 있는 이정비를 통하여 실감했다.

"이번에 자네가 전무가 되는 건 틀림없는 거구, 그러니 자네 한 일주일 동안 시골에 내려가서 긴장을 풀고 푹 쉬었다가 오게. 전무님이 되면 책임이 더 무거워질 테니 말야." 아내와 장인 영감은 자신들은 알지 못하는 사이에 퍽 영리한 권유를 내게 한 셈이었다. 내가 긴장을 풀어버릴 수 있는, 아니 풀어버릴 수밖에 없는 곳을 무진으로 정해준 것은 대단히 영리한 짓이었다.

버스는 무진 읍내로 들어서고 있었다. 기와지붕들도 양철지붕들도 초가지붕들도 6월 하순의 강렬한 햇빛을 받고 모두 은빛으로 번쩍이고 있었다. 철공소에서 들리는 쇠망치 두드리는 소리가 잠깐 버스로 달려들었다가 물러났다. 어디선지 분뇨 냄새가 새어 들어왔고 병원 앞을 지날 때는 크레졸 냄새가 났고, 어느 상점의 스피커에서는 느려빠진 유행가가 흘러나왔다. 거리는 텅 비어 있었고 사람들은 처마 끝의 그늘에 쭈그리고 앉아 있었다. 어린아이들은 빨가벗고 기우뚱거리며 그늘 속을 걸어 다니고 있었다. 읍의 포장된 광장도 거의 텅 비어 있었다. 햇빛만이 눈부시게 그 광장 위에서 끓고 있었고 그 눈부신 햇살 속에서, 정적 속에서 개 두 마리가 혀를 빼물고 교미를 하고 있었다.

밤에 만난 사람들

저녁 식사를 하기 조금 전에 나는 낮잠에서 깨어나서 신문지국들이 몰려 있는 거리로 갔다. 이모님 댁에서는 신문을 구독하고 있지 않았다. 그렇지만 신문은, 도회인이 누구나 그렇듯이 이제 내 생활의 일부로서 내 하루의 시작과 끝을 맡아보고 있었던 것이다. 내가 찾아간 신문지국에 나는 이모님 댁의 주소와 약도를 그려주고 나왔다. 밖으로 나올 때 나는 내 등 뒤에서 지국 안에 있던 사람들이 그들끼리 무어라고 수군거리는 소리를 들었다. 아마 나를 알고 있는 사람들이었던 모양이다 "……그래애? 거만하게 생겼는데……." "……출세했다지?……." "……옛날…… 폐병……." 그런 속삭임 속에서, 나는 밖으로 나오면서 은근히 한마디를 기다리고 있었다. 그러나 결국 '안녕히 가십시오'는 나오지 않고 말았다. 그 것이 서울과의 차이점이었다. 그들은 이제 점점 수군거림의 소용돌이 속으로 끌려들어가고 있으리라. 자기 자신조차 잊어버리면서, 나중에 그 소용돌이 밖으로 내던져졌을 때 자기들이 느낄 공허감도 모른다는 듯이 수군거리고 또 수군거리고 있으리라. 바다가 있는 쪽에서 바람이 불어오고 있었다. 몇 시간 전에 버스에서 내릴 때보다 거리는 많이 번잡해졌다. 학생들이 학교에서 돌아오고 있었다. 그들은 책가방이 주체스러운 모양인지 그것을 뱅뱅 돌리기도 하며 어깨 너머로 넘겨 들기도 하며 두 손으로 꺼안기도 하며 혀끝에 침으로써 방울을 만들어서 그것을 입바람으로 훅 불어 날리곤 했다. 학교 선생들과 사무소의 직원들도 달그락거리는 빈 도시락을 들고 축 늘어져서 지나가고 있었다. 그러자 나는 이 모든 것이 장난처럼 생각되었다. 학교에 다닌다는 것, 학생들을 가르친다는 것, 사무소에 출근했다가 퇴근한다는 이 모든 것이 실없는 장난이라는 생각이 든 것이다. 사람들이 거기에 매달려서 끙끙댄다는 것이 우습게 생각되었다.

이모 댁으로 돌아와서 저녁을 먹고 있을 때, 나는 방문을 받았다. 박(朴)이라고 하는 무진중학교의 내 몇 해 후배였다. 한때 독서광이었던 나를 그 후배는 무척 존경하는 눈치였다. 그는 학생 시대에 이른바 문학 소년이었던 것이다. 미국의 작가인 피츠제럴드를 좋아한다고 하는 그 후배는 그러나 피츠제럴드의 팬답지 않게 아주 얌전하고 매사에 엄숙하였고 그리고 가난하였다. "신문지국에 있는 제 친구에게서 내려오셨다는 얘길 들었습니다. 웬일이십니까?" 그는 정말 반가워해주었다. "무진엔 왜 내가 못 올 덴가?" 그렇게 대답하며 나는 내 말투가 마음에 거슬렸다. "너무 오랫동안 오시지 않으니까 그러는 거죠. 제가 군대에서 막 제대했을 때 오시고 이번이 처음이시니까 벌써……." "벌써 한 4년 되는군." 4년 전 나는, 내가 경리의 일을 보고 있던 제약회사가 좀 더 큰 다른 회

사와 합병되는 바람에 일자리를 잃고 무진으로 내려왔던 것이다. 아니 단지 일자리를 잃었다는 이유만으로 서울을 떠났던 것은 아니다. 동거하고 있던 희(姬)만 그대로 내 곁에 있어주었던들 실의의 무진행은 없었으리라. "결혼하셨다더군요?" 박이 물었다. "흐응, 자넨?" "전 아직. 참, 좋은 데로 장가드셨다고들 하더군요." "그래? 자넨 왜 여태 결혼하지 않고 있나? 자네 금년에 어떻게 되지?" "스물아홉입니다." "스물아홉이라. 아홉수가 원래 사납다고 하데만. 금년엔 어떻게 해보지그래?" "글쎄요." 박은 소년처럼 머리를 긁었다. 4년 전이니까 그해의 내 나이가 스물아홉이었고, 희가 내 곁에서 달아나버릴 무렵에 지금 아내의 전남편이 죽었던 것이다. "무슨 나쁜 일이 있었던 건 아니겠죠?" 옛날의 내 무진행의 내용을 다소 알고 있는 박은 그렇게 물었다. "응, 아마 승진이 될 모양인데 며칠 휴가를 얻었지." "잘되셨군요. 해방 후의 무진중학 출신 중에선 형님이 제일 출세하셨다고들 하고 있어요." "내가?" 나는 웃었다. "예, 형님하고 형님 동기 중에서 조(趙) 횽하고요." "조라니, 나하고 친하게 지내던 애 말인가?" "예, 그 형이 재작년엔가 고등고시에 패스해서 지금 여기 세무서장으로 있거든요." "아, 그래?" "모르셨어요?" "서로 소식이 별로 없었지. 그 애가 옛날엔 여기 세무서에서 직원으로 있었지, 아마?" "예." "그거 잘됐군. 오늘 저녁엔 그 친구에게나 가볼까?" 친구 조는 키가 작았고 살결이 검은 편이었다. 그래서 키가 크고 살결이 창백한 나에게 열등감을 느낀다는 얘기를 내게 곧잘 했었다. '옛날에 손금이 나쁘다고 판단

받은 소년이 있었다. 그 소년은 자기의 손톱으로 손바닥에 좋은 손금을 파가며 열심히 일했다. 드디어 그 소년은 성공해서 잘살았다.' 조는 이런 얘기에 가장 감격하는 친구였다. "참, 자넨 요즘 뭘하고 있나?" 내가 박에게 물었다. 박은 얼굴을 붉히고 잠시 머뭇거리다가 모교에서 교편을 잡고 있다고, 그것이 무슨 잘못이라도 되는 것처럼 우물거리며 대답했다. "좋지 않아? 책 읽을 여유가 있으니까 얼마나 좋은가. 난 잡지 한 권 읽을 여유가 없네. 무얼 가르치고 있나?" 후배는 내 말에 용기를 얻었는지 아까보다는 조금 밝은 목소리로 대답했다. "국어를 가르치고 있습니다." "잘했어. 학교 측에서 보면 자네 같은 선생을 구하기도 힘들 거야." "그렇지도 않아요. 사범대학 출신들 때문에 교원자격고시 합격증 가지고 견디기가 힘들어요." "그게 또 그런가?" 박은 아무 말 없이 쓸쓸한 미소만 지어 보였다.

저녁 식사 후 우리는 술 한 잔씩을 마시고 나서 세무서장이 된 조의 집을 향하여 갔다. 거리는 어두컴컴했다. 다리를 건널 때 나는 냇가의 나무들이 어슴푸레하게 물속에 비쳐 있는 것을 보았다. 옛날 언젠가, 역시 이 다리를 밤중에 건너면서 나는 저 시커멓게 웅크리고 있는 나무들을 저주했었다. 금방 소리를 지르며 달려들 듯한 모습으로 나무들은 서 있었던 것이다. 세상에 나무가 없다면 얼마나 좋을까 하고 생각하기도 했었다. "모든 게 여전하군." 내가 말했다. "그럴까요?" 후배가 웅얼거리듯이 말했다.

조의 응접실에는 손님들이 네 사람 있었다. 나의 손을 아프도록 쥐고 흔들고 있는 조의 얼굴이 옛날보다 윤택해지고 살결도 많이 하얘진 것을 나는 보고 있었다. "어서 자리로 앉아라. 이거 원 누추해서…… 빨리 마누랄 얻어야겠는데……." 그러나 방은 결코 누추하지 않았다. "아니 아직 결혼 안 했나?" 내가 물었다. "법률책 좀 붙들고 앉아 있었더니 그렇게 돼버렸어. 어서 앉아." 나는 먼저 온 손님들에게 소개되었다. 세 사람은 남자로서 세무서 직원들이었고 한 사람은 여자로서 나와 함께 온 박과 무언가 얘기를 주고받고 있었다. "어어, 밀담들은 그만하시고, 하(河) 선생, 인사해요. 내 중학 동창인 윤희중이라는 친굽니다. 서울에 있는 큰 제약회사의 간사님이시고 이쪽은 우리 모교에 와 계시는 음악 선생님이시고. 하인숙 씨라고, 작년에 서울에서 음악대학을 나오신 분이지." "아, 그러세요. 같은 학교에 계시는군요?" 나는 박과 그 여선생을 번갈아 가리키며 여선생에게 말했다. "네." 여선생은 방긋 웃으며 대답했고 내 후배는 고개를 숙여버렸다. "고향이 무진이신가요?" "아네요. 발령이 이곳으로 났기 땜에 저 혼자 와 있는 거예요." 그 여자는 개성 있는 얼굴을 가지고 있었다. 윤곽은 갸름했고 눈이 컸고 얼굴색은 노리끼리했다. 전체로 보아서 병약한 느낌을 주고 있었지만 그러나 좀 높은 콧날과 두꺼운 입술이 병약하다는 인상을 버리도록 요구하고 있었다. 그리고 카랑카랑한 목소리가 코와 입이 주는 인상을 더욱 강하게 하고 있었다. "전공이 무엇이었던가요?" "성악 공부 좀 했어요." "그렇지만 하 선생님은 피아노도 아주 잘치십니다." 박이 곁에서 조심스런 목소리로 끼어들었다. 조도 거

20

들었다. "노래를 아주 잘하시지. 소프라노가 굉장하시거든." "아, 소프라노를 맡으시는가요?" 내가 물었다. "네, 졸업 연주회 땐 〈나비부인〉 중에서 〈어떤 개인 날〉을 불렀어요." 그 여자는 졸업 연주회를 그리워하고 있는 듯한 음성으로 말했다.

방바닥에는 비단 방석이 놓여 있고 그 위에는 화투짝이 흩어져 있었다. 무진(霧津)이다. 곧 입술을 태울 듯이 타들어가는 담배꽁초를 입에 물고 눈으로 들어오는 그 담배 연기 때문에 눈물을 찔끔거리며 눈을 가늘게 뜨고, 이미 정오가 가까운 시각에야 잠자리에서 일어나서 그날의 허황한 운수를 점쳐보던 그 화투짝이었다. 또는, 자신을 팽개치듯이 끼어들던 언젠가의 노름판, 그 노름판에서 나의 뜨거워져가는 머리와 떨리는 손가락만을 제외하곤 내 몸을 전연 느끼지 못하게 만들던 그 화투짝이었다. "화투가 있군, 화투가." 나는 한 장을 집어서 딱 소리가 나게 내려치고 다시 그것을 집어서 내려치고 또 집어서 내려치고 하며 중얼거렸다. "우리 돈내기 한판 하실까요?" 세무서 직원 중의 하나가 내게 말했다. 나는 싫었다. "다음 기회에 하지요." 세무서 직원들은 싱글싱글 웃었다. 조가 안으로 들어갔다가 나왔다. 잠시 후에 술상이 나왔다.

"여기엔 얼마쯤 있게 되나?" "일주일가량." "청첩장 한 장 없이 결혼해버리는 법이 어디 있어? 하기야 청첩장을 보냈더라도 그땐 내가 세무서에서 주판알 튕기고 있을 때니까 별수도 없었겠지만 말이다." "난 그랬지만 청첩장 보내야 한다." "염려 말아. 금년 안으로는 받아볼 수 있게 될 거다." 우리는 별로 거품이 일지 않는 맥주를 마셨다. "제약회사라면 그게 약 만드는 데 아닙니까?" "그렇죠." "평생 병 걸릴 염려는 없겠습니다그려." 굉장히 우스운 익살을 부렸다는 듯이 직원들은 방바닥을 치며 오랫동안 웃었다. "참 박 군, 학생들한테서 인기가 대단하더구먼. ……기껏 5분쯤 걸어오면 될 거리에 살면서 나한테 왜 통 놀러 오지 않았나?" "늘 생각은 하고 있었습니다만……." "저기 앉아 계시는 하 선생님한테서 자네 얘긴 늘 듣고 있었지. ……자, 하 선생 맥주는 술도 아니니까 한잔 들어봐요. 평소엔 그렇지도 않던데 오늘 저녁엔 왜 이렇게 얌전을 피우실까?" "네네, 거기 놓으세요. 제가 마시겠어요." "맥주는 좀 마셔봤지요?" "대학 다닐 때 친구들과 어울려서 방문을 안으로 잠가놓고 소주도 마셔본걸요." "이거 술꾼인 줄은 몰랐는데." "마시고 싶어서 마신 게 아니라 시험 삼아서 맛 좀 본 거예요." "그래서 맛이 어떻습디까?" "모르겠어요. 술잔을 입에서 떼자마자 쿨쿨 자버렸으니까요." 사람들이 웃었다. 박만이 억지로 웃는 듯한 웃음이었다. "내가 항상 생각하는 바지만, 하 선생님의 좋은 점은 바로 저기에 있거든. 될 수 있으면 얘기를 재미있게 하려고 한다는 점, 바로 그거야." "일부러 재미있게 하려고 하는 게 아녜요. 대학 다닐 때의 말버릇이에요." "아하, 그러고 보면 하 선생의 나쁜 점은 바로 저기 있어. '내가 대학 다닐 때'라는 말을 빼놓곤 얘기가 안 됩니까? 나처럼 대학엔 문전에도 가보지 못한 사람은 서러워서 살겠어요?" "죄송합니다아." "그럼 내게 사과하는 뜻에서 노래 한 곡 들려주시겠어요?" "그거 좋습니다." "좋지요."

"한번 들어봅시다." 사람들이 박수를 쳤다. 여선생은 머뭇거렸다. "서울 손님도 오고 했으니까…… 그 지난번에 부르던 거 참 좋습디다." 조는 재촉했다. "그럼 부릅니다." 여선생은 거의 무표정한 얼굴로 입을 조금만 달싹거리며 노래를 부르기 시작했다. 세무서 직원들이 손가락으로 술상을 두드리기 시작했다. 여선생은 〈목포의 눈물〉을 부르고 있었다. 〈어떤 개인 날〉과 〈목포의 눈물〉 사이에는 얼마큼의 유사성이 있을까? 무엇이 저 아리아들로써 길들여진 성대에서 유행가를 나오게 하고 있을까? 그 여자가 부르는 〈목포의 눈물〉에는 작부들이 부르는 그것에서 들을 수 있는 것과 같은 꺾임이 없었고, 대체로 유행가를 살려주는 목소리의 갈라짐이 없었고 흔히 유행가가 내용으로 하는 청승맞음이 없었다. 그 여자의 〈목포의 눈물〉은 이미 유행가가 아니었다. 그렇다고 〈나비부인〉 중의 아리아는 더욱 아니었다. 그것은 이전에는 없었던 어떤 새로운 양식의 노래였다. 그 양식은 유행가가 내용으로 하는 청승맞음과는 다른, 좀 더 무자비한 청승맞음을 포함하고 있었고 〈어떤 개인 날〉의 그 절규보다도 훨씬 높은 옥타브의 절규를 포함하고 있었고, 그 양식에는 머리를 풀어헤친 광녀의 냉소가 스며 있었고 무엇보다도 시체가 썩어가는 듯한 무진의 그 냄새가 스며 있었다.

그 여자의 노래가 끝나자 나는 의식적으로 바보 같은 웃음을 띠고 박수를 쳤고 그리고 육감으로써랄까, 나는 후배인 박이 이 자리에서 떠나고 싶어 하는 것을 알았다. 나의 시선이 박에게로 갔을 때, 나의 시선을 받은 박은 기다렸다는 듯이 자리에서 일어났다. 누군지가 그에게 앉아 있기를 권했으나 박은 해사한 웃음을 띠며 거절했다. "먼저 실례합니다. 형님은 내일 또 뵙지요." 조는 대문까지 따라 나왔고 나는 한길까지 박을 바래다주려고 나갔다. 밤이 깊지 않았는데도 거리는 적막했다. 어디선지 개 짖는 소리가 들려왔고 쥐 몇 마리가 한길 위에서 무엇을 먹고 있다가 우리의 그림자에 놀라 흩어져버렸다. "형님, 보세요. 안개가 내리는군요." 과연 한길의 저 끝이, 불빛이 드문드문 박혀 있는 먼 주택지의 검은 풍경들이 점점 풀어져가고 있었다. "자네, 하 선생을 좋아하고 있는 모양이군." 내가 물었다. 박은 다시 해사한 웃음을 띠었다. "그 여선생과 조 군과 무슨 관계가 있는 모양이지?" "모르겠습니다. 아마 조 형이 결혼 대상자 중의 하나로 생각하고 있는 것 같아요." "자네가 그 여선생을 좋아한다면 좀 더 적극적으로 나가야 해. 잘해봐." "뭐 별로……." 박은 소년처럼 말을 더듬거렸다. "그 속물들 틈에 앉아서 유행가를 부르고 있는 게 좀 딱해 보였을 뿐이지요. 그래서 나와버린 거죠." 박은 분노를 누르고 있는 듯이 나직나직 말했다. "클래식을 부를 장소가 있고 유행가를 부를 장소가 따로 있다는 것뿐이겠지. 뭐 딱할 거까지야 있나?" 나는 거짓말로써 그를 위로했다. 박은 가고 나는 다시 '속물'들 틈에 끼었다. 무진에서는 누구나 그렇게 생각하는 것이다. 타인은 모두 속물들이라고. 나역시 그렇게 생각하는 것이다. 타인이 하는 모든 행위는 무위(無爲)와 똑같은 무게밖에 가지고 있지 않은 장난이라고.

　밤이 퍽 깊어서 우리는 자리에서 일어났다. 조는 내가 자기 집에서 자고 가기를 권했다. 그러나 다음 날 아침에 잠자리에서 일어나서 그 집을 나올 때까지의 부자유스러움을 생각하고 나는 기어코 밖으로 나섰다. 직원들도 도중에서 흩어져가고 결국엔 나와 여자만이 남았다. 우리는 다리를 건너고 있었다. 검은 풍경 속에서 냇물은 하얀 모습으로 뻗어 있었고 그 하얀 모습의 끝은 안개 속으로 사라지고 있었다. "밤엔 정말 멋있는 고장이에요." 여자가 말했다. "그래요? 다행입니다." 내가 말했다. "왜 다행이라고 말씀하시는 줄 짐작하겠어요." 여자가 말했다. "어느 정도까지 짐작하셨어요?" 내가 물었다. "사실은 멋이 없는 고장이니까요. 제 대답이 맞았어요?" "거의." 우리는 다리를 다 건넜다. 거기서 우리는 헤어져야 했다. 그 여자는 냇물을 따라서 뻗어나간 길로 가야 했고 나는 곧장 난 길로 가야 했다. "아, 글루 가세요? 그럼……." 내가 말했다. "조금만 바래다주세요. 이 길은 너무 조용해서 무서워요." 여자가 조금 떨리는 목소리로 말했다. 나는 다시 여자와 나란히 서서 걸었다. 나는 갑자기 이 여자와 친해진 것 같았다. 다리가 끝나는 바로 거기에서부터, 그 여자가 정말 무서워서 떠는 듯한 목소리로 내게 바래다주기를 청했던 바로 그때부터 나는 그 여자가 내 생애 속에 끼어든 것을 느꼈다. 내 모든 친구들처럼, 이제는 모른다고 할 수 없는, 때로는 내가 그들을 훼손하기도 했지만 그러나 더욱 많이 그들이 나를 훼손시켰던 내 모든 친구들처럼. "처음에 뵈었을 때, 뭐랄까요, 서울 냄새가 난다고 할까요, 퍽 오래전부터 알던 사람처럼 느껴졌어요. 참 이상하죠?" 갑자기 여자가 말했다. "유행가." 내가 말했다. "네?" "아니 유행가는 왜 부르십니까? 성악 공부한 사람들은 될 수 있는 대로 유행가를 멀리하지 않았던 가요?" "그 사람들은 항상 유행가만 부르라고 하거든요." 대답하고 나서 여자는 부끄러운 듯이 나지막하게 소리 내어 웃었다. "유행가를 부르지 않으려면 거기에 가지 않는 게 좋다고 얘기하면 내정 간섭이 될까요?" "정말 앞으론 가지 않을 작정이에요. 정말 보잘것없는 사람들이에요." "그럼 왜 여태까진 거기에 놀러 다녔습니까?" "심심해서요." 여자는 힘없이 말했다. 심심하다, 그래 그게 가장 정확한 표현이다. "아까 박 군은 하 선생님께서 유행가를 부르고 계시는 게 보기에 딱하다고 하면서 나가버렸지요." 나는 어둠 속에서 여자의 얼굴을 살폈다. "박 선생님은 정말 꽁생원이에요." 여자는 유쾌한 듯이 높은 소리로 웃었다. "선량한 사람이죠." 내가 말했다. "네, 너무 선량해요." "박 군이 하 선생님을 사랑하고 있다는 생각을 해본 적은 없었던가요?" "아이, '하 선생님 하 선생님' 하지 마세요. 오빠라고 해도 제 큰오빠뻘이나 되실 텐데요." "그럼 무어라고 부릅니까?" "그냥 제 이름을 불러주세요. 인숙이라고요." "인숙이, 인숙이." 나는 낮은 소리로 중얼거려보았다. "그게 좋군요." 나는 말했다. "인숙인 왜 내 질문을 피하지요?" "무슨 질문을 하셨던가요?" 여자는 웃으면서 말했다. 우리는 논 곁을 지나가고 있었다. 언젠가 여름밤, 멀고 가까운 논에서 들려오는 개구리들의 울음소리를, 마치 수많은 비단조개 껍데기를 한꺼번에 맞부빌 때 나는 듯한 소리를 듣고 있을 때 나는 그 개구리 울음소리

26

들이 나의 감각 속에서 반짝이고 있는 수없이 많은 별들로 바뀌어져 있는 것을 느끼곤 했다. 청각의 이미지가 시각의 이미지로 바뀌어지는 이상한 현상이 나의 감각 속에서 일어나곤 했었던 것이다. 개구리 울음소리가 반짝이는 별들이라고 느낀 나의 감각은 왜 그렇게 뒤죽박죽이었을까. 그렇지만 밤하늘에서 쏟아질 듯이 반짝이고 있는 별들을 보고 개구리의 울음소리가 귀에 들려오는 듯했었던 것은 아니다. 별들을 보고 있으면 나는 나와 어느 별과 그리고 그 별과 또 다른 별들 사이의 안타까운 거리가, 과학책에서 배운 바로써가 아니라, 마치 나의 눈이 점점 정확해져가고 있는 듯이, 나의 시력에 뚜렷하게 보여오는 것이었다. 나는 그 도달할 길 없는 거리를 보는 데 홀려서 멍하니 서 있다가 그 순간 속에서 그대로 가슴이 터져버리는 것 같았다. 왜 그렇게 못 견디어했을까. 별이 무수히 반짝이는 밤하늘을 보고 있던 옛날 나는 왜 그렇게 분해서 못 견디어했을까. "무얼 생각하고 계세요?" 여자가 물어왔다. "개구리 울음소리." 대답하며 나는 밤하늘을 올려다봤다. 내리고 있는 안개에 가려서 별들이 흐릿하게 떠 보였다. "어머, 개구리 울음소리. 정말예요. 제겐 여태까지 개구리 울음소리가 들리지 않았어요. 무진의 개구리는 밤 12시 이후에만 우는 줄로 알고 있었는데요." "12시 이후에요?" "네, 밤 12시가 넘으면 제가 방을 얻어 있는 주인댁의 라디오 소리도 꺼지고 들리는 거라곤 개구리 울음소리뿐이거든요." "밤 12시가 넘도록 잠을 자지 않고 무얼 하시죠?" "그냥 가끔 그렇게 잠이 오지 않아요." 그냥 그렇게 잠이 오지 않는다. 아마 그건 사실이리라. "사모님 예쁘게 생기셨어요?" 여자가 갑자기 물었다. "제 아내 말씀인가요?" "네." "예쁘죠." 나는 웃으면서 대답했다. "행복하시죠? 돈이 많고 예쁜 부인이 있고 귀여운 아이들이 있고 그러면……." "아이들은 아직 없으니까 쬐금 덜 행복하겠군요." "어머, 결혼을 언제 하셨는데 아직 아이들이 없어요?" "이제 3년 좀 넘었습니다." "특별한 용무도 없이 여행하시면서 왜 혼자 다니세요?" 이 여자는 왜 이런 질문을 할까? 나는 조용히 웃어버렸다. 여자는 아까보다 좀 더 명랑한 목소리로 말했다. "앞으로 오빠라고 부를 테니까 절 서울로 데려가주시겠어요?" "서울에 가고 싶으신가요?" "네." "무진이 싫은가요?" "미칠 것 같아요. 금방 미칠 것 같아요. 서울엔 제 대학 동창들도 많고…… 아이, 서울로 가고 싶어 죽겠어요." 여자는 잠깐 내 팔을 잡았다가 얼른 놓았다. 나는 갑자기 흥분되었다. 나는 이마를 찡그렸다. 찡그리고 또 찡그렸다, 그러자 흥분이 가셨다. "그렇지만 이젠 어딜 가도 대학 시절과는 다를걸요. 인숙은 여자니까 아마 가정으로나 숨어버리기 전에는 어느 곳에 가든지 미칠 것 같을걸요." "그런 생각도 해봤어요. 그렇지만 지금 같아선 가정을 갖는다고 해도 미칠 것 같은 생각이 들어요. 정말 맘에 드는 남자가 아니면요. 정말 맘에 드는 남자가 있다고 해도 여기서는 살기가 싫어요. 전 그 남자에게 여기서 도망하자고 조를 거예요." "그렇지만 내 경험으로는 서울에서의 생활이 반드시 좋지도 않더군요. 책임, 책임뿐입니다." "그렇지만 여긴 책임도 무책임도 없는 곳인걸요. 하여튼 서울에 가고 싶어요. 절 데려가주시겠어요?" "생각해봅시다." "꼭이에요, 네?"
나는 그저 웃기만 했다. 우리는 그 여자의 집 앞에까지 왔다. "선생
님, 내일은 무얼 하실 계획이세요?" 여자가 물었다. "글쎄요. 아침
엔 어머님 산소엘 다녀와야 하겠고, 그러고 나면 할 일이 없군요.
바닷가에나 가볼까 하는데요. 거긴 한때 내가 방을 얻어 있던 집이
있으니까 인사도 할 겸." "선생님, 내일 거긴 오후에 가세요." "왜
요?" "저도 같이 가고 싶어요. 내일은 토요일이니까 오전 수업뿐
이에요." "그럽시다." 우리는 내일 만날 시간과 장소를 약속하고
헤어졌다. 나는 이상한 우울에 빠져서 터벅터벅 밤길을 걸어 이모
댁으로 돌아왔다.

　내가 이불 속으로 들어갔을 때 통금 사이렌이 불었다. 그것은 갑
작스럽게 요란한 소리였다. 그 소리는 길었다. 모든 사물이 모든
사고(思考)가 그 사이렌에 흡수되어갔다. 마침내 이 세상에선 아무
것도 없어져버렸다. 사이렌만이 세상에 남아 있었다. 그 소리도 마
침내 느껴지지 않을 만큼 오랫동안 계속할 것 같았다. 그때 소리가
갑자기 힘을 잃으면서 꺾였고 길게 신음하며 사라져갔다. 내 사고
만이 다시 살아났다. 나는 얼마 전까지 그 여자와 주고받던 얘기들
을 다시 생각해보려 했다. 많은 것을 얘기한 것 같은데, 그러나 귓
속에는 우리의 대화가 몇 개 남아 있지 않았다. 좀 더 시간이 지난
후, 그 대화들이 내 귓속에서 내 머릿속으로 자리를 옮길 때는 그
리고 머릿속에서 심장 속으로 옮겨갈 때는 또 몇 개가 더 없어져
버릴 것인가. 아니 결국엔 모두 없어져버릴지도 모른다. 천천히 생

각해보자. 그 여자는 서울에 가고 싶다고 했다. 그 말을 그 여자는 안타까운 음성으로 얘기했다. 나는 문득 그 여자를 껴안고 싶은 충동에 사로잡혔다. 그리고⋯⋯ 아니, 내 심장에 남을 수 있는 것은 그것뿐이었다. 그러나 그것도 일단 무진을 떠나기만 하면 내 심장 위에서 지워져버리리라. 나는 잠이 오지 않았다. 낮잠 때문이기도 하였다. 나는 어둠 속에서 담배를 피웠다. 나는 우울한 유령들처럼 나를 내려다보고 있는 벽에 걸린 하얀 옷들을 흘겨보고 있었다. 나는 담뱃재를 머리맡의 적당한 곳에 털었다. 내일 아침 걸레로 닦아내면 될 어느 곳에. '12시 이후에 우는' 개구리 울음소리가 희미하게 들려오고 있었다. 어디선가 1시를 알리는 시계 소리가 나직이 들려왔다. 어디선가 2시를 알리는 시계 소리가 들려왔다. 어디선가 3시를 알리는 시계 소리가 들려왔다. 어디선가 4시를 알리는 시계 소리가 들려왔다. 잠시 후에 통금 해제의 사이렌이 불었다. 시계의 사이렌 중 어느 것 하나가 정확하지 못했다. 사이렌은 갑작스럽고 요란한 소리였다. 그 소리는 길었다. 모든 사물이, 모든 사고가 그 사이렌에 흡수되어갔다. 마침내 이 세상에선 아무것도 없어져버렸다. 사이렌만 이 세상에 남아 있었다. 그 소리도 마침내 느껴지지 않을 만큼 오랫동안 계속할 것 같았다. 그때 소리가 갑자기 힘을 잃으면서 꺾였고 길게 신음하며 사라져갔다. 어디선가 부부들은 교합하리라. 아니다. 부부가 아니라 창부와 그 여자의 손님이리라. 나는 왜 그런 엉뚱한 생각을 하고 있는지 알 수 없었다. 잠시 후에 나는 슬며시 잠이 들었다.

바다로 뻗은 긴 방죽

그날 아침엔 이슬비가 내리고 있었다. 식전에 나는 우산을 받쳐 들고 읍 근처의 산에 있는 어머니의 산소로 갔다. 나는 바지를 무릎 위까지 걷어 올리고 비를 맞으며 묘를 향하여 엎드려 절했다. 비가 나를 굉장한 효자로 만들어주었다. 나는 한 손으로 묘 위의 긴 풀을 뜯었다. 풀을 뜯으면서 나는 나를 전무님으로 만들기 위하여 전무 선출에 관계된 사람들을 찾아다니며 그 호걸웃음을 웃고 있을 장인 영감을 상상했다. 그러나 나는 묘 속으로 들어가고 싶었다.

돌아가는 길은, 좀 멀긴 하지만 잔디가 곱게 깔린 방죽 길을 걷기로 했다. 이슬비가 바람에 뿌옇게 날리고 있었다. 비를 따라서 풍경이 흔들렸다. 나는 우산을 접어버렸다. 방죽 위를 걸어가다가 나는, 방죽의 경사 밑, 물가의 풀밭에, 읍에서 먼 촌으로부터 등교하기 위하여 온 학생들이 모여서 웅성거리고 있는 것을 보았다. 나이 많은 사람들이 몇 사람 끼어 있었고 비옷을 입은 순경 한 사람이 방죽의 비탈 위에 쭈그리고 앉아서 담배를 피우며 먼 곳을 바라보고 있었고 노파 한 사람이 혀를 차며 웅성거리고 있는 학생들의 틈을 빠져나와서 갔다. 나는 방죽의 비탈을 내려갔다. 순경 곁을 지나면서 나는 물었다. "무슨 일입니까?" "자살 시쳅니다." 순경은 흥미 없는 말투로 말했다. "누군데요?" "읍내에 있는 술집 여잡니다. 초여름이 되면 반드시 몇 명씩 죽지요." "네에." "저 계집애는 아주 독살스러운 년이어서 안 죽을 줄 알았더니, 저것도 별수 없는 사람이었던 모양입니다." "네에." 나는 물가로 내려가서 학생들 틈에 끼었다. 시체의 얼굴은 냇물을 향하고 있었으므로 내게는 보이지 않았다. 머리는 파마였고 팔과 다리가 하얗고 굵었다. 붉은색의 얇은 스웨터를 입고 있었고 하얀 스커트를 입고 있었다. 지난밤의 새벽은 추웠던 모양이다. 아니면 그 옷이 그 여자의 맘에 든 옷이었던가 보다. 푸른 꽃무늬 있는 하얀 고무신을 머리에 베고 있었다. 무엇인가를 싼 하얀 손수건이 그 여자의 축 늘어진 손에서 좀 떨어진 곳에 굴러 있었다. 하얀 손수건은 비를 맞고 있었고 바람이 불어도 조금도 나부끼지 않았다. 시체의 얼굴을 보기 위해서 많은 학생들이 냇물 속에 발을 담그고 이쪽을 향하여 서 있었다. 그들의 푸른색 유니폼이 물에 거꾸로 비쳐 있었다. 푸른색의 깃발들이 시체를 옹위하고 있었다. 나는 그 여자를 향하여 이상스레 정욕이 끓어오름을 느꼈다. 나는 급히 그 자리를 떠났다. "무슨 약을 먹었는지 모르지만 지금이라도 어쩌면……." 순경에게 내가 말했다. "저런 여자들이 먹는 건 청산가립니다. 수면제 몇 알 먹고 떠들썩한 연극 같은 건 안 하지요. 그것만은 고마운 일이지만." 나는 무진으로 오는 버스 칸에서 수면제를 만들어 팔겠다는 공상을 한 것이 생각났다. 햇빛의 신선한 밝음과 살갗에 탄력을 주는 정도의 공기의 저온, 그리고 해풍에 섞여 있는 정도의 소금기, 이 세 가지를 합성하여 수면제를 만들 수 있다면……. 그러나 사실 그 수면제는 이미 만들어져 있었던 게 아닐까. 나는 문득, 내가 간밤에 잠을 이루지 못하고 뒤척거리고 있었던 게 이 여자의 임종을 지켜주기 위해서가 아니었을까 하는 생각이 들었다. 통금 해제의 사이렌이 불고 이 여자는 약을 먹고 그제야 나는 슬며시 잠이 들었던 것만 같다. 갑자기 나는 이 여자가 나의 일부처럼 느껴졌다. 아프긴 하지만 아끼지 않으면 안 될 내 몸의 일부처럼 느껴졌다. 나는 접어든 우산에 묻은 물을 휙휙 뿌리면서 집으로 돌아왔다. 집에는 세무서장인 조가 보낸 쪽지가 기다리고 있었다. '할 일 없으면 세무서에 좀 들러주게.' 아침밥을 먹고 나는 세무서로 갔다. 이슬비는 그쳤으나 하늘은 흐렸다. 나는 조의 의도를 알 것 같았다. 서장실에 앉아 있는 자기의 모습을 보여주고 싶은 거다. 아니 내가 비꼬아서 생각하고 있는지 모른다. 나는 고쳐 생각하기로 했다. 그는 세무서장으로 만족하고 있을까? 아마 만족하고 있을 게다. 그는 무진에 어울리는 사람이다. 아니, 나는 다시 고쳐 생각하기로 했다. 어떤 사람을 잘 안다는 것—잘 아는 체한다는 것이 그 어떤 사람의 입장에서 보면 무척 불행한 일이다. 우리가 비난할 수 있고 적어도 평가하려고 드는 것은 우리가 알고 있는 사람에 한하는 것이기 때문이다.

조는 러닝셔츠 바람으로, 바지는 무릎 위까지 걷어붙이고 부채를 부치고 있었다. 나는 그가 초라해 보였고 그러나 그가 흰 커버를 씌운 회전의자 위에 앉아 있는 것을 자랑스러워하는 듯한 몸짓을 해 보일 때는 그가 가엾게 생각되었다. "바쁘지 않나?" 내가 물었다. "나야 뭐 하는 일이 있어야지. 높은 자리라는 건 책임진다는 말만 중얼거리고 있으면 되는 모양이지." 그러나 그는 결코 한가하지 않았다. 여러 사람들이 드나들면서 서류에 조의 도장을 받아갔고 더 많은 서류들이 그의 미결함에 쌓여졌다. "월말에다가 토요일이 되어서 좀 바쁘다." 그는 말했다. 그러나 그의 얼굴은 그 바쁜 것을 자랑스럽게 여기고 있었다. 바쁘다. 자랑스러워할 틈도 없이 바쁘다. 그것은 서울에서의 나였다. 그만큼 여기는 생활한다는 것에 서투를 수 있다고나 할까? 바쁘다는 것도 서투르게 바빴다. 그리고 그때 나는, 사람이 자기가 하는 일에 서투르다는 것은, 그 것이 무슨 일이든지 설령 도둑질이라고 할지라도 서투르다는 것은 보기에 딱하고 보는 사람을 신경질 나게 한다고 생각하였다. 미끈하게 일을 처리해버린다는 건 우선 우리를 안심시켜준다. "참, 엊저녁, 하 선생이란 여자는 네 색싯감이냐?" 내가 물었다. "색싯감?" 그는 높은 소리로 웃었다. "내 색싯감이 그 정도로밖에 안 보이냐?" 그가 말했다. "그 정도가 뭐 어때서?" "야, 이 약아빠진 놈아, 넌 빽 좋고 돈 많은 과부를 물어놓고 기껏 내가 어디서 굴러온 줄도 모르는 말라빠진 음악 선생이나 차지하고 있으면 맘이 시원하시겠나는 기냐?" 말하고 나서 그는 유쾌해죽겠다는 듯이 웃어대었다. "너만큼만 사는 정도라면 여자가 거지라도 괜찮지 않아?" 내가 말했다. "그래도 그게 아닙니다. 내 편에 나를 끌어줄 사람이 없으면 처가 편에서라도 누가 있어야 하는 거야." 그가 대답했다. 그의 말투로는 우리는 공모자였다. "야, 세상 우습더라. 내가 고시에 패스하자마자 중매쟁이가 막 들어오는데……. 그런데 그게 모두 형편없는 것들이거든. 도대체 여자들이 성기 하나를 밑천으로 해서 시집가보겠다는 고 배짱들이 괘씸하단 말야." "그럼 그 여선생도 그런 여자 중의 하나인가?" "아주 대표적인 여자지. 어떻게

나 쫓아다니는지 귀찮아죽겠다." "퍽 똑똑한 여자일 것 같던데."
"똑똑하기야 하지. 그렇지만 뒷조사를 해보았더니 집안이 너무 허술해. 그 여자가 여기서 죽는다고 해도 고향에서 그 여자를 데리러 올 사람 하나 변변한 게 없거든." 나는 그 여자를 어서 만나보고 싶었다. 나는 그 여자가 지금 어디서 죽어가고 있는 것처럼 생각되었다. 어서 가서 만나보고 싶었다. "속도 모르는 박 군은 그 여자를 좋아한대." 그가 말하면서 빙긋 웃었다. "박 군이?" 나는 놀란 체했다. "그 여자에게 편지를 보내어 호소를 하는데 그 여자가 모두 내게 보여주거든. 박 군은 내게 연애편지를 쓰는 셈이지." 나는 그 여자를 만나보고 싶은 생각이 싹 가셨다. 그러나 잠시 후엔 그 여자를 어서 만나보고 싶다는 생각이 되살아났다. "지난봄엔 그 여잘 데리고 절엘 한번 갔었지. 어떻게 해보려고 했는데 요 영리한 게 결혼하기 전까지는 절대로 안 된다는 거야." "그래서?" "무안만 당하고 말았지." 나는 그 여자에게 감사했다.

시간이 됐을 때 나는 그 여자와 만나기로 한, 읍내에서 좀 떨어진, 바다로 뻗어나가고 있는 방죽으로 갔다. 노란 파라솔 하나가 멀리 보였다. 그것이 그 여자였다. 우리는 구름이 낀 하늘 밑을 나란히 걸어갔다. "저 오늘 박 선생님께 선생님께 관해서 여러 가지 물어봤어요." "그래요?" "무얼 제일 중요하게 물어보았을 거 같아요?" 나는 전연 짐작할 수가 없었다. 그 여자는 잠시 동안 키득키득 웃었다. 그리고 말했다. "선생님의 혈액형을 물어봤어요." "내 혈액형을요?" "전 혈액형에 대해서 이상한 믿음을 가지고 있어요. 사람들이 꼭 자기의 혈액형이 나타내주는―그, 생물책에 씌어 있지 않아요?―꼭 그 성격대로이기만 했으면 좋겠어요. 그럼 세상엔 손가락으로 꼽을 정도의 성격밖에 없을 게 아니에요?" "그게 어디 믿음입니까? 희망이지." "전 제가 바라는 것은 그대로 믿어버리는 성격이에요." "그건 무슨 혈액형입니까?" "바보라는 이름의 혈액형이에요." 우리는 후텁지근한 공기 속에서 괴롭게 웃었다. 나는 그 여자의 프로필을 훔쳐보았다. 그 여자는 이제 웃음을 그치고 입을 꾹 다물고 그 커다란 눈으로 앞을 똑바로 응시하고 있었고 코끝에 땀이 맺혀 있었다. 그 여자는 어린아이처럼 나를 따라오고 있었다. 나는 나의 한 손으로 그 여자의 한 손을 잡았다. 그 여자는 놀란 듯했다. 나는 얼른 손을 놓았다. 잠시 후에 나는 다시 손을 잡았다. 그 여자는 이번엔 놀라지 않았다. 우리가 잡고 있는 손바닥과 손바닥의 틈으로 희미한 바람이 새어나가고 있었다. "무진 계서 울에만 가면 어떻게 할 작정이오?" 내가 물었다. "이렇게 좋은 오빠가 있는데 어떻게 해주겠지요." 여자는 나를 쳐다보며 방긋 웃었다. "신랑감이야 수두룩하긴 하지만……. 서울보다는 고향에 가 있는 게 낫지 않을까요?" "고향보다는 여기가 나아요." "그럼 여기 그대로 있는 게……." "아이, 선생님, 절 데리고 가시잖을 작정이시군요." 여자는 울상을 지으며 내 손을 뿌리쳤다. 사실 나는 나 자신을 알 수 없었다. 사실 나는 감상이나 연민으로써 세상을 향하고 서는 나이도 지난 것이다. 사실 나는 몇 시간 전에 조가 얘기했듯이 '빽이 좋고 돈 많은 과부'를 만난 것을 반드시 바랐던 것은 아니지만 결과적으로는 잘되었다고 생각하고 있는 사람인 것이다. 나는 내게서 달아나버렸던 여자에 대한 것과는 다른 사랑을 지금의 내 아내에 대하여 갖고 있었다. 그러면서도 나는 구름이 끼어 있는 하늘 밑의 바다로 뻗은 방죽 위를 걸어가면서, 다시 내 곁에 선 여자의 손을 잡았다. 나는 지금 우리가 찾아가고 있는 집에 대하여 여자에게 설명해주었다. 어느 해, 나는 그 집에서 방한 칸을 얻어들고 더러워진 나의 폐를 씻어내고 있었다. 어머니도 세상을 떠나간 뒤였다. 이 바닷가에서 보낸 1년. 그때 내가 쓴 모든 편지들 속에서 사람들은 '쓸쓸하다'라는 단어를 쉽게 발견할 수 있었다. 그 단어는 다소 천박하고 이제는 사람의 가슴에 호소해오는 능력도 거의 상실해버린 사어(死語) 같은 것이지만 그러나 그무렵의 내게는 그 말밖에 써야 할 말이 없는 것처럼 생각되었었다. 아침의 백사장을 거니는 산보에서 느끼는 시간의 지루함과 낮잠에서 깨어나서 식은땀이 줄줄 흐르는 이마를 손바닥으로 닦으며 느끼는 허전함과 깊은 밤에 악몽으로부터 깨어나서 쿵쿵 소리를 내며 급하게 뛰고 있는 심장을 한 손으로 누르며 밤바다의 그 애처로운 울음소리에 귀를 기울이고 있을 때의 안타까움, 그런 것들이 굴 껍데기처럼 다닥다닥 붙어서 떨어질 줄 모르는 나의 생활을 나는 '쓸쓸하다'라는, 지금 생각하면 허깨비 같은 단어 하나로 대신시켰던 것이다. 바다는 상상도 되지 않는 먼지 낀 도시에서, 바쁜 일과 중에, 무표정한 우편배달부가 던져주고 간 나의 편지 속에서 '쓸쓸하다'라는 말을 보았을 때 그 편지를 받은 사람이 과연 무엇을 느끼거나 상상할 수 있었을까? 그 바닷가에서 그 편지를 내가 띄우고 도시에서 내가 그 편지를 받았다고 가정할 경우에도 내가 그 바닷가에서 그 단어에 걸어보던 모든 것에 만족할 만큼 도시의 내가 바닷가의 나의 심경에 공명할 수 있었을 것인가? 아니 그것이 필요하기나 했었을까? 그러나 정확하게 말하자면, 그 무렵 편지를 쓰기 위해서 책상 앞으로 다가가고 있던 나도, 지금에 와서 내가 하고 있는 바와 같은 가정과 질문을 어렴풋이나마 하고 있었고 그 대답을 '아니다'로 생각하고 있었던 듯하다. 그러면서도 그는 그 속에 '쓸쓸하다'라는 단어가 씌어진 편지를 썼고 때로는 바다가 암청색으로 서투르게 그려진 엽서를 사방으로 띄웠다. "세상에서 제일 먼저 편지를 쓴 사람은 어떤 사람이었을까요?" 내가 말했다. "아이, 편지, 정말 편지를 받는 것처럼 기쁜 일은 없어요. 정말 누구였을까요? 아마 선생님처럼 외로운 사람이었겠죠?" 여자의 손이 내 손안에서 꼼지락거렸다. 나는 그 손이 그렇게 말하고 있는 듯한 느낌이 들었다. "그리고 인숙이처럼." 내가 말했다. "네." 우리는 서로 고개를 돌려 마주 보며 웃음 지었다.

우리는 우리가 찾아가는 집에 도착했다. 세월이 그 집과 그 집 사람들만은 피해서 지나갔던 모양이다. 주인들은 나를 옛날의 나로 대해주었고 그러자 나는 옛날의 내가 되었다. 나는 가지고 온 선물을 내놓았고 그 집 주인 부부는 내가 들어 있던 방을 우리에게 제공해주었다. 나는 그 방에서 여자의 조바심을, 마치 칼을 들고 달려드는 사람으로부터, 누군지가 자기의 손에서 칼을 빼앗아주지 않으면 상대편을 찌르고 말 듯한 절망을 느끼는 사람으로부터 칼을 빼앗듯이 그 여자의 조바심을 빼앗아주었다. 그 여자는 처녀는 아니었다. 우리는 다시 방문을 열고 물결이 다소 거센 바다를 내려다보며 오랫동안 말없이 누워 있었다. "서울에 가고 싶어요. 단지 그거뿐예요." 한참 후에 여자가 말했다. 나는 손가락으로 여자의 볼 위에 의미 없는 도화를 그리고 있었다. "세상엔 착한 사람이 있을까?" 나는 방으로 불어오는 해풍 때문에 불이 꺼져버린 담배에 다시 불을 붙이며 말했다. "절 나무라시는 거죠? 착하게 보아주려는 마음이 없으면 아무도 착하지 않을 거예요." 나는 우리가 불교도라고 생각했다. "선생님은 착한 분이세요?" "인숙이가 믿어주는 한." 나는 다시 한번 우리가 불교도라고 생각했다. 여자는 누운 채 내게 조금 더 다가왔다. "바닷가로 나가요, 네? 노래 불러드릴게요." 여자가 말했다. 그러나 우리는 일어나지 않았다. "바닷가로 나가요, 네? 방이 너무 더워요." 우리는 일어나서 밖으로 나왔다. 우리는 백사장을 걸어서 인가가 보이지 않는 바닷가의 바위 위에 앉았다. 파도가 거품을 숨겨가지고 와서 우리가 앉아 있는 바위 밑에 그것을 뿜어놓았다. "선생님." 여자가 나를 불렀다. 나는 여자 쪽으로 고개를 돌렸다. "자기 자신이 싫어지는 것을 경험하신 적이 있으세요?" 여자가 꾸민 명랑한 목소리로 물었다. 나는 기억을 헤쳐보았다. 나는 고개를 끄덕이며 말했다. "언젠가 나와 함께 자던 친구가 다음 날 아침에 내가 코를 골면서 자더라는 것을 알려주었을 때였지. 그땐 정말이지 살맛이 나지 않았어." 나는 여자를 웃기기 위해서 그렇게 말했다. 그러나 여자는 웃지 않고 조용히 고개만 끄덕거렸다. 한참 후에 여자가 말했다. "선생님, 저 서울에 가고 싶지 않아요." 나는 여자의 손을 달라고 하여 잡았다. 나는 그 손을 힘을 주어 쥐면서 말했다. "우리 서로 거짓말은 하지 말기로 해." "거짓말이 아니에요." 여자는 빙긋 웃으면서 말했다. "〈어떤 개인 날〉 불러드릴게요." "그렇지만 오늘은 흐린걸." 나는 〈어떤 개인 날〉의 그 이별을 생각하며 말했다. 흐린 날엔 사람들은 헤어지지 말기로 하자. 손을 내밀고 그 손을 잡는 사람이 있으면 그 사람을 가까이 가까이 좀 더 가까이 끌어당겨주기로 하자. 나는 그 여자에게 '사랑한다'고 말하고 싶었다. 그러나 '사랑한다'라는 그 국어의 어색함이 그렇게 말하고 싶은 나의 충동을 쫓아버렸다.

우리가 바닷가에서 읍내로 돌아온 것은 저녁의 어둠이 밀려든 뒤였다. 읍내에 들어오기 조금 전에 우리는 방죽 위에서 키스했다. "전 선생님께서 여기 계시는 일주일 동안만 멋있는 연애를 할 계획이니까 그렇게 알고 계세요." 헤어지면서 여자가 말했다. "그렇지만 내 힘이 더 세니까 별수 없이 내게 끌려서 서울까지 가게 될걸." 내가 말했다.

집으로 돌아와서 나는 후배인 박이 낮에 다녀간 것을 알았다. 그는 내가 '무진에 계시는 동안 심심하시지 않을까 하여 읽으시라'고 책 세 권을 두고 갔다. 그가 저녁에 다시 오겠다고 하더라는 얘기를 이모가 내게 했다. 나는 피로를 핑계로 아무도 만나기 싫다는 뜻을 이모에게 알려두었다. 이모는 내가 바닷가에서 아직 돌아오지 않았다고 대답하겠다고 말했다. 나는 아무것도 생각하고 싶지 않았다, 아무것도. 나는 이모에게 소주를 사오게 하여 취해서 잠이 들 때까지 마셨다. 새벽녘에 잠깐 잠이 깨었다. 나는 이유를 집어낼 수 없이 가슴이 두근거렸는데 그것은 불안이었다. "인숙이" 하고 나는 중얼거려보았다. 그리고 곧 다시 잠이 들어버렸다.

당신은 무진을 떠나고 있습니다

나는 이모가 나를 흔들어 깨워서 눈을 떴다. 늦은 아침이었다. 이모는 전보 한 통을 내게 건네주었다. 엎드려 누운 채 나는 전보를 펴보았다. "27일회의참석필요, 급상경바람 영" '27일'은 모레였고 '영'은 아내였다. 나는 아프도록 쑤시는 이마를 베개에 대었다. 나는 숨을 거칠게 쉬고 있었다. 나는 내 호흡을 진정시키려고 했다. 아내의 전보가 무진에 와서 내가 한 모든 행동과 사고를 내게 점점 명료하게 드러내 보여주었다. 모든 것이 선입관 때문이었다. 결국 아내의 전보는 그렇게 얘기하고 있었다. 나는 아니라고 고개를 저었다. 모든 것이, 흔히 여행자에게 주어지는 그 자유 때문이라고 아내의 전보는 말하고 있었다. 나는 아니라고 고개를 저었다. 모든 것이 세월에 의하여 내 마음속에서 잊혀질 수 있다고 전보는 말하고 있었다. 그러나 상처가 남는다고, 나는 고개를 저었다. 오랫동안 우리는 다투었다. 그래서 전보와 나는 타협안을 만들었다. 한 번만, 마지막으로 한 번만 이 무진을, 안개를, 외롭게 미쳐가는 것을, 유행가를, 술집 여자의 자살을, 배반을, 무책임을 긍정하기로 하자. 마지막으로 한 번만이다. 꼭 한 번만, 그리고 나는 내게 주어진 한정된 책임 속에서만 살기로 약속한다. 전보여, 새끼손가락을 내밀어라. 나는 거기에 내 새끼손가락을 걸어서 약속한다. 우리는 약속했다.

그러나 나는 돌아서서 전보의 눈을 피하여 편지를 썼다. "갑자기 떠나게 되었습니다. 찾아가서 말로써 오늘 제가 먼저 가는 것을 알리고 싶었습니다만 대화란 항상 의외의 방향으로 나가버리기를 좋아하기 때문에 이렇게 글로써 알리는 것입니다. 간단히 쓰겠습니다. 사랑하고 있습니다. 왜냐하면 당신은 제 자신이기 때문에 적어도 제가 어렴풋이나마 사랑하고 있는 옛날의 저의 모습이기 때문입니다. 저는 옛날의 저를 오늘의 저로 끌어다놓기 위하여 갖은 노력을 다하였듯이 당신을 햇볕 속으로 끌어놓기 위하여 있는 힘을 다할 작정입니다. 저를 믿어주십시오. 그리고 서울에서 준비가 되는 대로 소식 드리면 당신은 무진을 떠나서 제게 와주십시오. 우리는 아마 행복할 수 있을 것입니다." 쓰고 나서 나는 그 편지를 읽어봤다. 또 한 번 읽어봤다. 그리고 찢어버렸다.

덜컹거리며 달리는 버스 속에 앉아서 나는, 어디쯤에선가, 길가에 세워진 하얀 팻말을 보았다. 거기에는 선명한 검은 글씨로 '당신은 무진읍을 떠나고 있습니다. 안녕히 가십시오'라고 씌어 있었다. 나는 심한 부끄러움을 느꼈다.

(1964)

생명연습(生命演習)

"저 학생 아나?"

나는 한(韓) 교수님이 눈짓으로 가리키는 곳을 돌아보았다.

"인사는 없지만 무슨 과 앤진 알고 있죠."

나빙 문을 이제 막 열고 들어선 학생에게 여전히 시선을 주며 나는 대답했다. 감색 대학 교복을 입고 그는 어울리지 않게 등산모를 쓰고 있다. 나와 같은 대학 졸업반인데, 이름은 모르지만 그의 용모라면 대학 안에서도 알려져 있다.

"설마 나병 환자는 아니지?"

한 교수님은 몸을 탁자 저편에서 내 앞으로 꺾어 기울이며 무슨 못 할 소리라도 해서 미안하다는 듯이 웃으셨다.

"아아뇨."

고개를 바로 돌리고 나도 웃으며 대답했다. 교수님께는 어린애다운 데가 있다. 오십이 넘은 분이 그렇다면 장점이다.

"내가 잘못 봤나? 어째 눈썹이 전연 없는 것 같아."

"밀어버렸지요. 면도로 싹 밀어버렸어요. 눈썹뿐만 아니라 머리털도 시원스럽게요."

"아니 왜?"

교수님은 바야흐로 눈이 휘둥그레진다. 그러다가 쑥스러운 질문이었다는 듯이 또 하얀 이를 가지런히 내보이시며 웃으시는 것이다.

"극기?"

스스로 대답해버렸다는 듯이 교수님은 아까 자세로 돌아갔다. 뒤가 개운치 않으신 모양이었다. 그러다가 역시 그런 표정을 하고 있는 나를 보시더니 싱긋 웃음을 보내주시는 것이었다. 나는 다시 마음이 환해지는 듯했다.

"요즘 학생들 간에 유행이랍니다. 우습죠?"

나의 이런 물음에 그러나 교수님은 고개를 가로젓고 계셨다. 미소는 여전히 띠셨으나.

"안 우스우세요?"

"자넨 우습나?"

"네, 우스운걸요."

나는 우습다. 어머니와 누나와 그리고 형도 함께 살고 있었을 때이니까, 국민학교 6학년 때, 사변이 있던 그다음 해 이른 봄이었다. 전쟁 중이긴 했지만, 우리가 살고 있던 여수는 전선에서는 퍽 먼

국토 최남단의 항구여선지 인민군이 남겨놓고 간 자취도 비교적 빨리 지워져가고 있었다. 피난 갔던 사람들도 거의 다 돌아와서, 폭격 맞은 집터에 판잣집을 세우고 될 수 있는 대로 동란 발발 전의 생업을 다시 계속하려고 애쓰고 있었다. 그러나 쉬운 일은 아니었다. 윗녘에서 사태져 내려온 피난민들로 거리는 떠들썩했고 게다가 먼 섬으로 피난시켜놓은 일급선박(一級船舶)들은 얼른 돌아와 활동할 생각을 아직 못 내고 있었을 때였으니까. 사람들은 대부분 구호물자를 배급해주는 교회엘 부지런히 다니고 있었다. 딱히 그것 때문만은 아니었지만, 나와 그리고 남녀공학인 야간상업중학 3학년에 다니고 있던 누나는 부두가 바로 눈앞에 보이는 교회엘 다니고 있었다.

여수에서 가장 큰 교회였다. 그 교회 마당에서 내려다보이는 광장 너머에 부두가 있고 부두 저편으로는 거문도로 가는 바다가 항상 자니사게 흔들리고 있는 것이었다. 나와 누나는 나란히 서서 금속처럼 차게 빛나는 해면을 바라보며 한참씩 서 있곤 했는데 그럴 때야 비로소 나는 어린 가슴에 찾아오는 평안을 느끼는 것이었다. 그러다가 보면 어느새 누나의 가느다란 손가락을 꼬옥 쥐고 있곤 했다. 교회 안의 발 시린 마룻바닥에 꿇어앉은 것보다는 교회 마당가에 서 있는 그것이 좋아서 나와 누나는 교회엘 다니고 있었다고 해도 좋았을 것이다. 그러나 교회에서 내주는 구호물자가 하나의 목적이었던 것을 군이 숨기지도 않아야겠다.

그 이른 봄 어느 날 교회에서는 대부흥회가 있었다. 죄가 많아서 하느님께서 전쟁을 주신 이 나라에 부흥회는 얼마든지 있어도 좋다는 듯이 부흥회가 유행하던 그 무렵이긴 했지만 이번 부흥회에는 재미난 데가 있었다. 이번 부흥회를 주관하러 오신 전도사는 나이 스물인가 되던 어느 해에 손수 자신의 생식기를 잘라버리신 분이라는 것이었다. 그 이유는 오직 하느님이 그렇게 하라고 시켜서라는 것이었다.

부흥회의 첫날밤이었다. 독특한 선전 때문에선지 부흥회는 대성황이었다.

장소는 제빙 공장이 폭격을 맞아 빈 터였는데 서너 걸음 저쪽은 파도가 밀려와서 찰싹이는 소리를 내고 물러가는 부두였다. 그 파도 소리를 들으며 고촉(高燭)의 전등이 대낮처럼 어둠을 씻어주고 있었다. 호흡이 급한 찬송가 소리와 수많은 사람이 발산하는 열이 이른 봄밤의 한기를 못 느끼게 해서 좋았다. 나와 누나는 손을 잡고 사람들 틈을 비집고 들어가서 강단의 바로 앞에 자리를 잡고 앉았다.

해가 지면서부터는 몸이 달 정도로 기다리던 부흥회였다. 누나는 망측한 전도사라고 욕을 실컷 퍼부어놓고 나서는 나를 껴안고 깔깔대며 웃어대는 품이 나보다 더 기다려지는 모양이었다. 형도 이것만은 흥미 있는 일이라는 듯이 다락방에서 덜커덩 소리를 내며 몸을 뒤척이고 있었다. 어머니도 침울한 표정으로 굳어져버린 얼굴에나마 진기한 것을 보았을 때 생기는 미소를 살짝 보여주시던 것이 나와 누나는 여간 기쁜 것이 아니었다. 아아 어머니는 진기한 것을 보면 웃으시는구나 하고 나는 생각했다.

문제의 전도사는 얼굴이 약간 창백하달 뿐 보통 사람과 다름이 없었다. 창백하다고는 해도 집에 있는 형에게 비하면 아주 건강체였으니 대단히 평범한 사람이라고밖에는 말할 수 없을 지경이었다. 키는 나지막하고 눈이 가늘어서 날카로웠다. 서른대여섯쯤 보이는 얼굴엔 주름도 별로 없는 듯했다. 하얀 와이셔츠를 입고 검정 넥타이를 가슴에 드리우고 있었다. 검정색 양복을 입었는데 윗도리는 찬송가 소리가 열광적으로 높아갈 때 벗어버리었다.

저 사람이, 도대체 저 사람이 손수 칼로 자기의 생식기를 잘라 내버렸을까 하고 나뿐만 아니라 어른들도 못 믿겠다는 눈치였다. 차라리 그 전도사 곁에 서 있는 키가 유난히 크고 얼굴이 홀쭉하게 생긴 미국 사람이 그랬다면 나는 믿었을지도 몰랐다. 그편이 훨씬 그럴듯해 보였으니까. 그날 밤 나는 자꾸, 지금 생식기가 없는 사람은 서 미국 사람이더라는 차가에 여러 번 빠져들곤 했다. 그러다 가 보니 그 전도사가 왜 그런 짓을 해버렸는지조차 어느덧 까먹게 되어서 누나에게 다시 물어보고 나서야 깨닫곤 했다. 하느님을 위해서 아니 성령을 받고 그랬다는 것이 아닌가. 내게도 성령이 찾아오는 어느 순간이 있어 나 스스로의 목이라도 잘라버려야 할 경우가 있을는지도 모를 일이라는 생각이 문득 들었다. 그러자 소름이 돋기 시작했다. 땀과 노래와 노래 박자에 맞추어 치는 손뼉 소리가 미친 듯이 날뛰다가 가끔 딱 그치고 갑자기 고요한 침묵의 시간이 생기곤 했는데 그런 때엔 나는 나지막이 들려오는 파도의 찰싹

거리는 소리가 못 견디게 그리웠고 오늘 밤 여기에 온 것이 그리고 앞자리를 차지한 것이 어쩌나 후회되던지 자꾸 혀만 깨물었다.

그 악몽과 같은 부흥회의 밤이 지나자 나는 살아나는 듯했다. 그 날 밤처럼 땀을 흠씬 흘려본 때가 그전엔 없었을 것이다. 그 후로도, 사랑하는 형제여라고 부르짖던 전도사의 쉰 목소리가 귓가에 되살아올 때면 나는 등에 땀이 주르륵 흘러내림을 느꼈던 것이다.

흘낏 곁눈으로 보니 그 눈썹 없는 친구는 어느새 의자를 하나 차지하고 앉아 있었다. 알루미늄처럼 하얀 표정이었다.

"옛날에 전도사가 한 분 계셨어요."

나는 느닷없는 사설을 늘어놓으려고 하고 있었다.

"응?"

교수님은 무슨 얘기냐는 듯이 고개만 빼어 내 편으로 내미셨다.

"저어 수년 전에 전도사가 한 분 있었는데요……."

나는 말소리를 낮추어가지고

"자기 섹스를 잘라버린 훌륭한 분이었답니다."

"허허허."

교수님은 어처구니없다는 듯이 웃으셨다.

"왜? 그것도 극기?"

"선생님 방금 분명히 웃으셨죠?"

"원 자네두……."

교수님은 내가 귀여운 모양이었다. 나도 한 교수님이 정답다.

교수님은 다시 웃으시는 것이었지만 무슨 근심이 있는 사람이 마지못해 웃는 듯한 웃음이었다. 그러고 보니 오늘 교수님은 무언지 허둥지둥하고 계시는 빛이었다. 아까 교문에서 마침 만나서, 선생님 차 한잔 제가 사겠습니다 했을 때도 무척 당황하신 표정이더니 금방 무슨 구원이라도 받은 듯이 나를 따라, 아니, 오히려 내 앞장을 서서 이 다방으로 들어온 것만 보아도 그랬다.

나는 엘리자베스조(朝)의 비극 작가들에 대한 연구 논문을 지난 여름방학 때부터 시작해서 최근에야 완성해놓았기 때문에 그동안에 참고서를 몇 권 빌려봤다는 이유에서뿐만 아니라 나를 아들처럼 사랑해주시는 한 교수님께 논문을 과 주임교수께 제출하기 전에 우선 보이고 싶어서 이 다방으로 모신 것인데, 교수님의 이런 쓸쓸한 얼굴 앞에는 원고지 뭉치를 내밀기가 아무래도 죄송스러워서 오늘은 포기하기로 해버렸던 것이다.

"선생님, 극기라는 말이 맘에 드시는 모양이죠?"

"글쎄…… 글쎄 안 그렇기두 하구……."

또 웃으신다. 저렇게 자꾸 웃으시는 분이 아니신데.

키가 크지 않은 사람에게서만 볼 수 있는 근엄하다고까지 할 정도의 침착성을 이 교수님도 가지고 계시는 것이었으나 그것이 촌스럽지 않고 도리어 세련을 수식하고 있는 것은 이분이 외국 바람을 쐬신 덕택이라고들 한다. 그런데 오늘은 어쩐지 그것이 모두 허물어져가고 있는 듯한 느낌이었다. 어쩐지 야비하게 그래서 어쩐지 두렵게 보이는 것이었다. 그러자 교수님도 나의 그런 기분을 엿보신 모양이었다. 무어라고 화제를 바꾸고 싶으신 모양이어서 나는 얼른 생각나는 대로 뉴스를 꺼냈다.

"참, 사회학과 박 교수님 사모님께서 신병으로 돌아가셨다죠?"

"……."

그러자 교수님은 입이 얼어붙은 듯한 표정을 하시고 무서울 정도로 의심에 찬 시선을 내게 보여주셨다.

"장례식이 내일이라던데요."

"응."

신음하듯 대답하시더니 방금 전의 표정을 재빨리 무너뜨리려고 교수님은

"교수 가족 동태에 대해서도 주의가 대단하군."

하고 웃으시며 비꼬아주시는 것이었다. 나는 얼굴이 뜨거워져서 엉겁결에

"할 얘기가 없어서요."

라고 말해버렸다. 영문은 알 수 없지만 죄라도 진 기분이었다. 교수님은 웃으시며 딴 얘기를 꺼내주셨다.

"지금도 오(嗚) 선생 만나나?"

"네, 가끔 만나죠."

오 선생이란 만화가로서 주로 Y라는 일간신문에 연재만화를 그리고 있는 분인데 대학 교내 신문 편집을 하고 있던 나는 신문 관계 일로 그분을 만나야 할 기회가 있었다. 한번 만나자 어쩐지 좋아져버려서 쩔쩔매었다.

겨우 서른둘밖에 안 된 나이에 비하면 얼굴에는 수많은 그늘이

겹에 겹을 쌓고 있었다. 나는 언젠가 내가 좋아하는 한 교수님과 내가 좋아하는 오 선생을 서로 소개시켜드렸더니 두 분 다 즐거운 모양으로 악수를 한참 동안이나 하고 서 계셨다. 그다음번에 오 선생을 만났을 때, 그 교수님 아주 좋으신 분이더군 하며 말수 적은 성미에서도 한마디 잊지 않았다.

"그분 요즘 그리는 만화는 퍽 어려워졌더군."

"벌써 10여 년 만화만 그렸으니 소재가 고갈할 때도 되었지요."

"아니야, 그런 의미에서가 아니라 단순한 유머를 벗어나고 있단 말이야."

"자기 세계를 갖고 있는 분이죠."

"맞았어. 바로 그거야. 자기 세계를, 그래, 그분도 자기 세계를 가지고 있지."

늦가을 햇살이 '윈도' 밖에서 하늘거리고 있었다. 레지가 다가와서 '윈도'를 배경으로 히고 꺼부리고 서서 빈 찻잔을 거두더니 살며시 비켜서듯 돌아갔다. 레지의 허리를 굽힌 실루엣이 아직도 남아서 아물거리는 듯했다.

'자기 세계'라면 그것을 가지고 있는 사람을 몇 명 나는 알고 있는 셈이다. '자기 세계'라면 분명히 남의 세계와는 다른 것으로서 마치 함락시킬 수 없는 성곽과도 같은 것이 아닌가 생각한다. 그 성곽에서, 대기는 연초록빛에 함뿍 물들어 아른대고 그 사이로 장미꽃이 만발한 정원이 있으리라고 나는 상상을 불러일으켜보는 것이지만 웬일인지 내가 알고 있는 사람들 중에서 '자기 세계'를 가졌다고 하는 이들은 모두가 그 성곽에서도 특히 지하실을 차지하고 사는 모양이었다. 그 지하실에는 곰팡이와 거미줄이 쉴 새 없이 자라나고 있었는데 그것이 내게는 모두 그들이 가진 귀한 재산처럼 생각된다.

요즘은 '하더라'체를 쓰기 좋아하는 영수라는 내 친구만 해도 그렇다. '마도로스 수첩에는 이별도 많더라'라느니 '동대문 근처엔 영자도 많더라'라는 시시한 유행가 구절이나 틈틈이 흥얼대고 있는 듯하지만 실은 대단히 진지한 태도로 여자들을 하나하나 정복해나가고 있었다. 잘생긴 얼굴은 아니지만 눈이나 입 가장자리에 매력이 있었다. 초급대학을 그나마 중퇴하고 지금은 군대엘 갈까 자살을 할까 망설이고 있는 그이긴 하지만 꾸준히 시도 써 모으고 가끔 옷도 새 걸로 사 입고 하였다. 나하고는 여수에서 국민학교 다닐 때 제일 친한 사이로 지냈다.

우리 가족은 내가 국민학교도 졸업했으니라는 이유를 내세우긴 했지만 기실은 형의 죽음에 반 미쳐버리신 어머니가 서둘러서, 환도가 있을 때 서울로 이사했는데 그 후로도 방학만 되면 나는 여수엘 내려가서 그와 바닷가를 헤매었던 것이다. 지금 동대문 근처에서 싸구려 하숙엘 들어 있다. 항구는 사람의 성격에 어떤 염색을 해주는 것이 아닌가고 나는 그를 볼 때마다 생각하는데 그건 마치 어렸을 때 형을 보듯 하기 때문일 것이다. 그는 여자를 정복하는 데 무어랄까 천재가 있는 모양이었다. 그는 그러한 자기의 천재에 의지하여 한 세계를 형성하려고 애쓰고 있다고 할 것이다. 시를 쓰기 위해서라기보다는 차라리 시를 쓴다는 대의명분이 그의 정복 행위를 부축해주고 있을 뿐이었다.

자줏빛 스웨터를 입고 학교로 나를 찾아와서는

"련민! 련민!"

하며 혀를 끌끌 차는 날이라면 으레 또 하나의 인생을 좌절시켜주고 온 날인 것이다.

"련민! 련민! 아 련민뿐이여."

"강 선생께서 하시는 사업은 착착 성공 중이시라."

내가 이렇게 축하를 아뢰면

"그녀도 울고 나도 울었더라."

라고 담배를 꺼내며 대단히 만족하다는 듯이 대답을 하는 것이었다.

그러한 그도 단 한 번은 대실패를 한 적이 있다. 여자에게 최음세를 사용했더라는 것이다. 그런 일이 있기 전 어느 땐가 다음과 같은 수필까지 써서 내게 보여준 적이 있는 그로서는 정말 일대 절망일 수밖에 없었을 것이다.

'요힘빈! 총각들은 최음제의 위력을 과도히 신앙한다. 그래서 그 약품이 총각들 간에서는 사랑의 매개 물질로 간주되어 있는 법도 있다. 피강간(被強姦) 뒤에 으레 있는 처녀의 눈물도 그들에게는 공식적인 식순의 일구(一句)에 불과하다. 참 못마땅한 일이다. 도덕자연하는 나의 이러한 언사가 도리어 못마땅하다고 할는지 모른다. 좋다. 우리들 총각들 간에는 도덕자연하는 것도 위악의 품

목에 참석할 수 있으니 나의 위악적인 이런 언사가 나를 우리의 본부 '다방 지하실'의 야단스러운 청춘 속으로 못 들이밀 바 못 되노라, 에헴. 이런 논리가 나의 머리 위에 비트의 월계관을 올려놓고 박수했다. 운운.'

그 실패 이후로는

"살기는 더 싫어졌다."

라고 중얼거리고 있었다.

"련민! 련민!"

두음법칙 따위가 어감의 감손(減損)을 가져온다면 그건 정말 슬픈 일이 아닐 수 없다고 하면서 그는 기어이 '연민'을 '련민'으로 발음하며 쓸쓸해하였는데 그 '련민'의 음영(陰影)도 최음제 사건 이후엔 퍽 많이 변해 있었다. 어쨌든 내가 보기에 그는 자기의 성(城)이 아니라면 최소한도 자기의 지하실은 지니고 사는 유복한 사람임이 분명하다.

이건 여담이지만, 한 교수님의 딸도 무엇인가를 만들어가고 있는 듯해서 나는 나 자신을 돌아보고 적이 불안해진 적이 있다. 여고 2학년이라면 대부분이 센티멘털리스트라고는 해도 그 애에게는 당해낼 수 없는 생기조차 곁들여 있었던 것이다.

"세상에서 가장 귀여운 게 뭘까?"

지난 5월 어느 일요일, 한 교수님 댁엘 놀러갔을 때였다. 햇볕이 여간 좋은 게 아니어서 나와 그 애와 사모님은 등의자를 마당가에 내놓고 앉아 한담을 하고 있다가 발끝으로 흙을 톡톡 차며 등의자

를 뒤로 젖혔다 앞으로 숙였다 하고 있는 그 애가 하도 귀여워서 탄식하듯 내가 입 밖에 낸 말이었는데

"여신의 멘스?"

라고 그 애는 가볍게 퉁겨버리는 것이었다.

"응?"

나는 얼떨떨해져버려서 코 먹은 소리로 반문했더니

"아닐까?"

그 애는 숙인 얼굴에서 눈만을 살짝 치켜떠보며 부정의문법으로 또 한 번 쥐어박았다.

"호오, 여신에게도 멘스가 다 있을까?"

사모님께서 마침 이렇게 대답을 하심으로써 그 얘긴 그 정도로 그쳐서 나는 화끈 단 얼굴을 감출 수가 있었지만 이건 못 당하겠는데 하고 생각했던 것이다.

"선생님께서는 자기 세계가 있으십니까?"

대답이 없더라도 무안하지 않으려고 나는 짐짓 앙케트를 흉내 낸 장난조로 교수님께 물었다. 교수님은 담배를 꺼내 입가에 무시며

"자네 보기엔 어때?"

하고 되물으셨다. 나는 성냥을 그어 대어드리며, 교수님의 목소리를 본떠서

"글쎄요. 있는 것도 같고…… 없는 것도 같고…….."

했다.

"허허허허."

교수님은 담배를 한 모금 천천히 빨고 나시더니

"있지."

라고 말씀하시고 빙긋 웃으셨다.

"있긴요?"

내가 억지를 쓰는 체했더니

"이래봬도 나의 세계는 옥스퍼드제(製)인데……."

"글쎄요. 성벽이 워낙 높아서 보여야죠."

"흐응."

확실히 이 교수님께는 어려운 구석이 있다. "외국에서 공부하고 오는 사람들은 다소간에 냉혈동물이 되어 돌아오는 법이지"라고 말씀하시며 당신도 극도의 냉혈동물이었다고 말하시지만 젊었을 적엔 몰라도 지금 봐서는 그런 것 같지는 않았다.

외국이라면 대개 서구를 가리키는 것이니 아마 그네들의 합리주의와 개인주의가 몸에 배어 그럴 것이라고 변호를 해주시면서 한편으로는 "아아, 성숙한 처녀처럼 믿음직한 그대 지식인이여"라고 말해놓고 웃으시고는 "그러나 나처럼 탈선할 가능성이 많지" 하고 자조를 하시곤 했다. 외국서 학위를 받고 온 교수들은 강의 노트를 얻어오는 대신 모든 것을 거기에 지불해버리고 온다는 것이었다. 감상을 길러야 하고 다시 인사를 배워야 하고 다시 웃음을 가져야 한다고 싱거운 조로 말하시고는 곧잘 나더러 "자네도 외국 갔다 오면 별수 없지" 하시다가는 이내 "참, 자네 같은 사람은 아예 외국에도 갈 수가 없어" 하며 놀려주시는 것인데 그 이유를 나는 알 수가 없다.

하나의 세계가 형성되는 과정이 한마디로 얼마나 기막히다는 것을 나는 잘 알고 있다. 그 과정 속에는 번득이는 철편(鐵片)이 있고 눈뜰 수 없는 현기증이 있고 끈덕진 살의가 있고 그리고 마음을 쥐어짜는 회오(悔惡)와 사랑도 있는 것이다. 이렇게 말하면 봄바람처럼 모호한 표현이 아니냐고 할 것이나 나로서는 그 이상 자세히는 모르겠다.

역시 여수에서 살 때다. 그즈음 형은 어머니를 죽이자고 끈끈한 음성으로 나와 누나를 꾀고 있었다.

피난지에서 돌아와보니 그렇지 않아도 변변치 않던 집이 거의 완전히 허물어져 있었다. 폭격이나 당해서 그렇다면 이웃에 창피하지는 않겠다고 누나는 부끄러워하고 있었다. 집은 한길이 가까운 산비탈에 있었다. 어머니도 누나와 같은 생각에서였던지는 모르나 인부를 두 명 사서 하낮 걸려서 깨끗이 처치해버리고 다음날은 그 자리에 판잣집을 세우기 시작했다. 사흘 걸려서 된 집은 내 맘에 꼭 들었다. 온돌방 하나와 판자를 깐 방 하나 그리고 판자를 깐 방에는 다락방을 만들어 형이 썼다.

다락방 밑의 판잣방에 담요를 깔고 우리 식구가 거처했고 온돌방은 어머니처럼 생선이나 조개 따위의 해물을 새벽에 열리는 경매 시장에서 양동이에 받아가지고 첫 기차를 타고 순천이나 구례 방면의 장이 서는 고장을 찾아가서 팔고는 막차로 돌아와서 다음날 새벽을 기다리는 것이 생활인 생선 장수 아주머니들의 하숙방으로 내주고 있었다. 우리 집 외에도 근처에 그런 하숙을 치고 밥을 먹는 집이 몇 더 있었는데 경매 시장이 있는 부두와 기차역에 각각 다니기가 좋은 장소여서 집집마다 육칠 명씩 단골이 있었다. 우리 집에서는 누나가 부엌일을 맡고 부엌일뿐만 아니라 매일매일 치러 받는 하숙 셈이라든지 잔살림살이는 모두 맡아하고 있었다. 낮에는 빨래도 하고 김치도 담그고 하느라고 겨우겨우 야간상업중학엘 다녔는데 공부는 늘 1등이었다. 세책점에서 소설을 빌려다가 틈틈이 보는데 혼자 있는 시간이 많아서 그런지 상상력이 대단했다. 곧잘 작문을 지어두었다가 나와 단둘이 있게 되는 시간이 생기면 조용한 음성으로 내게 읽어주곤 했다. 그것이 누나의 나에 대한 최대의 애정 표시였다. 나도 학교가 파하면 집안일을 도와주었다. 특히 뒤꼍의 돼지를 길러내는 게 큰 임무였다. 수놈으로서 중돼지를 넘어서고 있었다.

어머니는 마흔 살이라고는 해도 젊은 티가 남아 있었다. 아버지가 돌아가신 지 벌써 10년이 됐는데 그 뒤로 도맡아하신 고생이 어머니의 살결을 거칠게 해버린 것이어서 고생만 하지 않았더라면 스물이고 서른이고 마흔이고 그대로 남아 있을 단정한 용모였다. 그것 때문에 어머니의 장사는 덕을 보기도 하고 손을 보기도 했다. 예컨대 순천 같은 도시로 장사를 갔다 오는 날엔 빈 양동이를 들고 돌아오시지만 다른 읍 같은 곳에서는 장날에 가면 손님들이 슬슬 피해버리고 악마 같은 얼굴을 한 아주머니들에게나 가서 물건을 산다는 것이었다. 어머니는 별로 말이 없는 분이었다. 기쁠

때엔 물론 웃으시지만 통 말은 안 했다. 보통 형에게 얻어맞을 때 그러는 것인데, 억울한 일을 당하시면 눈에 파랗게 불이 켜진다. 동녘이 훤할 때 바다를 향해서라기보다는 차라리 육지를 향해서 깜박이는 등댓불의 그 희미하나마 금방 눈에 띄는 빛과 같은 것이었다. 그러나 여전히 말은 없다.

형은 종일 다락방에만 박혀 있다가 오후 4시나 되면 인적이 드문 해변으로 나갔다가 두어 시간 후에 돌아와서 다시 다락방으로 올라간다. 밥은 마루방에서 나와 누나와 함께 셋이서 먹는 것이지만 밥만 먹으면 그냥 다락방으로 올라갔다. 사닥다리를 삐걱거리며 올라가는 것을 보고 있노라면, 아아 형은 하늘로 가는구나라는 말이 저절로 입에서 나왔다. 다락방은 이 세상에 있지 않았다. 그건 하늘에 있었다.

그곳은 지옥이었고 형은 지옥을 지키는 마귀였다. 마귀는 그곳에서 끊임없이 무엇을 계획하고 계획은 전쟁이었고 전쟁은 승리처럼 보이나 실은 패배인 결과로서 끝났고 지쳐 피를 토해냈고— 마귀의 상대자는 물론 어머니였고 어머니는 눈에 불을 켠 채 이겼고 이겼으나 복종했다. 형은 그 다락방에서 벌레처럼 끊임없이 부스럭거리는 소리를 내고 있었다.

형은 스물두 살이었다. 사변 전에 폐가 아주 나빠져서 중학교를 도중에 그만두었다. 하다못해 유행가 가수라도 되겠다고 새벽과 저녁으로 바닷가를 헤매며 소리를 지르고 있더니 그런 지경을 당해버린 것이었다. 나는 국민학교 2학년 때 학교 담임선생님이 새

60

벽에 일찍 일어나는 것은 건강에 좋다고 해서 그런 말을 들은 다음 날 형의 발자국을 밟고 해변으로 따라 나간 적이 있었다. 바닷물은 빠지고 있었고 바위들은 금방이라도 벌떡 일어서서 나를 둘러싸고 기분 나쁘게 웃어댈 듯이 시커멓게 웅크리고 잠들어 있었다. 나는 오돌오돌 떨면서 움직이기가 귀찮아, 물기가 담뿍 밴 모래 위에 쭈그리고 앉았다. 그때 바다 저편에서 들려오듯이 아득한 형의 노래가 들려온 것이었다. 바닷속으로 바닷속으로 비스듬히 가라앉아가는 듯한 환상 속에서 나는 형의 폐병을 예감했을 것이었다. 아니다. 그 이상의 것을―형을, 동시에 어머니를, 알았을 것이었다.

"나갈까?"

하고 교수님은 내게 물으셨다.

"들어온 지 얼마 되지도 않았는데요. 저어 바쁘십니까?"

"아아니 뭐…… 술이라도 마시고 싶어지는군."

"네? 정말 드시겠어요? 저, 제가 좋은 데를 한 집 아는데요."

"흐응. 술이란 좋은 거지?"

교수님은 별로 마시고 싶지도 않으신데 괜히 한번 그래 보신 모양이다.

나는 짜증이 났다.

"나가실까요?"

하고 나는 벌떡 일어서면서 거의 강제적인 어조로 말했는데 교수님은 별로 불쾌히 여기지도 않고 조용히 자리에서 일어나셨다.

감색 바탕에 검정 사각 무늬가 배치되어 있는 교수님의 넥타이가 유난히 눈에 들어왔다.

찻값을 치르고 나오자 교수님은 벌써 밖에 나와서 잎이 지고 있는 플라타너스 곁에 서 계셨다. 저녁 햇살이 번져가고 있는 가을 하늘을 쳐다보고 계셨는데 윤곽이 뚜렷한 얼굴에는 소녀 같은 애수가 깃들어 있었다. 보는 사람에게 못마땅하다는 생각을 조금도 일으키지 않게 진실한 표정이었다.

"정말 술이라도 드시죠?"

"그만두지."

"……."

교수님과 나는 걷고 있었다.

무슨 생각에서였던지 교수님은 문득

"옛날 얘기 하나 들어보겠나?"

하고 말하시고 웃으셨나.

"네, 해주세요."

나는 필요 이상으로 좋아하는 빛을 보여드렸다.

'정순은 한마디로 총명한 여자였다. 자기의 운명을 만들어낼 수 있는 것은 반드시 자기만이 아니라는 걸 적어도 알고 있었다. 설령 그것이 당시 인습의 강요로 얻은 사고방식이라 할지라도 곁에서 보기에 아슬아슬하다거나 하는 느낌은 전연 가질 수 없도록 무어랄까 확신을 가지고 있는 듯했다. 사랑을 한다고 해도 리얼하다고나 표현해야 할 것으로 한 교수보다는 적극적으로 애타하고 보다 적극적으로 울고 그러다가, 어느 날엔가는 자기편에서 절교장을 보냈다가도 그다음 날 새벽 동이 훤해지기 바쁘게 부석부석한 눈으로 한 교수의 하숙으로 달려와 방긋 웃으며, 저 지독한 거짓말쟁이예요 하고 무릎을 꿇고 앉아 사죄를 하기도 하는 하여간 가슴이 타도록 한 교수를 사랑하는 것이었지만, 그러나 한편으로는 배암과 같은 이기심을 발휘하여, 대학 졸업 후 런던 유학을 꾀하고 있는 한 교수에게 그 계획을 포기하라고 희생을 강력히 요구해오기도 하는 것이었다. 동갑이었다. 도쿄 유학을 온 학우들 간에 '국화, 단(但), 남성'이란 별명을 가진 한 교수에겐 정순과의 사랑이 무척 풀기 힘든 선택 문제로, 하나의 시련으로 하나의 굴레로 압박해왔다. 졸업 날짜가 가까워올수록 더욱 그랬다. 그때의 일기장을 펴보면 이렇게 적혀 있다고 한다. '대학 졸업 후 정순과의 결혼이냐 젊은 혼을 영국의 안개 낀 대학가에서 기를 것이냐. 둘 다 보배로운 일이 아닌가. 둘 다 한꺼번에 만족시킬 수 있다면 얼마나 기꺼운 일이냐. 그러나 정순은 나의 모든 학업이 끝날 때까지는 아마 기다릴 수 없으리라는 것이었다. 과년(過年)하다고 도쿄 유학도 겨우 용인해주고 있는 고국의 부모들이 딸의 졸업 후에는 절대로 가만두지는 않을 것이라는 것이다. 자기가 일본 여성이라면 서른 살이 문제가 아니라 마흔까지라도 기다릴 수 있겠지만 불행히도 자기의 부모는 이해심 적은 조선 사람이라는 것이다. 그래도 내가 기다리라고 하면 목숨을 걸고 기다리겠지만 늙다리가 되어서는 자기편에서 차마 결혼을 승낙 못 할 것 같다는 것이다. 결혼을 해놓고 서양 유학을 간다고 해도 그것은 내가 자신이 없다. 결국 둘 다 망치는 일이 될 것만 같아서다. 오직 하나 분명한 것은, 나는 정순을 지극히 사랑한다는 것뿐이다. 아, 신이여 보살피소서. 그러다가 마침내 결론을 얻었다. 졸업을 1년 앞둔 어느 봄날이었다. 도쿄의 하늘은 흩날리는 사쿠라 꽃잎으로 아슴해지고 사람의 심경들도 마냥 혼미해지기만 하는 봄날의 꽃바람이 부는 밤이었다. 정순의 육체를 범해버리기로 한 것이었다. 말똥말똥한 의식의 지휘 아래, 한 번, 두 번, 세 번, 네 번…… 수술대 위에 뉘어진 환자가 모르핀에 취할 때까지 수를 세듯 한 번, 두 번, 세 번, 네 번, 다섯 번. 그러자 예상했던 대로 한 교수의 사랑은 식어질 수 있었다. 다음 해 사쿠라가 질 무렵엔, 마카오 경유 배표를 쥐고도 손가락 하나 떨지 않고 서 있을 수 있었다. 벌써 30여 년 전 얘기다.'

"흐흥, 그런데…… 그 여자가 어제저녁 죽었다네."

"네?"

"장사는 내일 치르구…… 오늘 저녁에 입관을 한다나?"

"네? 그럼 사회학과 박 교수님의……."

한 교수님은 쓸쓸히 웃으셨다. 가을 햇살이 내 에나멜 구두 콧등에서 오물거리고 있었다.

형이 나와 누나에게 어머니를 죽이자는 말을 처음 끄집어냈을 때도 내 발가락 사이로 초가을 햇살이 히히덕거리며 빠져나가고 있었다. 굵은 모래가 펼쳐진 해변에서였다. 납득? 아마 그랬을 것이다. 기침을 해가며 나직나직 말하는 형의 백짓빛 얼굴에서 나는 그를 미워할 아무런 건덕지도 찾아볼 수 없을 지경이었으니까. 왜냐하면 그런 말을 하는 형을 미워해야 한다면 어머니도 똑같이 미워해야 할 것이었는데 실상 나는 둘 다 미워하고 있지 않았다. 둘다 사랑하고 있었다. 내가 설령 모두 미워하고 있었다고 하더라도 그것은 나의 그들에 대한 끝없는 사랑의 감정에서일 수밖에 없었다. 그러나 손쉽게, 사랑한다고 해서 내가 초가을 햇살이 눈부신 해변에서 들은, 지옥으로부터 나의 가슴에 육중하게 울려오는 저 끔찍한 음모(陰謀)를 납득할 수는 없었을 것이다. 차라리 수년 전 어느 새벽에 발자국을 밟고 따라가서 소라 껍데기 같은 나의 마음속에 잊지 않으리라 담아두던 노랫소리의 빛깔로 하여 형의 이런 계획은 당연하다고 주억거릴 수 있었다고 하는 편이 나았다.

형을 따라 새벽에 해변엘 나간 적이 있던 그 무렵 어느 날 저녁 때였다.

어머니는 마흔이 넘어 보이는 사내를 하나 데리고 집으로 왔다. 어머니가 생선 장수를 시작하기 전으로, 바느질로써 용돈을 벌었고 남아 있던 살림살이를 하나씩 하나씩 팔아서 살고 있었을 때였다. 사내는 갯바람에 그을려서 약간 야윈 듯한 얼굴에 눈이 쌍꺼풀져 있었다. 모든 것이 자신만만하다는 듯한 태도를 가진 그 사내는 그날 저녁에 어머니와 함께 밤을 지내고 다음 날 새벽 일찍이 돌아갔다. 그날 나와 누나는 공포에 차서 덜덜 떨며 한숨도 자지 못하고 말았다.

중학교에 다니던 형도 엎치락뒤치락하며 밤을 그대로 새우고 있는 눈치였다. 다음 날 형은 학교엘 가지 않았다. 그것이 아버지의 사망 후에 어머니가 맞아들인 최초의 사내였다. 일본을 상대로 하는 밀수선의 선장이라는 건 그 사내가 그날 밤 이후로도 몇 차례, 몇 차례라고는 하나 시일로 따지면 거의 1년 동안 우리 집에 드나들 때 자연히 알게 되었다. 왜 어머니가 사내를 집 안으로 끌어들였는지 그리고 우리에게 아무런 인사도 시키지 않았고 말도 못 건네게 하였는지 그때는 아무래도 이해할 수가 없었다. 풍족하진 못했지만 돈이 없다고 짜증을 부리거나 불만을 가진 사람은 집 안에 아무도 없었다. 그렇다고 사내를 우리들에게 아버지처럼 행세시키려 드는 눈치도 아주 없었다.

사내가 다녀간 다음 날에는 어머니는 형에게 무척 미안하다는 태도를 지어 보였다. 형으로 말하자면, 처음엔 어리둥절했던 모양이다. 무엇을 어떻게 하겠다는 결심은 전연 서려 있지 않은 분노를 자기의 침묵과 눈동자에 담고 있었으나 그뿐 아무런 짓도 하고 있지 않았다. 그러나 자기의 행동에 어떤 결심을 갖다 붙일 수 없었던 것은 오로지 자기의 나이를 잘 알고 있기 때문이었던 모양이다. 두 번째의 사내는 세관 관리였다. 털보였다. 눈이 역시 쌍꺼풀져 있었다. 술고래인 모양으로 늘 몸에서 술 냄새가 나고 있었다. 세 번째 사내는 헌병문관(憲兵文官)이었다. 어머니보다 젊은 듯했다. 안색이 창백하였으나 눈이 부리부리한 사람으로 우리들에게는 항상 적의 어린 시선을 쏴주고 있었다.

이때 형은 학교를 그만둔 뒤였다. 그 무렵 형의 약값으로 돈이 많이 들어서 살림이 상당히 쪼들리고 있었는데 그것이 미안해서였던지 아니면 이제는 충분히 나이가 들었다고 생각해서였던지, 셋째 번의 사내가 처음으로 다녀간 다음 날 형은 드디어 어머니를 때리고 만 것이었다. 그리고 어머니의 눈에 처음으로 불이—희미하나 금방 알아볼 수 있는 파란 불이 켜지기 시작한 것이었다. 그리고 그 불빛 속에서 영원한 복종과 야릇한 환희와 그러나 약간의 억울함을 나와 누나는 본 것이었다. 그러한 빛깔을 한 불이 켜지면 누나는 안타까워서 동동 뛰었다. 그러나 나는 이미 포기해버리고 있었으므로 누나를 달랠 수 있는 여유조차 갖고 있었다.

어머니는 형에게 연애를 권했다. 형은 학교를 그만둔 뒤로는 썩어가는 폐에 눈물 어린 호소를 해가면서 문학으로 방향을 바꾸고 있었으므로 어머니는 그런 핑계를 내세우고, 연애는 네 문학 공부에 어떤 자극이 될지도 모른다고 권했으나 형은 흥 하고 웃어버렸다.

한 사람이 배반했다고 해서 자기까지 배반해버릴 수는 없었던 모양인가. 더구나 배반한 사람이 어떤 의사이전(意思以前)의 절대적인 지시 아래에서는 어찌할 수가 없다는 사실을 알고 있었기 때문인가. 피난지에서 어머니가 한번 좋은 처녀가 있는데 결혼할래 하고 물었더니, 아무리 전쟁 중이라도 어머니가 미쳐버린다는 건 슬픈 일이에요라는 대답을 하고 나서, 어머니를 똑바로 쳐다보면서 싸늘한 웃음을 지었다. 어머니는 얼른 고개를 숙임으로써 그 시선을 피했지만 떨구는 어머니의 눈 속에는 또 그 파란 불이 켜져 있었던 것이 기억된다. 피난지에서 돌아와서부터 어머니가 사내를 집 안으로 데리고 오는 일은 없었다. 그러나 모든 것이 형에게 는 마찬가지였다. 형은 무엇인가를 기어이 하고야 말리라고 예기 하고 있던 나는 그러기 때문에 다락방에서 끊임없이 부스럭거리 며 살고 있는 형을 공포에 찬 눈으로 주시하고 있었다. 누나도 마 찬가지였다. 누나와 나는 유일한 동맹이었다. 내가 어린 날을 그래 도 행복하게 보낼 수 있었던 것은 오직 누나가 있었기 때문이었다.

형이 어두운 다락방에서 우리에게 숨기며 쉬지 않고 무엇인가 를 만들어가고 있듯이 나와 누나도 형과 어머니에게서 몇 가지 비 밀을 만들어놓고 우리의 평안과 생명을 그 비밀 왕국 안에서 찾고 있었다.

누나가 밤늦게 학교에서 돌아오면 나는 기다리고 있다가 다락 방에 있는 사람에게 들키지 않도록 조심하며 밖으로 나간다. 누나 도 석유 남폿불의 심지를 줄여놓고 나서 역시 살그머니 빠져나온 다. 나와 누나는 발소리를 죽이며 어두운 숲 그늘을 밟고 산비탈 을 올라간다. 해풍이 끊임없이 솔솔 불어오고 있다. 소금기에 저린 잎사귀들은 사그락대고 있다. 뱃고동 소리가 부우웅 울려오고 우 리가 산비탈을 올라감에 따라서 부두 쪽에서 들려오는 웅웅거리 는 소리가 조금씩 크게 들린다. 내려다보면 항도(港都)의 크고 작 은 불빛들이 눈짓을 보내주고 있다. 드디어 철조망이 나선다. 칙칙 한 색으로 숲이 살랑대고 있는 철조망 저편에는 석조 저택이 우울 하게 서 있다. 몇 개의 창에서 불빛이 새어 나오고 있다. 현관에도 불이 켜져 있다. 우리는 철조망 이편에서 납작 엎드려 기다리고 있

다. 엎드려서 우리는 흙내음과 풀내음을 들이마시며, 뜨거워져가
는 숨소리를 느끼며 잔뜩 긴장하여 기다리고 있다.

이윽고 현관문이 밖으로 빛을 쏟아내면서 열리고 애란인인 선
교사가 비척비척 걸어 나온다. 깡마르고 키가 크다. 불빛 아래서는
번쩍이는 안경을 쓰고 있다. 유령처럼 그는 이쪽으로 천천히 걸어
온다. 어떤 때는 고개를 숙이고 걸어오기도 한다. 사그락대는 나뭇
잎 소리들이 이 밤의 정적을 더 돋우고 있을 때 그가 이편으로 걸
어오는 발짝 소리는 무한히 신비스럽게 느껴진다. 이윽고 왔다. 우
리가 엎드려서 온갖 힘을 눈에다 모으고 있는 철조망 저 켠에는
몇 그루의 측백나무가 어둠에 싸여 있고 그 측백나무 아래에는 벤
치가 하나 있다. 그는 드디어 거기에 앉는다. 털썩 주저앉는다. 나
는 누나의 한 손을 꼭 쥐고 있다. 손에는 어느덧 땀이 흐르고 있다.

선교사는 멀리 아래로 보이는 시가지의 불빛들을 꿈꾸듯이 보
고 있다. 바람에 실려 오는 소금기를 냄새 맡는 듯이 그는 코를 두
어 번 킁킁거려본다. 드디어 바지 단추를 끄른다.

흥청대는 항구의 여름밤과는 상관없이 바위처럼 고독한 자세
하나가 우리의 눈앞에서 그의 기나긴 방황을 시작하고 있다. 그렇
게도 뛰어넘기 힘든 조건이었던가. 일요일에 교회에서만 선교사
를 대하는 신도들에게는 도대체 상상될 수 없는 그래서 무수한 면
을 가진, 아아 사람은 다면체였던 것이다. 바람은 소리 없이 불어
오고 잎들조차 이제는 숨을 죽이고 이슬방울들이 불빛에 번쩍이
면서 이 무더운 밤이 해주는 얘기에 귀를 기울일 때 나의 등에도

누나의 등에도 어느새 공포의 식은땀이 흐르고 있었다.

이윽고 끝났다. 그는 어둠 속에서 한숨처럼 긴 숨을 몇 번 쉬고 느릿느릿 일어나서 바지를 추켜 입고 힘없이 비척거리며, 온 길을 되돌아간다. 그제야 우리들은 쥐었던 손을 놓고 일어선다. 이마에서는 땀이 흐르고 있다. 우리는 기진맥진하여 불빛들이 사는 비탈 아래로 내려온다.

우리의 왕국에서 우리는 그렇게도 항상 땀이 흐르고 기진맥진하였다. 그러나 한 오라기의 죄도 거기에는 섞여 있지 않은 것이었다. 오히려 거기에서 우리는 평안했고 거기에서 우리는 생명을 생각하고 있었다. 낮에 우리는 가끔 그 선교사가 자동차를 타고 지나다니는 것을 본 적이 있지만 전연 딴사람처럼 명랑해 보였다. 명랑하게 달려가는 자동차의 뒤에서 우리는 늘 미소를 가질 수 있었다. 다시 한번 말하거니와 우리가 꾸며놓은 왕국에는 항상 끈끈한 소금기가 있고 사그락내는 나뭇잎이 있고 머리칼을 나부끼는 바람이 있고 때때로 따가운 빛을 쏟는 태양이 떴다. 아니 이러한 것들이 있었다기보다는 우리들이 그것을 의식하려고 애쓰고 있었다고 하는 게 옳겠다. 그러한 왕국에서는 누구나 정당하게 살고 누구나 정당하게 죽어간다. 피하려고 애쓸 패륜도 아예 없고 그것의 온상을 만들어주는 고독도 없는 것이며 전쟁은 더구나 있을 필요가 없다. 누나와 나는 얼마나 안타깝게 어느 화사한 왕국의 신기루를 찾아 헤매었던 것일까!

햇빛이 눈부시게 빛나는 해변에서 형이 어머니를 죽이자고 했을 때 나는 훌쩍훌쩍 울어버리고 말았지만 그것은 형의 말에 반대해서라기보다는 오히려 형에게 얼마든지 동감할 수가 있었기 때문일 것이었다. 형은 그 말을 함으로써 스스로 성자(聖者)의 지위에 올랐다고 생각했을 것이다. 누나도 사실 어머니에게 불만이 없는 것은 아니었다. 그렇다고 그 불만이 형을 위해서 있는 것은 아니었다. 누나는 가장 영리하였다. 그 눈부신 해변에서 누나는 한마디 말도 하지 않고 한 개의 표정도 바꾸어 짓지 않았지만 그것은 누나의 아름다운 노력일 뿐이었다. 누나는 영리하였다. 형이 어머니의 거의 문란하다고나 해야 할 남자관계를 굳이 내세우며 우리를 설복시키려고 애쓰고 있었지만(그것은 우리를 철부지로 여기고 있었기 때문일 것이다. 철부지에게는 본능적인 의협심이 행위의 충동이 되는 걸로 형은 생각했을 것이다)―사실 나도 그 따위는 아무것도 아니라고 생각했다. 형의 의도는 그 너머에 있는 것이었으니까―누나는 귓등으로 흘려버릴 정도로 모든 것을 알고 있었다.

　모든 오해를, 옳다, 모든 오해를 누나는 알고 있었다. 그러나 영원히 풀어버릴 수 없는 오해라는 것도 알고 있었다. 무서운 결과를 무릅쓰지 않고서는 누나는 결코 그 오해를 풀어줄 수가 없다는 것도 알고 있었다. 아아, 이렇게 얘기해서는 안 되겠다. 이것은 너무나 막연한 표현들이다. 한마디로 말하고 싶다. 어머니는 영혼을 사러 다니는 마녀와 같다고 형은 경계하고 있었고 한편, 형은 빈틈을 쉬지 않고 노리는 어떤 악한 세력이라고 어머니는 생각하고 있었다. 이러한 생각들은, 나와 누나의 직관 속에서 보면, 분명히 아버지의 사망 후에 비롯된 것이었고 비록 은근한 것이었다고는 하나 얼마나 끈덕진 것이었던지 이것의 어떤 해결 없이는 새로운 생활─새롭다고 한들, 남들은 별생각 없이 예사로 사는 그런 생활을 할 수는 도저히 없는 것이었다.

형과 어머니는 주고받는 시선 속에서 우습도록 차디찬 오해를 나누고 있었다. 그뿐이다. 그뿐이다. 둘 다 오해를 하고 있었던 것뿐이다. 상상의 바다를 설정해놓고 그곳을 군이 피하려고 하는 뱃사람들처럼 어머니와 형도 간단하게 살아갈 수는 없었던 것인가.

누나가 마지막까지 눈물겨운 노력을 포기하지 않았던 것을 나는 알고 있다. 모래가 따가운 해변에서 돌아와서 일주일인가 지난 날 밤이었다. 누나는 그날 저녁 학교를 쉬고 노트에 부지런히 글을 짓고 있었다. 열여섯 살짜리 계집애로서는 그 이상 더 어떻게 할 수 없는 노력이었다. 나는 남포에 석유를 붓고 누나가 쓸 연필을 깎아놓았다. 그리고 나서 누나 곁에 엎드려서 근심스럽게 누나의 노력을 바라보고 있었다. 작문은 이런 것이었다.

'내 어머니의 '남자관계'를 내가 어렸을 때는 막연한 어떤 심리에 사로잡혀 미워하고 심지어 내 어머니는 '갈보'라고까지 욕을 했고 그리고 나의 기억에도 아버지와 놀던 세세한 일은 거의 남아 있지 않을 정도로 오래전에 돌아가신 아버지를 애타게 그리워했고 그 아버지를 잊어버리고 다른 남자와 '놀아나는' 어머니를 더욱 미워하게 됐고 그래서 혹시 그런 남자가 집에 오기라도 하면 나는 일부러 방문을 탁 닫기도 하고 큰 장독으로 돌을 가져가서 차마 독을 쾅 깨어버리지는 못하고 땅땅 두들겨보고 그러다가 그 독아지 속에서 울려오는 무거운 소리를 귀 기울여 들으며 어머니에 관한 일은 잊어버리기로 하곤 하였다. 이제 와서 생각하면 그처럼 어머니를 못 이해하고 있었다니 하는 후회만이 앞선다. 어머니가 사귀던 몇 남자들의 얼굴을 나는 똑똑히 외우고 있다. 그들은 차례차례 어머니를 거쳐갔는데 이상하게도 그 남자들의 용모에는 공통된 점이 많았다. 눈이 쌍꺼풀이라든지 콧날이 오똑하고 얼굴색이 비교적 창백하다든지, 하여간 나의 기억 속에 그들의 얼굴은 서로 비슷했다. 그리고 좀 더 거슬러 올라가면 놀랍게도 아버지의 얼굴과 거의 일치되는 것이다. 어머니는 사귀고 있는 남자를 우연한 기회에 보게 되었을 것이다. 그러고는 옛날 당신의 한창 젊음을 바쳐 사랑하던, 그리고 그보다도 더 큰 아버지의 사랑을 받던 날을 생각할 것이다. 아아, 어머니는 얼마나 아버지를 찾아 헤매었던 것일까. 내 어린 시절의 기억 속에 불쾌감을 모질도록 일으키던 어머니의 '남자관계'는 곧 내가 사랑하는 그리고 어머니가 사랑하는 아버지를 찾아 헤매던 일이기도 했던 것이다.'

물론 이 작문은 거의 완전한 허구였다. 그러나 최후의 노력이었다. 누나는 그 작문을 들고 다락방으로 올라갔다. 나는 기도하듯이 손을 모으고 다락방으로, 지옥으로 올라가고 있는 한 사도의 순결한 모습을 바라보고 있었다. 지루하도록 오랫동안 그 사도는 내려오지 않았다. 이윽고 다락의 층계를 밟고 사도는 피로한 모습을 하고 내려왔다.

절망. 형은 발광하는 듯한 몸짓으로 픽 웃더라는 것이다. 그리고
누나에게 이런 뜻의 말을 하더라는 것이다. 어머니의 '남자관계'
를 너는 그렇게 해석해도 무방하다. 그러나 실은 그것에서 그치는
것은 아니다. 그것은 일종의 극기일 뿐이다. 극기일 뿐이다. 극기
일 뿐이다…….

"옛날 일을 그래서 지금은 후회하세요?"

"후회하냐고?"

교수님은 무슨 소리냐는 듯이 눈을 둥그렇게 뜨셨다. 그러자 그
러한 당신의 표정이 서운하셨던지 입술을 주름 짓게 모아 쑥 내민
채 애처롭게 웃으셨다.

또 형은 억울하다는 듯한 표정으로 이렇게 말하더라는 것이다.
어머니의 나에게 대한 운명적인 요구에 나는 어떻게 대처해야 할
지 모르겠다(나와 누나에게는 이 말처럼 미운 것이 없었다). 솔직히
말하마. 남들에게는 지극히 평범하고 세속적인 관계일 수밖에 없
는 것이 내게는 왜 이렇게 험악한 벽으로 생각되는지, 나는 참 불
행한 놈이다. 절망. 풀 수 없는 오해들. 다스릴 수 없는 기만들. 그
렇다고 장난꾸러기 같은 미래를 빤히 내다보면서도 눈감아버릴
수는 없는 것이다. 절망. 절망. 누나와 나는 그다음 날 저녁, 등대가
있는 낭떠러지에서 밤 파도가 으르렁대는 해변으로 형을 떠밀었
다. 우리는 결국 형 쪽을 택한 것이었다. 미친 듯이 뛰어서 돌아오
는 우리의 귓전에서 갯바람이 윙윙댔다. 얼마든지 형을, 어머니를
그리고 우리들을 저주해도 모자랐다. 집으로 돌아와서 불을 켜자

비로소 야릇한 평안을 맛볼 수 있었다.

그리고 얼마 있지 않아서였다. 판자문을 삐걱거리며 열고 물에 흠씬 젖은 형이 살아서 돌아온 것이다. 우리의 눈동자는 확대된 채 얼어붙어버렸다. 형은 단 한마디, 흐흥 귀여운 것들, 해놓고 다락방으로 삐걱거리며 올라갔다. 그리고 사흘 있다가, 등대가 있는 그 낭떠러지에서 스스로 몸을 던져 죽은 것이었다. 나와 누나의 눈에는 감사의 눈물이 번쩍이고 있었다. 그러나 어머니의 오해에는 어떻게 손대볼 도리 없이 우리는 성장하고 만 것이었다.

만화로써 일가(一家)를 이룬 오 선생 같은 분도, 좀 이상한 얘기지만 일을 하다가 문득 윤리의 위기 같은 걸 느낄 때가 있다라고 내게 말씀하시는 때가 있다. 윤리의 위기라는 거창한 말을 쓰고 있지만, 내가 보기엔 작은 실패담이라고나 할 수밖에 없는 일인데 당사자에겐 퍽 심각한 문제인 모양이다. 이야기인즉, 하얀 켄트지를 펴놓고 먼저 연필로 만화의 초(草)를 뜬다. 그러고 나면 펜에 먹물을 찍어 연필 자국을 덮어 그리는데 직선을 그려야 할 경우에 어쩐지 손이 떨려서 그만 자를 갖다 대고 그려버릴 때가 가끔 있다는 것이다. 그렇게 해서 다 그리고 난 뒤에 작품을 보고 있노라면 어쩐지 자꾸 그 직선 부분에만 눈이 가고, 죄의식이 꿈틀거린다는 것이다. 그리고 독자들이 이렇게 외치는 소리가 들리는 듯하다고 한다. 그건 당신의 선이 아니다. 그것은 직선이라는 의사밖에는 가지고 있지 않은 자(尺)의 선이다. 당신은 우리를 속이려 하는구나 라고.

형 같은 경우는 아예 비길 수 없이 으리으리하게 확립된 질서 속에서 오 선생은 살고 있는 것이지만 긍정이라든지 부정이라든지 하는 따위의 의미를 일체 떠난 순종의 성곽 속에도 밤과 낮이 있는 모양이었다.

"오늘 저녁 입관하시는 데 가보시겠군요."

나는 고개를 돌려서 물었다. 교수님은 난처한 웃음을 띠셨다.

"내가 울까?"

"네?"

"정순의 죽은 얼굴을 보고 내가 울까?"

"물론 안 우시겠죠."

"……."

"……."

"그렇다면 갈 필요가 없을 것 같군."

옳은 말씀이나. 이제 와서 눈물을 뿌린다고 해서 성벽이 쉽사리 무너져날 것 같지도 않은 것이다.

"슬프세요?"

내가 웃으며 물었더니

"글쎄, 지금 생각 중이야."

라고 대답하셨다.

나는 할 수 없이 또 한 번 웃고 말았다.

(1962)

서울, 1964년 겨울

1964년 겨울을 서울에서 지냈던 사람이라면 누구나 알 수 있겠지만, 밤이 되면 거리에 나타나는 선술집—오뎅과 군참새와 세 가지 종류의 술 등을 팔고 있고, 얼어붙은 거리를 휩쓸며 부는 차가운 바람이 펄럭거리게 하는 포장을 들치고 안으로 들어서게 되어 있고, 그 안에 들어서면 카바이드 불의 길쭉한 불꽃이 바람에 흔들리고 있고, 염색한 군용 잠바를 입고 있는 중년 사내가 술을 따르고 안주를 구워주고 있는 그러한 선술집에서, 그날 밤, 우리 세 사람은 우연히 만났다. 우리 세 사람이란 나와 도수 높은 안경을 쓴 '안'이라는 대학원 학생과 정체는 알 수 없지만 요컨대 가난뱅이라는 것만은 분명하여 그의 정체를 알고 싶다는 생각은 조금도 나지 않는 서른대여섯 살짜리 사내를 말한다.

　먼저 말을 주고받게 된 것은 나와 대학원생이었는데, 뭐 그렇고 그런 자기소개가 끝났을 때는 나는 그가 안씨라는 성을 가진 스물 다섯 살짜리 대한민국 청년, 대학 구경을 해보지 못한 나로서는 상상이 되지 않는 전공을 가진 대학원생, 부잣집 장남이라는 걸 알았고, 그는 내가 스물다섯 살짜리 시골 출신, 고등학교는 나오고 육군사관학교를 지원했다가 실패하고 나서 군대에 갔다가 임질에 한 번 걸려본 적이 있고 지금은 구청 병사계에서 일하고 있다는 것을 아마 알았을 것이다.

자기소개들은 끝났지만 그러고 나서는 서로 할 얘기가 없었다. 잠시 동안은 조용히 술만 마셨는데 나는 새카맣게 구워진 군참새를 집을 때 할 말이 생겼기 때문에 마음속으로 군참새에게 감사하고 나서 얘기를 시작했다.

"안 형, 파리를 사랑하십니까?"

"아니오. 아직까진…….." 그가 말했다. "김 형은 파리를 사랑하세요?"

"예"라고 나는 대답했다. "날 수 있으니까요. 아닙니다. 날 수 있는 것으로서 동시에 내 손에 붙잡힐 수 있는 것이니까요. 날 수 있는 것으로서 손안에 잡아본 것이 있으세요?"

"가만 계셔보세요." 그는 안경 속에서 나를 멀거니 바라보며 잠시 동안 표정을 꼼지락거리고 있었다. 그리고 말했다. "없어요. 나도 파리밖에는…….."

낮엔 이상스럽게도 날씨가 따뜻했기 때문에 길은 얼음이 녹아서 흙물로 가득했었는데 밤이 되면서부터 다시 기온이 내려가고 흙물은 우리의 발밑에서 다시 얼어붙기 시작했다. 소가죽으로 지어진 내 검정 구두는 얼고 있는 땅바닥에서 올라오고 있는 찬 기운을 충분히 막아내지 못하고 있었다. 사실 이런 술집이란, 집으로 돌아가는 길에 잠깐 한잔하고 싶은 생각이 든 사람이나 들어올 데지, 마시면서 곁에 선 사람과 무슨 얘기를 주고받을 만한 데는 되지 못하는 곳이다. 그런 생각이 문득 들었지만 그 안경잡이가 때마침 나에게 기특한 질문을 했기 때문에 나는 '이놈 그럴듯하다'고 생각되어 추위 때문에 저려드는 내 발바닥에게 조금만 참으라고 부탁했다.

"김 형, 꿈틀거리는 것을 사랑하십니까?" 하고 그가 내게 물었던 것이다.

"사랑하구말구요." 나는 갑자기 의기양양해져서 대답했다. 추억이란 그것이 슬픈 것이든지 기쁜 것이든지 그것을 생각하는 사람을 의기양양하게 한다. 슬픈 추억일 때는 고즈너이 의기양양해지고 기쁜 추억일 때는 소란스럽게 의기양양해진다.

"사관학교 시험에서 미역국을 먹고 나서도 얼마 동안, 나는 나처럼 대학 입학시험에 실패한 친구 하나와 미아리에 하숙하고 있었습니다. 서울엔 그때가 처음이었죠, 장교가 된다는 꿈이 깨어져서 나는 퍽 실의에 빠져 있었습니다. 그때 영영 실의해버린 느낌입니다. 아시겠지만 꿈이 크면 클수록 실패가 주는 절망감도 대단한 힘을 발휘하더군요. 그 무렵 재미를 붙인 게 아침의 만원된 버스 칸이었습니다. 함께 있는 친구와 나는 하숙집의 아침 밥상을 밀어놓기가 바쁘게 미아리 고개 위에 있는 버스 정류장으로 달려갑니다. 개처럼 숨을 헐떡거리면서 말입니다. 시골에서 처음으로 서울에 올라온 청년들의 눈에 가장 부럽고 신기하게 비치는 게 무언지 아십니까? 부러운 건, 뭐니 뭐니 해도, 밤이 되면 빌딩들의 창에 켜지는 불빛, 아니 그 불빛 속에서 이리저리 움직이고 있는 사람들이고 신기한 건 버스 칸 속에서 1센티미터도 안 되는 간격을 두고 자기 곁에 이쁜 아가씨가 서 있다는 사실입니다. 때로는 아가씨들과 팔목의 살을 대고 있기도 하고 허벅다리를 비비고 서 있을 수도 있어서 그것 때문에 나는 하루 종일 시내버스를 이것저것 갈아타면서 보낸 적도 있습니다. 물론 그날 밤엔 너무 피로해서 토했습니다만……."

"잠깐, 무슨 얘기를 하시자는 겁니까?"

"꿈틀거리는 것을 사랑한다는 얘기를 하려던 참이었습니다. 들어보세요. 그 친구와 나는 출근 시간의 만원버스 속을 쓰리꾼들처럼 안으로 비집고 들어갑니다. 그리고 자리를 잡고 앉아 있는 젊은 여자 앞에 섭니다. 나는 한 손으로 손잡이를 잡고 나서, 달려오느라고 좀 멍해진 머리를 올리고 있는 손에 기댑니다. 그리고 내 앞에 앉아 있는 여자의 아랫배 쪽으로 천천히 시선을 보냅니다. 그러면 처음엔 얼른 눈에 뜨이지 않지만 시간이 조금 가고 내 시선이 투명해지면서부터 나는 그 여자의 아랫배가 조용히 오르내리는 것을 볼 수 있습니다……."

"오르내린다는 건…… 호흡 때문에 그러는 것이겠죠?"

"물론입니다. 시체의 아랫배는 꿈쩍도 하지 않으니까요. 하여튼…… 나는 그 아침의 만원버스 칸 속에서 보는 젊은 여자 아랫배의 조용한 움직임을 보고 있으면 왜 그렇게 마음이 편안해지고 맑아지는지 모르겠습니다. 나는 그 움직임을 지독하게 사랑합니다."

"퍽 음탕한 얘기군요"라고 안은 기묘한 음성으로 말했다. 나는 화가 났다. 그 얘기는, 내가 만일 라디오의 박사 게임 같은 데에 나가게 돼서 '세상에서 가장 신선한 것은?'이라는 질문을 받게 되었을 때, 남들은 상추니 5월의 새벽이니 천사의 이마니 하고 대답하겠지만 나는 그 움직임이 가장 신선한 것이라고 대답하려니 하고 일부러 기억해두었던 것이었다.

"아니, 음탕한 얘기가 아닙니다." 나는 강경한 태도로 말했다. "그 얘기는 정말입니다."

"음탕하지 않다는 것과 정말이라는 것 사이엔 어떤 관계가 있죠?"

"모르겠습니다. 관계 같은 것은 난 모릅니다. 요컨대……."

"그렇지만 그 동작은 '오르내린다'는 것이지 꿈틀거린다는 것은 아니군요. 김 형은 아직 꿈틀거리는 것을 사랑하지 않으시구먼."

우리는 다시 침묵 속으로 떨어져서 술잔만 만지작거리고 있었다. 개새끼, 그게 꿈틀거리는 게 아니라고 해도 괜찮다, 하고 나는 생각하고 있었다. 그런데 잠시 후에 그가 말했다.

"난 방금 생각해봤는데 김 형의 그 오르내림도 역시 꿈틀거림의 일종이라는 결론을 얻었습니다."

"그렇죠?" 나는 즐거워졌다. "그것은 틀림없는 꿈틀거림입니다. 난 여자의 아랫배를 가장 사랑합니다. 안 형은 어떤 꿈틀거림을 사랑합니까?"

"어떤 꿈틀거림이 아닙니다. 그냥 꿈틀거리는 거죠. 그냥 말입니다. 예를 들면…… 데모도…….'"

"데모가? 데모를? 그러니까 데모…….'"

"서울은 모든 욕망의 집결지입니다. 아시겠습니까?"

"모르겠습니다"라고 나는 할 수 있는 한 깨끗한 음성을 지어서 대답했다.

그때 우리의 대화는 또 끊어졌다. 이번엔 침묵이 오래 계속되었다. 나는 술잔을 입으로 가져갔다. 내가 잔을 비우고 났을 때 그도 잔을 입에 대고 눈을 감고 마시고 있는 게 보였다. 나는 이젠 자리를 떠나야 할 때가 되었다고 다소 서글픈 기분으로 생각했다. 결국 그렇고 그렇다. 또 한 번 확인된 것에 지나지 않다고 생각하면서 '자, 그럼 다음에 또……'라고 말할까, '재미있었습니다'라고 말할까, 궁리하고 있는데 술잔을 비운 안이 갑자기 한 손으로 내 한쪽 손을 살그머니 잡으면서 말했다.

"우리가 거짓말을 하고 있었다고 생각하지 않으십니까?"

"아니오." 나는 좀 귀찮은 생각이 들었다. "안 형은 거짓말을 했는지 모르지만 내가 한 얘기는 정말이었습니다."

"난 우리가 거짓말을 하고 있었던 것 같은 느낌이 듭니다." 그는 붉어진 눈두덩을 안경 속에서 두어 번 끔벅거리고 나서 말했다.

"난 우리 또래의 친구를 새로 알게 되면 꼭 꿈틀거림에 대한 얘기를 하고 싶어집니다. 그래서 얘기를 합니다. 그렇지만 얘기는 5분도 안 돼서 끝나버립니다."

나는 그가 무슨 이야기를 하고 있는지 알 듯하기도 했고 모를 것 같기도 했다

"우리 다른 얘기합시다" 하고 그가 다시 말했다.

나는 심각한 얘기를 좋아하는 이 친구를 골려주기 위해서 그리고 한편으로는 자기의 음성을 자기가 들을 수 있는 취한 사람의 특권을 맛보고 싶어서 얘기를 시작했다.

"평화 시장 앞에서 줄지어 선 가로등들 중에서 동쪽으로부터 여덟 번째 등은 불이 켜 있지 않습니다……." 나는 그가 좀 어리둥절해하는 것을 보자 더욱 신이 나서 얘기를 계속했다.

"……그리고 화신백화점 6층의 창들 중에서는 그중 세 개에서만 불빛이 나오고 있었습니다……."

그러자 이번엔 내가 어리둥절해질 사태가 벌어졌다. 안의 얼굴에 놀라운 기쁨이 빛나기 시작했기 때문이다.

그가 빠른 말씨로 얘기하기 시작했다.

"서대문 버스 정거장에는 사람이 서른두 명 있는데 그중 여자가 열일곱 명이고 어린애는 다섯 명, 젊은이는 스물한 명, 노인이 여섯 명입니다."

"그건 언제 일이지요?"

"오늘 저녁 7시 15분 현재입니다."

"아" 하고 나는 잠깐 절망적인 기분이었다. 그 반작용인 듯 굉장히 기분이 좋아져서 털어놓기 시작했다.

"단성사 옆 골목의 첫 번째 쓰레기통에는 초콜릿 포장지가 두 장 있습니다."

"그건 언제?"

"지난 14일 저녁 9시 현재입니다."

"적십자병원 정문 앞에 있는 호두나무의 가지 하나는 부러져 있습니다."

"을지로 3가에 있는 간판 없는 한 술집에는 미자라는 이름을 가진 색시가 다섯 명 있는데, 그 집에 들어온 순서대로 큰 미자, 둘째 미자, 셋째 미자, 넷째 미자, 막내 미자라고들 합니다."

"그렇지만 그건 다른 사람들도 알고 있겠군요. 그 술집에 들어가본 사람은 꼭 김 형 하나뿐이 아닐 테니까요."

"아 참, 그렇군요. 난 미처 그걸 생각하지 못했는데. 난 그중에 큰 미자와 하룻저녁 같이 잤는데 그 여자는 다음 날 아침, 일수(日收)로 물건을 파는 여자가 왔을 때 내게 빤쓰 하나를 사주었습니다. 그런데 그 여자가 저금통으로 사용하고 있는 한 되들이 빈 술병에는 돈이 110원 들어 있었습니다."

"그건 얘기가 됩니다. 그 사실은 완전히 김 형의 소유입니다."

우리의 말투는 점점 서로를 존중해가고 있었다. "나는……" 하고 우리는 동시에 말을 시작하기도 했다. 그럴 때는 번갈아서 서로 양보했다.

"나는……" 이번에는 그가 말할 차례였다. "서대문 근처에서 서울역 쪽으로 가는 전차의 도로리가 내 시야 속에서 꼭 다섯 번 파란 불꽃을 튀기는 것을 보았습니다. 그건 오늘 밤 7시 15분에 거길 지나가는 전차였습니다."

"안 형은 오늘 저녁엔 서대문 근처에서 살고 있었군요."

"예, 서대문 근처에서 살고 있었군요."

"난, 종로 2가 쪽입니다. 영보빌딩 안에 있는 변소 문의 손잡이 조금 밑에는 약 2센티미터 가량의 손톱자국이 있습니다."

"하하하하" 하고 그는 소리 내어 웃었다.

"그건 김 형이 만들어놓은 자국이겠지요?"

나는 무안했지만 고개를 끄덕이지 않을 수 없었다. 그건 사실이었다.

"어떻게 아세요?" 하고 나는 그에게 물었다.

"나도 그런 경험이 있으니까요." 그가 대답했다. "그렇지만 별로 기분 좋은 기억이 못 되더군요. 역시 우리는 그냥 바라보고 발견하고 비밀히 간직해두는 편이 좋겠어요. 그런 짓을 하고 나서는 뒷맛이 좋지 않더군요."

"난 그런 짓을 많이 했습니다만 오히려 기분이 좋았……" 좋았다고 말하려고 했는데, 갑자기 내가 했던 모든 그것에 대한 혐오감이 치밀어서 나는 말을 그치고 그의 의견에 동의하는 고갯짓을 해버렸다.

그러나 그때 나는 이상스럽다는 생각이 들었다. 내가 약 30분

전에 들은 말이 틀림없다면 지금 내 옆에서 안경을 번쩍이고 앉아 있는 친구는 틀림없는 부잣집 아들이고, 높은 공부를 한 청년이다. 그런데 왜 그가 이래야만 되는가?

"안 형이 부잣집 아들이라는 것은 사실이겠지요? 그리고 대학원생이라는 것도……." 내가 물었다.

"부동산만 해도 대략 3,000만 원쯤 되면 부자가 아닐까요? 물론 내 아버지 재산이지만 말입니다. 그리고 대학원생이란 건 여기 학생증이 있으니까……."

그러면서 그는 호주머니를 뒤적거려서 지갑을 꺼냈다.

"학생증까진 필요 없습니다. 실은 좀 의심스러운 게 있어서요. 안 형 같은 사람이 추운 밤에 싸구려 선술집에 앉아서 나 같은 친구나 간직할 만한 일에 대해서 얘기하고 있다는 것이 이상스럽다는 생각이 방금 들었습니다."

"그건…… 그건……." 그는 좀 열띤 음성으로 말했다. "그건…… 그렇지만 먼저 물어보고 싶은 게 있는데요. 김 형이 추운 밤에 밤거리를 쏘다니는 이유는 무엇입니까?"

"습관은 아닙니다. 나 같은 가난뱅이는 호주머니에 돈이 좀 생겨야 밤거리에 나올 수 있으니까요."

"글쎄, 밤거리에 나오는 이유는 뭡니까?"

"하숙방에 들어앉아서 벽이나 쳐다보고 있는 것보다는 나으니까요."

"밤거리에 나오면 뭔가 좀 풍부해지는 느낌이 들지 않습니까?"

"뭐가요?"

"그 뭔가가. 그러니까 생(生)이라고 해도 좋겠지요. 난 김 형이 왜 그런 질문을 하는지 그 이유를 조금은 알 것 같습니다. 내 대답은 이렇습니다. 밤이 됩니다. 난 집에서 거리로 나옵니다. 난 모든 것에서 해방된 것을 느낍니다. 아니, 실제로는 그렇지 않을는지 모르지만 그렇게 느낀다는 말입니다. 김 형은 그렇게 안 느낍니까?"

"글쎄요."

"나는 사물의 틈에 끼어서가 아니라 사물을 멀리 두고 바라보게 됩니다. 안 그렇습니까?"

"글쎄요. 좀……."

"아니, 어렵다고 말하지 마세요. 이를테면 낮엔 그저 스쳐 지나가던 모든 것이 밤이 되면 내 시선 앞에서 자기들의 벌거벗은 몸을 송두리째 드러내놓고 쩔쩔맨단 말입니다. 그런데 그게 의미가 없는 일일까요? 그런, 사물을 바라보며 즐거워한다는 일이 밀입니다."

"의미요? 그게 무슨 의미가 있습니까? 난 무슨 의미가 있기 때문에 종로 2가에 있는 빌딩들의 벽돌 수를 헤아리는 일을 하는 게 아닙니다. 그냥……."

"그렇죠? 무의미한 겁니다. 아니 사실은 의미가 있는지도 모르지만 난 아직 그걸 모릅니다. 김 형도 아직 모르는 모양인데 우리 한번 함께 그거나 찾아볼까요. 일부러 만들어 붙이지는 말고요."

"좀 어리둥절하군요. 그게 안 형의 대답입니까? 난 좀 어리둥절한데요. 갑자기 의미라는 말이 나오니까."

"아, 참, 미안합니다. 내 대답은 아마 이렇게 될 것 같군요. 그냥 뭔가 뿌듯해지는 느낌이 들기 때문에 밤거리로 나온다고." 그는 이번엔 목소리를 낮추어서 말했다. "김 형과 나는 서로 다른 길을 걸어서 같은 지점에 온 것 같습니다. 만일 이 지점이 잘못된 지점이라고 해도 우리 탓은 아닐 거예요." 그는 이번엔 쾌활한 음성으로 말했다. "자, 여기서 이럴 게 아니라 어디 따뜻한 데 가서 정식으로 한잔씩 하고 헤어집시다. 난 한 바퀴 돌고 여관으로 갑니다. 가끔 이렇게 밤거리를 쏘다니는 밤엔 꼭 여관에서 자고 갑니다. 여관엘 찾아든다는 프로가 내게는 최고죠."

우리는 각기 계산하기 위해서 호주머니에 손을 넣었다. 그때 한 사내가 우리에게 말을 걸어왔다. 우리 곁에서 술잔을 받아놓고 연탄불에 손을 쬐고 있던 사내였는데, 술을 마시기 위해서 거기에 들어온 것이 아니라 불이 쬐고 싶어서 잠깐 들렀다는 꼴을 하고 있었다. 제법 깨끗한 코트를 입고 있었고 머리엔 기름도 얌전하게 발라서 카바이드 등의 불꽃이 너풀댈 때마다 머리 위의 하이라이트가 이리저리 움직이고 있었다. 그러나 어디선지는 분명하지 않았지만 가난뱅이 냄새가 나는 서른대여섯 살짜리 사내였다. 아마 빈약하게 생긴 턱 때문이었을까, 아니면 유난히 새빨간 눈시울 때문이었을까. 그 사내가 나나 안 중의 어느 누구에게라고 할 것 없이 그냥 우리 쪽을 향하여 말을 걸어온 것이다.

"미안하지만 제가 함께 가도 괜찮을까요? 제게 돈은 얼마든지 있습니다만……"이라고 그 사내는 힘없는 음성으로 말했다.

그 힘없는 음성으로 봐서는 꼭 끼어달라는 건 아니라는 것 같았지만 한편으로는 우리와 함께 가고 싶은 생각이 간절하다는 것 같기도 했다. 나와 안은 잠깐 얼굴을 마주 보고 나서, "아저씨 술값만 있다면……"이라고 내가 말했다.

"함께 가시죠"라고 안도 내 말을 이었다.

"고맙습니다" 하고 그 사내는 여전히 힘없는 음성으로 말하면서 우리를 따라왔다.

안은 일이 좀 이상하게 되었다는 얼굴을 하고 있었고, 나 역시 유쾌한 예감이 들지는 않았다. 술좌석에서 알게 된 사람끼리는 의외로 재미있게 놀게 되는 것을 몇 번의 경험으로 알고 있었지만, 대개의 경우 이렇게 힘없는 목소리로 끼어드는 양반은 없었다. 즐거움이 넘치고 넘친다는 얼굴로 요란스럽게 끼어들어야만 일이 되는 것이었다. 우리는 갑자기 목적지를 잊은 사람들처럼 사방을 두리번거리면서 느릿느릿 밤길을 걸었다. 전봇대에 붙은 약 광고판 속에서는 이쁜 여자가 '춥지만 할 수 있느냐'는 듯한 쓸쓸한 미소를 띠고 우리를 내려다보고 있었고, 어떤 빌딩의 옥상에서는 소주 광고의 네온사인이 열심히 명멸하고 있었고, 소주 광고 곁에서는 약광고의 네온사인이 하마터면 잊어버릴 뻔했다는 듯이 황급히 꺼졌다간 다시 켜져서 오랫동안 빛나고 있었고, 이젠 완전히 얼어붙은 길 위에는 거지가 돌덩이처럼 여기저기 엎드려 있었고, 그 돌덩이 앞을 사람들이 힘껏 웅크리고 빠르게 지나가고 있었다. 종이 한 장이 바람에 휙 날리어 거리의 저쪽에서 이쪽으로 날아오고 있었다. 그 종잇조각은 내 발밑에 떨어졌다. 나는 그 종잇조각을 집어 들었는데 그것은 '美姬 서비스, 特別廉價'라는 것을 강조한 어느 비어홀의 광고지였다.

"지금 몇 시쯤 되었습니까?" 하고 힘없는 아저씨가 안에게 물었다.

"9시 10분 전입니다"라고 잠시 후에 안이 대답했다.

"저녁들은 하셨습니까? 난 아직 저녁을 안 했는데, 제가 살 테니까 같이 가시겠어요?" 힘없는 아저씨가 이번엔 나와 안을 번갈아 보며 말했다.

"먹었습니다" 하고 나와 안은 동시에 대답했다.

"혼자서 하시죠"라고 내가 말했다.

"감사합니다. 그럼……."

우리는 근처의 중국 요릿집으로 들어갔다. 방으로 들어가서 앉았을 때, 아저씨는 또 한 번 간곡하게 우리가 뭘 좀 들 것을 권했다. 우리는 또 한 번 사양했다. 그는 또 권했다.

"아주 비싼 걸 시켜도 괜찮겠습니까?"라고 나는 그의 권유를 철회시키기 위해서 말했다.

"네, 사양 마시고." 그가 처음으로 힘 있는 목소리로 말했다. "돈을 써버리기로 결심했으니까요."

나는 그 사내에게 어떤 꿍꿍이속이 있는 것만 같은 느낌이 들어서 좀 불안했지만, 통닭과 술을 시켜달라고 했다. 그는 자기가 주문한 것 외에 내가 말한 것도 사환에게 청했다. 안은 어처구니없는 얼굴로 나를 보았다. 나는 그때 마침 옆방에서 들려오고 있는 여자의 불그레한 신음 소리를 듣고만 있었다.

"이 형도 뭘 좀 드시죠"라고 아저씨가 안에게 말했다.

"아니 전……." 안은 술이 다 깬다는 듯이 펄쩍 뛰고 사양했다.

우리는 조용히 옆방의 다급해져가는 신음 소리에 귀를 기울이고 있었다. 전차의 끽끽거리는 소리와 홍수 난 강물 소리 같은 자동차들의 달리는 소리도 희미하게 들려오고 있었고 가까운 곳에선 이따금 초인종 울리는 소리도 들렸다. 우리의 방은 어색한 침묵에 싸여 있었다.

"말씀드리고 싶은 게 있는데요." 마음씨 좋은 아저씨가 말하기 시작했다. "들어주셨으면 고맙겠습니다…… 오늘 낮에 제 아내가 죽었습니다. 세브란스병원에 입원하고 있었는데……." 그는 이젠 슬프지도 않다는 얼굴로 우리를 빤히 쳐다보며 말하고 있었다.

"네에에", "그거 안되셨군요"라고 안과 나는 건성 조의를 표했다.

"아내와 나는 참 재미있게 살았습니다. 아내가 어린애를 낳지 못하기 때문에 시간은 몽땅 우리 두 사람의 것이었습니다. 돈은 넉넉하진 못했습니다만 그래도 돈이 생기면 우리는 어디든지 같이 다니면서 재미있게 지냈습니다. 딸기철엔 수원에도 가고, 포도철엔 안양에도 가고, 여름이면 대천에도 가고, 가을엔 경주에도 가보고, 밤엔 함께 영화 구경, 쇼 구경 하러 열심히 극장에 쫓아다니기도 했습니다……."

"무슨 병환이셨던가요?" 하고 안이 조심스럽게 물었다.

"급성 뇌막염이라고 의사가 그랬습니다. 아내는 옛날에 급성 맹장염 수술을 받은 적도 있고, 급성 폐렴을 앓은 적도 있다고 했습니다만 모두 괜찮았었는데 이번의 급성엔 결국 죽고 말았습니다…… 죽고 말았습니다."

사내는 고개를 떨구고 한참 동안 무언지 입을 우물거리고 있었다. 안이 손가락으로 내 무릎을 찌르며 우리는 꺼지는 게 어떻겠느냐는 눈짓을 보냈다. 나 역시 동감이었지만 그때 그 사내가 다시 고개를 들고 말을 계속했기 때문에 우리는 눌러앉아 있을 수밖에 없었다.

"아내와는 재작년에 결혼했습니다. 우연히 알게 됐습니다. 친정이 대구 근처에 있다는 얘기만 했지 한 번도 친정과는 내왕이 없었습니다. 난 처갓집이 어딘지도 모릅니다. 그래서 할 수 없었어요." 그는 다시 고개를 떨구고 입을 우물거렸다.

"뭘 할 수 없었다는 말입니까?" 내가 물었다.

그는 내 말을 못 들은 것 같았다. 그러나 한참 후에 다시 고개를 들고 마치 애원하는 듯한 눈빛으로 말을 이었다.

"아내의 시체를 병원에 팔았습니다. 할 수 없었습니다. 난 서적 월부판매 외교원에 지나지 않습니다. 할 수 없었습니다. 돈 4,000원을 주더군요. 난 두 분을 만나기 얼마 전까지도 세브란스병원 울타리 곁에 서 있었습니다. 아내가 누워 있을 시체실이 있는 건물을 알아보려고 했습니다만 어딘지 알 수 없었습니다. 그냥 울타리 곁에 앉아서 병원의 큰 굴뚝에서 나오는 희끄무레한 연기만 바라보고 있었습니다. 아내는 어떻게 될까요? 학생들이 해부 실습 하느라고 톱으로 머리를 가르고 칼로 배를 째고 한다는데 정말 그러겠지요?"

우리는 입을 다물고 있을 수밖에 없었다. 사환이 다꾸앙과 파가 담긴 접시를 갖다놓고 나갔다.

"기분 나쁜 얘길 해서 미안합니다. 다만 누구에게라도 얘기하지 않고서는 견딜 수 없었습니다. 한 가지만 의논해보고 싶은데, 이 돈을 어떻게 하면 좋을까요? 저는 오늘 저녁에 다 써버리고 싶은데요."

"쓰십시오." 안이 얼른 대답했다.

"이 돈이 다 없어질 때까지 함께 있어주시겠어요?" 사내가 말했다. 우리는 얼른 대답하지 못했다. "함께 있어주십시오." 사내가 말했다. 우리는 승낙했다.

"멋있게 한번 써봅시다"라고 사내는 우리와 만니 후 치음으로 웃으면서 그러나 여전히 힘없는 음성으로 말했다.

중국집에서 거리로 나왔을 때는 우리는 모두 취해 있었고, 돈은 1,000원이 없어졌고 사내는 한쪽 눈으로는 울고 다른 쪽 눈으로는 웃고 있었고, 안은 도망갈 궁리를 하기에도 지쳐버렸다고 내게 말하고 있었고, 나는 "악센트 찍는 문제를 모두 틀려버렸단 말야, 악센트 말야"라고 중얼거리고 있었고, 거리는 영화에서 본 식민지의 거리처럼 춥고 한산했고, 그러나 여전히 소주 광고는 부지런히, 약 광고는 게으름을 피우며 반짝이고 있었고, 전봇대의 아가씨는

'그저 그래요'라고 웃고 있었다.

"이제 어디로 갈까?" 하고 아저씨가 말했다.

"어디로 갈까?" 안이 말하고

"어디로 갈까?"라고 나도 그들의 말을 흉내 냈다.

아무 데도 갈 데가 없었다. 방금 우리가 나온 중국집 곁에 양품점의 쇼윈도가 있었다. 사내가 그쪽을 가리키며 우리를 끌어당겼다. 우리는 양품점 안으로 들어갔다.

"넥타이를 하나 골라 가져. 내 아내가 사주는 거야." 사내가 호통을 쳤다.

우리는 알록달록한 넥타이를 하나씩 들었고, 돈은 600원이 없어져버렸다. 우리는 양품점에서 나왔다.

"어디로 갈까?"라고 사내가 말했다.

갈 데는 계속해서 없었다. 양품점의 앞에는 귤 장수가 있었다.

"아내는 귤을 좋아했다"고 외치며 사내는 귤을 벌여놓은 수레 앞으로 돌진했다. 300원이 없어졌다. 우리는 이빨로 귤껍질을 벗기면서 그 부근에서 서성거렸다.

"택시!" 사내가 고함쳤다.

택시가 우리 앞에서 멎었다. 우리가 차에 오르자마자 사내는 "세브란스로!"라고 말했다.

"안 됩니다. 소용없습니다." 안이 재빠르게 외쳤다.

"안 될까?" 사내는 중얼거렸다. "그럼 어디로?"

아무도 대답하지 않았다.

"어디로 가시는 겁니까?"라고 운전수가 짜증난 음성으로 말했다. "갈 데가 없으면 빨리 내리쇼."

우리는 차에서 내렸다. 결국 우리는 중국집에서 스무 발짝도 더 벗어나지 못하고 있었다.

거리의 저쪽 끝에서 요란한 사이렌 소리가 나타나서 점점 가깝게 달려들었다. 소방차 두 대가 우리 앞을 빠르고 시끄럽게 지나쳐 갔다.

"택시!" 사내가 고함쳤다.

택시가 우리 앞에 멎었다. 우리가 차에 오르자마자 사내는 "저 소방차 뒤를 따라갑시다"라고 말했다.

나는 귤껍질을 세 개째 벗기고 있었다.

"지금 불구경하러 가고 있는 겁니까?"라고 안이 아저씨에게 말했다. "안 됩니다. 시간이 없습니다. 벌써 10시 반인데요. 좀 더 재미있게 지내야죠. 돈은 이제 얼마 남았습니까?"

아저씨는 호주머니를 뒤져서 돈을 모두 털어냈다. 그리고 그것을 안에게 건네줬다. 안과 나는 헤아려봤다. 1,900원하고 동전이 몇 개, 10원짜리가 몇 장이 있었다.

"됐습니다." 안은 다시 돈을 돌려주면서 말했다. "세상엔 다행히 여자의 특징만 중점적으로 내보이는 여자들이 있습니다."

"내 아내 얘깁니까?"라고 사내가 슬픈 음성으로 물었다. "내 아내의 특징은 잘 웃는다는 것이었습니다."

"아닙니다. 종삼(鐘三)으로 가자는 얘기였습니다." 안이 말했다.

사내는 안을 경멸하는 듯한 웃음을 띠며 고개를 돌려버렸다. 그러는 사이에 우리는 화재가 난 곳에 도착했다. 30원이 없어졌다. 화재가 난 곳은 아래층인 페인트 상점이었는데 지금은 미용학원 2층에서 불길이 창으로부터 뿜어 나오고 있었다. 경찰들의 호각소리, 소방차들의 사이렌 소리, 불길 속에서 나는 탁탁 소리, 물줄기가 건물의 벽에 부딪쳐서 나는 소리. 그러나 사람들의 소리는 아무것도 나지 않았다. 사람들은 불빛에 비쳐 무안당한 사람들처럼 붉은 얼굴로, 정물처럼 서 있었다.

　우리는 발밑에 굴러 있는 페인트 든 통을 하나씩 궁둥이 밑에 깔고 웅크리고 앉아서 불구경을 했다. 나는 불이 좀 더 오래 타기를 바랐다. 미용학원이라는 간판에 불이 붙고 있었다. '원'자에 불이 붙기 시작했다.

　"김 형, 우리 얘기나 합시다" 하고 안이 말했다. "화재 같은 건 아무것도 아닙니다. 내일 아침 신문에서 볼 것을 오늘 밤에 미리 봤다는 차이밖에 없습니다. 저 화재는 김 형의 것도 아니고 내 것도 아니고 이 아저씨 것도 아닙니다. 그러기 때문에 난 화재엔 흥미가 없습니다. 김 형은 어떻게 생각하십니까?"

　"동감입니다." 나는 아무렇게나 대답하며 이젠 '학' 자에 불이 붙고 있는 것을 보았다.

　"아니, 난 방금 말을 잘못했습니다. 화재는 우리 모두의 것이 아니라 화재는 오로지 화재 자신의 것입니다. 화재에 대해서 우리는 아무것도 아닙니다. 그러기 때문에 난 화재에 흥미가 없습니다. 김 형은 어떻게 생각하십니까?"

"동감입니다."

물줄기 하나가 불타고 있는 '학'으로 달려들고 있었다. 물이 닿는 곳에서는 회색 연기가 피어올랐다. 힘없는 아저씨가 갑자기 힘차게 깡통으로부터 일어섰다.

"내 압니다" 하고 사내는 환한 불길 속을 손가락질하며 눈을 크게 뜨고 소리쳤다. "내 아내가 머리를 막 흔들고 있습니다. 골치가 깨질 듯이 아프다고 머리를 막 흔들고 있습니다. 여보……."

"골치가 깨질 듯이 아픈 게 뇌막염의 증세입니다. 그렇지만 저건 바람에 휘날리는 불길입니다. 앉으세요. 불 속에 아주머님이 계실 리가 있습니까?"라고 안이 아저씨를 끌어 앉히며 말했다. 그러고 나서 안은 나에게 나지막하게 속삭였다. "이 양반, 우릴 웃기는데요."

나는 꺼졌다고 생각하고 있던 '학'에 다시 불이 붙고 있는 깃을 보았다. 물줄기가 다시 그곳으로 뻗어가고 있었다. 그러나 물줄기는 겨냥을 잘 잡지 못하고 이리저리 흔들리고 있었다. 불은 날쌔게 '용'을 핥고 있었다. 나는 '미'까지 어서 불붙기를 바라고 있었고 그리고 그 간판에 불이 붙은 과정을 그 많은 불구경꾼들 중에서 나 혼자만 알고 있기를 바랐다. 그러나 그때 문득 나는 불이 생명을 가진 것처럼 생각되어서, 내가 조금 전에 바라고 있던 것을 취소해버렸다.

무언가 하얀 것이 우리가 웅크리고 앉아 있는 곳에서 불타고 있는 건물 쪽으로 날아가는 것이 보였다. 그 비둘기는 불 속으로 떨어졌다.

"무엇이 불 속으로 날아들어갔지요?" 내가 안을 돌아다보며 물었다.

"예, 뭐가 날아갔습니다." 안은 나에게 대답하고 나서 이번엔 아저씨를 돌아다보며, "보셨어요?" 하고 그에게 물었다.

아저씨는 잠자코 앉아 있었다. 그때 순경 한 사람이 우리 쪽으로 달려왔다.

"당신이다"라고 순경은 아저씨를 한 손으로 붙잡으면서 말했다. "방금 무얼 불 속에 던졌소?"

"아무것도 안 던졌습니다."

"뭐라구요?" 순경은 때릴 듯한 시늉을 하며 아저씨에게 소리쳤다. "내가 던지는 걸 봤단 말요. 무얼 불 속에 던졌소?"

"돈입니다."

"돈?"

"돈과 돌을 손수건에 싸서 던졌습니다."

"정말이오?" 순경은 우리에게 물었다.

"예, 돈이었습니다. 이 아저씨는 불난 곳에 돈을 던지면 장사가 잘된다는 이상한 믿음을 가졌답니다. 말하자면 좀 돌았다고 할 수 있는 사람이지만 나쁜 것은 결코 하지 않는 장사꾼입니다." 안이 대답했다.

"돈은 얼마였소?"

"1원짜리 동전 한 개였습니다." 안이 다시 대답했다.

순경이 가고 났을 때 안이 사내에게 물었다.

"정말 돈을 던졌습니까?"

"예."

"모두?"

"예."

우리는 꽤 오랫동안 불꽃이 튀는 탁탁 소리에 귀를 기울이고 있었다. 한참 후에 안이 사내에게 말했다.

"결국 그 돈은 다 쓴 셈이군요……. 자, 이젠 약속이 끝났으니 우린 가겠습니다."

"안녕히 계십시오"라고 나도 아저씨에게 작별 인사를 했다.

안과 나는 돌아서서 걷기 시작했다. 사내가 우리를 쫓아와서 안과 나의 팔을 한쪽씩 붙잡았다.

"나 혼자 있기가 무섭습니다." 그는 벌벌 떨며 말했다.

"곧 통행금지 시간이 됩니다. 난 여관으로 가서 잘 작정입니다." 안이 말했다.

"난 집으로 갈 겁니다." 내가 말했다.

"함께 갈 수 없겠습니까? 오늘 밤만 같이 지내주십시오. 부탁합니다. 잠깐만 저를 따라와주십시오." 사내는 말하고 나서 나를 붙잡고 있는 자기의 팔을 부채질하듯이 흔들었다. 아마 안의 팔에 대해서도 그렇게 했으리라.

"어디로 가자는 겁니까?" 나는 아저씨에게 물었다.

"여관비를 구하러 잠깐 이 근처에 들렀다가 모두 함께 여관으로 갔으면 하는데요."

"여관에요?" 나는 내 호주머니 속에 든 돈을 손가락으로 계산해보며 말했다.

"여관비라면 내가 모두 내겠으니 그럼 함께 가시지요." 안이 나와 사내에게 말했다.

"아닙니다. 폐를 끼쳐드리고 싶지 않습니다. 잠깐만 절 따라와주십시오."

"돈을 빌리러 가는 겁니까?"

"아닙니다. 받아야 할 돈이 있습니다."

"이 근처에요?"

"예, 여기가 남영동이라면."

"아마 틀림없는 남영동인 것 같군요." 내가 말했다.

사내가 앞장을 서고 안과 내가 그 뒤를 쫓아서 우리는 화재로부터 멀어져갔다.

"빚 받으러 가기에는 시간이 너무 늦었습니다." 안이 사내에게 말했다.

"그렇지만 저는 받아야 합니다."

우리는 어느 어두운 골목길로 들어섰다. 골목의 모퉁이를 몇 개인가 돌고 난 뒤에 사내는 대문 앞에 전등이 켜져 있는 집 앞에서 멈췄다. 나와 안은 사내로부터 열 발짝쯤 떨어진 곳에서 멈췄다. 사내가 벨을 눌렀다. 잠시 후에 대문이 열리고, 사내가 대문 안에

선 사람과 말하는 소리가 들렸다.

"주인아저씨를 뵙고 싶은데요."

"주무시는데요."

"그럼 주인아주머니는……."

"주무시는데요."

"꼭 뵈어야겠는데요."

"기다려보세요."

대문이 다시 닫혔다. 안이 달려가서 사내의 팔을 잡아끌었다.

"그냥 가시죠?"

"괜찮습니다. 받아야 할 돈이니까요."

안이 다시 먼저 서 있던 곳으로 걸어왔다. 대문이 열렸다.

"밤늦게 죄송합니다." 사내가 대문을 향해서 고개를 숙이며 말했다.

"누구시죠?" 대문은 잠에 취한 여자의 음성을 냈다.

"죄송합니다. 이렇게 너무 늦게 찾아와서. 실은……."

"누구시죠? 술 취하신 것 같은데……."

"월부 책값 받으러 온 사람입니다" 하고 사내는 갑자기 비명 같은 높은 소리로 외쳤다. "월부 책값 받으러 온 사람입니다." 이번엔 사내는 문기둥에 두 손을 짚고 앞으로 뻗은 자기 팔 위에 얼굴을 파묻으며 울음을 터뜨렸다. "월부 책값 받으러 온 사람입니다. 월부 책값……." 사내는 계속해서 흐느꼈다.

"내일 낮에 오세요." 대문이 탁 닫혔다.

사내는 계속해서 울고 있었다. 사내는 가끔 '여보'라고 중얼거리며 오랫동안 울고 있었다. 우리는 여전히 열 발짝쯤 떨어진 곳에서 그가 울음을 그치기를 기다리고 있었다. 한참 후에 그가 우리 앞으로 비틀비틀 걸어왔다.

우리는 모두 고개를 숙이고 어두운 골목길을 걸어서 거리로 나왔다. 적막한 거리에는 찬바람이 세차게 불고 있었다.

"몹시 춥군요"라고 사내는 우리를 염려한다는 음성으로 말했다.

"추운데요. 빨리 여관으로 갑시다." 안이 말했다.

"방을 한 사람씩 따로 잡을까요?" 여관에 들어갔을 때 안이 우리에게 말했다. "그게 좋겠지요?"

"모두 한 방에 드는 게 좋겠어요"라고 나는 아저씨를 생각해서 말했다.

아저씨는 그저 우리 처분만 바란다는 듯한 태도로 또는 지금 자기가 서 있는 곳이 어딘지도 모른다는 태도로 멍하니 서 있었다. 여관에 들어서자 우리는 모든 프로가 끝나버린 극장에서 나오는 때처럼 어찌할 바를 모르고 거북스럽기만 했다. 여관에 비한다면 거리가 우리에게는 더 좁았던 셈이었다. 벽으로 나누어진 방들, 그것이 우리가 들어가야 할 곳이었다.

"모두 같은 방에 들기로 하는 것이 어떻겠어요?" 내가 다시 말했다.

"난 지금 아주 피곤합니다." 안이 말했다. "방은 각각 하나씩 차지하고 자기로 하지요."

"혼자 있기가 싫습니다"라고 아저씨가 중얼거렸다.

"혼자 주무시는 게 편하실 거예요." 안이 말했다.

우리는 복도에서 헤어져서 사환이 지적해준, 나란히 붙은 방 세 개에 각각 한 사람씩 들어갔다.

"화투라도 사다가 놉시다." 헤어지기 전에 내가 말했지만

"난 아주 피곤합니다. 하시고 싶으면 두 분이나 하세요"라고 안은 말하고 나서 자기의 방으로 들어가버렸다.

"나도 피곤해죽겠습니다. 안녕히 주무세요"라고 나는 아저씨에게 말하고 나서 내 방으로 들어갔다. 숙박계엔 거짓 이름, 거짓 주소, 거짓 나이, 거짓 직업을 쓰고 나서 사환이 가져다놓은 자리끼를 마시고 나는 이불을 뒤집어썼다. 나는 꿈도 안 꾸고 잘 잤다.

다음 날 아침 일찍이 안이 나를 깨웠다.

"그 양반, 역시 죽어버렸습니다." 안이 내 귀에 입을 대고 그렇게 속삭였다.

"예?" 나는 잠이 깨끗이 깨어버렸다.

"방금 그 방에 들어가보았는데 역시 죽어버렸습니다."

"역시……." 나는 말했다. "사람들이 알고 있습니까?"

"아직까진 아무도 모르는 것 같습니다. 우린 빨리 도망해버리는 게 시끄럽지 않을 것 같습니다."

"자살이지요?"

"물론 그렇겠죠."

나는 급하게 옷을 주워 입었다. 개미 한 마리가 방바닥을 내 발

이 있는 쪽으로 기어오고 있었다. 그 개미가 내 발을 붙잡으려고 하는 것 같은 느낌이 들어서 나는 얼른 자리를 옮겨 디디었다.

밖의 이른 아침에는 싸락눈이 내리고 있었다. 우리는 할 수 있는 한 빠른 걸음으로 여관에서 떨어져갔다.

"난 그 사람이 죽으리라는 것을 알고 있었습니다." 안이 말했다.

"난 짐작도 못 했습니다"라고 나는 사실대로 얘기했다.

"난 짐작하고 있었습니다." 그는 코트의 깃을 세우며 말했다. "그렇지만 어떻게 합니까?"

"그렇지요. 할 수 없지요. 난 짐작도 못 했는데……." 내가 말했다.

"짐작했다고 하면 어떻게 하겠어요?" 그가 내게 물었다.

"씨팔것, 어떻게 합니까? 그 양반 우리더러 어떡하라는 건지……."

"그러게 말입니다. 혼자 놓아두면 죽지 않을 줄 알았습니다. 그게 내가 생각해본 최선의 그리고 유일한 방법이었습니다."

"난 그 양반이 죽으리라고는 짐작도 못 했다니까요. 씨팔것, 약을 호주머니에 넣고 다녔던 모양이군요."

안은 눈을 맞고 있는 어느 앙상한 가로수 밑에서 멈췄다. 나도 그를 따라서 멈췄다. 그가 이상하다는 얼굴로 나에게 물었다.

"김 형, 우리는 분명히 스물다섯 살짜리죠?"

"난 분명히 그렇습니다."

"나두 그건 분명합니다." 그는 고개를 한 번 갸웃했다.

"두려워집니다."

"뭐가요?" 내가 물었다.

"그 뭔가가, 그러니까……." 그가 한숨 같은 음성으로 말했다. "우리가 너무 늙어버린 것 같지 않습니까?"

"우린 이제 겨우 스물다섯 살입니다." 나는 말했다.

"하여튼……" 하고 그가 내게 손을 내밀며 말했다.

"자, 여기서 헤어집시다. 재미 많이 보세요" 하고 나도 그의 손을 잡으며 말했다.

우리는 헤어졌다. 나는 마침 버스가 막 도착한 길 건너편의 버스 정류장으로 달려갔다. 버스에 올라서 창으로 내다보니 안은 앙상한 나뭇가지 사이로 내리는 눈을 맞으며 무언지 곰곰이 생각하고 서 있었다.

(1965)

그와 나

내가 그를 처음 만난 것은 서울행 기차 칸에서였다.

기차는 2월의 춥고 캄캄한 어둠 속을 질주하고 있었다. 차 안은 초만원이어서 2인용 좌석엔 세 사람씩 꽉 끼어 앉았고 통로에도 강생회 판매원이 물건 팔기를 포기해야 할 만큼 승객들로 꽉 차 있었다. 나는 좌석에 앉아 있는 축이었다. 운이 좋아서가 아니라 상당한 노력의 결과였다.

전국의 거의 모든 고교 졸업생들이 서울로 몰려가는 이 시기에 지정 좌석이 없는 대신 차비가 비교적 싼 야간 보통 급행열차의 좌석을 차지하기가 쉽지 않을 것이 뻔해서 나는 일부러 고향의 기차역에서 타지 않고 버스로 1시간 반이나 달려 그 기차의 시발역까지 가서 탔던 것이다. 시발역에서도 개찰구에서 기차가 서 있는 곳까지 다른 사람들과의 있는 힘을 다한 경주 끝에 겨우 자릴 잡고 앉을 수 있었다. 서울까지 9시간 동안을 서서 가야 한다는 것은 말도 안 되는 소리였다. 상당한 노력을 바치고 잡은 자리였기 때문에 나는 가령 노인이라든지 아이를 업은 아낙네 따위의, 내가 자리를 양보하지 않으면 안 될 사람이 내 근처에 오게 될까 봐 두려워하고 있었다. 그래서 시발역에서부터 나는 잠을 청하는 체 눈을 감고 있었고 실제로 잠깐씩 얕은 잠에 들었다 깨곤 했다.

기차가 새로운 역에 도착할 때마다 나는 확성기 소리와 불빛 때문에 잠이 깬 표정을 지으며 잠깐 눈을 떠서 역명(驛名)을 알고 나서는 도로 눈을 감아버리곤 했다. 내 바로 곁, 통로에 서 있는 사람들과는 되도록 시선이 마주치지 않아야 했다. 시선이 마주치면, 그들은 옳다구나 하며 재빨리 이렇게 말할지도 모른다. 학생, 자리 좀 잠깐 교대할까?

그때 나는 검정색 고등학교 제복을 아직 그대로 입고 있었다. 얼마 전에 졸업식을 치렀기 때문에 고3임을 나타내는 T 자 배지는 뗐지만 모교 배지와 이름표는 아직도 목깃과 왼쪽 가슴에 붙인 채였다. 머리칼이 제법 자라 있는 머리엔 고교생의 교모도 아직 그대로 쓴 채였다. 모교에 대한 감상적인 정절 이상의 무엇이 나를 인도하고 있었다.

졸업식을 해버렸고 이어서 지망했던 대학의 합격 통지서를 손에 들었다고 해서 재빨리 교복을 벗어버리고 맨머리에 잠바나 양복을 걸치고 어느 틈에 배웠는지 담배를 물고 있는 동창생들만큼 나를 어리둥절하게 하는 것은 없었다. 그들을 음험한 배신자로 보려고 하고 있는 나 자신을 나는 간신히 이렇게 타이를 수 있을 뿐이었다. 열등생으로서 지녀야 했던 고교 시절의 제복이 그들에게는 죄수복처럼 느껴졌을 것이다. 또한 앞으로 그들이 다녀야 하게 된 삼류 대학의 교복 역시 그들로서는 명예롭게 여겨질 리 없다. 그들은 익명의 옷을 입지 않고서는 부끄러워서 견딜 수 없는 것이다.

나는 어떤가? 나로 말하자면 내가 다음 달부터 다니게 될 서울 대학교의 교복을 입지 않는다는 건 상상조차 할 수 없었다. 어쩌면 오로지 그 교복 자체가 지난 수년 동안 코피를 쏟아가며 수험 공부를 해온 유일한 목적이었다. 혹시라도 금년부터 재수 없이 대학교에서 교복 착용 제도가 없어지지 않을까 전전긍긍할 정도였고 나아가서, 금빛 지퍼가 세로로 두 줄 달린 그 감색 윗도리의 앞가슴에 왜 이름표를 달지 않게 하는지 몹시 유감스러울 지경이었다.

그러나 그 대학 교복을 나는 입학식날 아침에야 입을 작정이다. 입학식 전날까지는 모교의 교복을 그대로 입고 있을 터였다. 그리하여 내가 사랑했고 나를 사랑했던 고교 시절은 대학교 입학식 전날 밤에야 끝이 나는 것이다. 고등학교 제복과 대학교의 제복 사이에 단 하루의 틈도 있을 수 없었다. 단 하루라도, 학생인지 공무원인지 상인인지 건달인지 알 수 없는, 익명의 사복 차림의 꼴을 나는 결코 자신에게 허락하지 않을 터였다. 인생의 한 단계가 얼마나 조리 있게 끝났고 또 얼마나 정연하게 시작되려 하는가?

하기야 나 역시 지난 20년 동안 잘도 견디며 살아왔던 초라한 지방 도시로부터의 해방감으로 몹시 들떠 있긴 했다. 어머니가

'기차 칸과 서울 거리의 쓰리꾼들'에 대비하여 팬티 자락에 재봉틀질로 봉해준, 내 허벅다리 맨살에 거북스런 감촉을 주고 있는 돈다발을 바지 위에서 슬그머니 어루만져 확인하곤 할 때마다 그 해방감은 더욱 내 어금니를 간지럽혔다. 물론 그 돈은 대학교 입학금, 등록금, 교복값, 책값, 한 달 치 하숙비, 이발값, 교통비 따위로서 어머니가 연필심에 몇 번씩 침을 묻혀가며 빠듯이 계산한, 한 푼의 여유도 없는 돈이었으나 어떻든 그 돈은 나만을 위해서 쓸, 내 손으로 세어서 줄 내 돈인 것이었다.

그때까지 한 번도 만져본 일조차 없는 많은 액수의 돈을 어머니의 간섭 없이 고스란히 내가 관리할 수 있다는 사실이 내 해방감을 고조시켰고 내가 성인이 되었음을 확인시켜주는 것이었다.

그렇다고는 하지만 이 해방감이 내가 인생의 한 단계를 조리 있게 끝맺음한 데 대한 보답으로 얻어진 다음 단계에 보너스로 곁따라온 것 이상이 아님을 나는 잘 안다. 보너스는 어디까지나 보너스, 허상은 어디까지나 허상. 이 해방감이 나의 예정과는 아무런 관련이 없음을 나는 잘 안다. 오히려 이 해방감은 불청객, 나의 결정되어 있는 미래를 엉뚱한 웃음거리로 만들어버릴 수 있는 함정을 한구석에 숨기고 있는지도 모른다.

그렇다, 두려워하지 않으면 안 되었다. 아무리 두려워하고 아무리 긴장하고 아무리 섬세하게 살펴도 결코 지나친 법은 없었다. 그리고 그 두려움, 그 긴장, 그 조심성은 나에게는 결코 낯선 것이 아니었다. 오히려 습관처럼 익숙해 있었다. 그것은 내가 대학 입시

수험생이기 훨씬 이전, 이 사회가 우리의 인생을 위하여 조리 있게 여러 단계를 마련해놓고 있다는 것을 의심 없이 믿게 된 국민학교 고학년 시절에 계시처럼 내 이웃에 생긴 어떤 웃음거리에 연유한 것이다.

그 무렵까지도 나의 고향에서는 소집 영장을 받고 입대하는 장정들에게 동네마다 제법 성대한 환송식을 차려주고 있었다. 일제시대부터의 풍속인지, 또는 입대라는 것이 곧 전사(戰死)나 부상을 의미하던 6·25때 생긴 풍속인지 알 수 없으나, 태극기를 그린 수건을 두른 입영 장정들은 출발 며칠 전부터 떼를 지어 몰려다니며 별의별 난장판을 다 벌이곤 했다. 그 정도가 지나쳐도 경찰은 못본 체해줬고 주민들도 입영 장정들의 특권을 인정하고 있었다. 나의 이웃집에 바로 그런 청년이 하나 있었다. 그의 특권 행사는 유난히 심했다.

입영 날짜는 아직 멀었는데도 벌써부터 수건을 두르고 벌겋게 술 취한 얼굴로 이 집 저 집 찾아다니며 술 내놔라 밥 내놔라 어리광을 부리고 다녔다. 그의 입영 환송식은 동회 앞마당에서 성대하게 거행되었다. 동장님의 환송사가 있었고 주민들이 모은 축의금 전달이 있었고 그는 답사를 했고 우리는 만세 삼창까지 해줬다. 식이 끝나서 그는 장정들의 집결 장소인 역 앞 광장으로 갈 준비를 하느라고 그때까지 신고 있던 비교적 깨끗한 구두를 벗어놓고 헌 농구화로 갈아 신고 있었다.

그런데 그때 그는 땅바닥에 한 끝을 단단히 박고 있는 녹슨 쇠못에 발바닥을 깊이 찔린 것이었다. 피가 꽤 많이 흘렀다. 동장님이 재빨리 상처에 담뱃가루를 바르고 붕대로 처매주었다. 아픈 것을 참고 우리들에게 억지로 웃어 보이고 갔다. 그러나 다음 날 아침 그는 논산에 있지 않고 자기 집 안방에 누워 있었다. 다리가 퉁퉁 부어 있었다. 얼마 후에 그는 기피자로 체포되었고 체포된 며칠 후에 파상풍으로 죽어버렸다.

그가 입영을 기피하기 위해서 일부러 부상한 것이 아니라는 건 우리가 증언할 수 있었다. 그 느닷없는 녹슨 쇠못만 아니었더라면 그는 무사히 입영을 했을 것이고 그 성격상 아주 군인다운 군인이 되었을 것이다.

아아, 그 하찮은 녹슨 쇠못 한 개! 불가시적인 작은 우연이야말로 내가 가장 두려워해온 것이었다. 시험공부를 할 때도 내 눈에서 빠져나간 외마디 단어 하나가 나에게 미역국을 먹일지도 모른다는 생각 때문에 나는 전율했다. 인생이란 얼마나 조심스러운 것이냐! 아무리 찬찬히 주의해서 걸음을 내디뎌도 결코 지나친 법은 없는 것이다! 그 입영 장정의 웃음거리가 되고 만 인생은 자라나는 나에게 그 어떠한 좌우명, 어떠한 설교보다도 무서운 교훈이었다.

내 인생이 나의 사소한 소홀과 부주의 때문에 웃음거리가 되어버릴지도 모른다는 상상만 해도 나는 미칠 것 같았다. 따라서 내가 무언가 평가하거나 선택하지 않으면 안 될 경우에 닥칠 때마다 그것이 나에게 한 개의 녹슨 쇠못이 되는 것은 아닌가 하는 점을 따져버릇했다. 두려워하고 긴장하는 것은 나에겐 익숙한 습관이었고 그 습관은 나에게 손해를 가져다준 일이 한 번도 없었다. 그러므로 기차 칸에서 내 어금니를 간지럽히고 있는 그 해방감 역시 나는 경계하지 않으면 안 되었다.

바로 그때 그 친구의 말소리가 내 귀에 들린 것이었다. "난 말이지 여태까지 사람의 양심이 몸 어느 부분에 붙어 있는지 몰랐어. 남들이 흔히 간이 없다, 쓸개가 빠졌다 하길래 양심이 간이나 쓸개에 붙어사는 놈인 줄로만 알고 있었지 뭐야. 그렇지만 이제 알겠어. 양심은 말이지, 사람들의 감은 눈꺼풀에 대롱대롱 매달려 있구만그래. 저 친구 좀 봐. 저 눈꺼풀이 떨리는 걸 보란 말야. 자리를 양보하긴 싫고 미안한 생각은 있어서 말야." 이어서 그의 친구들의 걸걸한 웃음소리가 요란하게 들려왔다.

나는 눈을 뜨고 말소리의 임자를 돌아봤다. 그가 어느 역에서 올랐는지 생각나지 않는다. 싱글싱글 웃으며 그는 나를 빤히 내려다보고 있었다. 코트의 목깃에 서울대학교의 배지가 붙어 있었다. 머리칼이 아직 짧은 건 그 역시 이번 신입생이란 걸 알려주는 것이겠다. 나는 그를 묵살하는 수밖에 없었다. 빈정거림이야말로 늦게 탄 자들이 먼저 탄 자를 몰아낼 때 곧잘 쓰는 수법이라고 나는 생각했다. 또 그 친구의 말소리가 들려왔다. "하기야 나쁜 건 철도청이야. 좌석을 지정해주는 특급열차하고 이 차하고 운임 차이가 700원이라지만 말야. 내가 대강 계산해도 이렇게 사람을 때려 싣고 보면 특급열차의 수입을 훨씬 상회한단 말야. 이건 폭리야." 나는 속으로 중얼거렸다. 난 체하고 있군. 그래서 어쨌다는 거야? 더 이상 그에게 관심을 갖지 않기로 하고 나는 눈을 감았다.

그러나 '감고 있는 눈꺼풀에 대롱대롱 매달려 있는 양심'이라는 말이 악성 병균처럼 내 안으로 끈질기게 파고들어오는 것에 나는 당황하지 않을 수 없었다.

그런 식의 표현 자체에서 나는 마치 비릿한 물이끼 냄새가 풍겨 오면 강이 가까워졌음을 알 수 있듯 대도회의 세련된 문화와 성인 세계의 윤리가 나에게 임박한 것을 느끼며 뭔가 숨쉬기가 답답해 졌다. 가난한 지방 도시에서는, 그리고 자라나는 유소년 시절엔 옆 엣사람을 돌보지 않는 악착스런 경쟁과 경쟁에 진 자의 굴종이 스스럼없이 공존하는 것이다. 그 공존에 불평을 하거나 야유를 한다는 건 가난한 지방 도시의 문화와 유소년 시기의 윤리를 파괴하는 것이다. 먼저 타고자 노력을 한 자가 자리를 잡고 앉는 것이 당연한 것이다. 그 친구의 빈정거림은 어쩌면 내가 살아왔던 공간과 시간 전부를 모욕하는 것이었다. 그러나 그 모욕에 어떻게 대처해야 할지 나는 알지 못했다. 새벽에 서울역에 도착하여 홈 밖으로 나가기 위하여 줄을 짓고 서 있을 때도, 공교롭게 내 바로 뒤에 서 있던 그 친구는 또 한 번 내 부아를 돋우었다. "편하게 살기가 제일 불편한 거요. 인연이 있으면 또 만납시다." 나는 서울의 차가운 새벽 풍경만 보고 있는 체했지만 빙글거리며 빤히 쳐다보고 있는 그 친구의 얼굴을 등으로 충분히 느끼고 있었다. 그 얼굴에 대고 나는 중얼거렸다. 입만 까진 녀석, 네까짓 게 녹슨 쇠못을 어떻게 알겠느냐!

그 친구와는 만날 인연이 있었다.

두 번째로 우리가 만난 것은 저 역사적인 데모의 인파 속에서였다.

데모란 나로서는 전연 예정에 없는 등록금과 하숙비의 낭비에 불과했다. 학교에 나와보니 갑자기 모든 학생들이 책가방을 챙겨 들고 교문 쪽으로 몰려간다. 학생들이 몰려가는 곳이기 때문에 나도 빠질 수 없을 뿐이었다. 이것이야말로 녹슨 쇠못이다, 이것에 발을 찔려 나는 예정했던 길을 못 가고 말지 모른다고 깨달았을 때는 이미 늦었다.

나는 어깨동무를 하고 겹겹이 에워싼 학생들의 한복판에서 빠져나갈 틈을 한 치도 찾을 수 없었다. 그들에게 떠밀려가면서 나는 점점 멀어지는 학교 건물을 돌아보았다. 왜 우리를 붙잡지 않는가. 왜 우리를 불러들이지 않는가. 버스를 잘못 타고 목적지와 정반대 방향으로 멀어져가는 자의 안타까움 때문에 내 온몸은 냠두싱이였다. 데모대가 외치는 구호, 내휘두르는 피켓에 씌어진 구호 자체에 반대하는 건 아니었다. 그러나 그 따위 구호야 아무래도 무슨 상관이냔 말이다.

그 구호의 요구 조건이 그대로 관철되었을 때 가장 이익을 볼 자들이 아무 소리도 않고 있는데 왜 애꿎게 우리가 나서서 야단이냔 말이다. 난 진심으로 시간이 아깝고 돈이 아깝다. 하숙방의 벽에 꼼꼼히 그려 붙여놓은 내 하루의 시간표와 이번 학기의 공부 목표량은 결코 멋으로 붙여놓은 것이 아니다. 어머니가 부쳐주는 돈도 쓰고 남아서 보내주는 것이 아니다. 과(科)에서 야유회를 갔을 때도 나는 낭비에 대한 안타까움으로 가슴이 타는 듯 쓰라렸다. 이건 야유회보다도 더하지 않는가. 내 인생에서 중요한 이 단계를 뒤죽박죽으로 헝클어놓지 말라. 이 단계를 조리 있게 끝맺음하지 못했을 때 나를 기다리고 있는 다음 단계가 나를 쌀쌀하게 취급한다고 해서 나는 어디다 대고 호소할 것인가! 누가 나의 미래를 보장해주는가? 아무것도 없다. 이 경쟁 사회가 마련해두고 있는 시험 제도밖에는 아무도 나를 보장해줄 건 없다. 그렇게 생각하고 있는 자신을 나는 결코 비겁하다고 여기지 않는다. 비겁한 것은 나의 귀중한 시간과 돈을 나와 한마디 상의도 없이 자기네 멋대로 동원하여 낭비하고 있는 데모의 선동자들이고 그들을 방관하고 있는 학교였다. 사실 박차고 열외(列外)로 나가버리지 못하고 엉거주춤 휩쓸려 떠밀려가고 있는 이유로 다만 학교에 돌아가봤댔자 교수들이 나 하나만을 상대로 강의를 해줄 것 같지 않기 때문일 뿐이었다.

그리고 비겁한 것은 사회인들이었다. 부정 선거로 표를 도둑질당했다고 이 아우성이지만, 도둑질당한 표에 학생들의 표가 많았겠는가, 사회인들의 표가 많았겠는가. 아우성을 쳐야 할 건 지금 길가에서 데모 대열을 구경하며 박수를 치고 있는 저 사회인들이고 우리야말로 그들이 아우성칠 때 곁에서 박수나 쳐주면 충분한 게 아니냐 말이다. 직접 당사자들이 왜 침묵하고 있는가를 왜 이 어리석은 학우들은 모른단 말인가? 내가 가르쳐주마. 인생의 예정된 단계를 밟아 올라가는 데는 이따위 데모는 아무 관계가 없기 때문인 것이다. 인생은 그토록 조심스러운 것이며 이따위 데모는 아무리 잘 봐준대도 가난뱅이가 골동품을 사는 것과 같은 도락(道樂)에 불과한 것이다.

그때 대열의 앞쪽에서 한 학생이 다른 학생의 어깨 위에 무동을 타고 불쑥 솟아서 뒤따라오는 우리를 향하여 외쳤다. 기차 칸에서 만났던 바로 그 친구였다. "여러분, 새로운 구호를 전달하겠습니다. 힘차게 외칩시다. '우리에게 가르친 대로 그대로 행하라.'" 학생들은 신난 음성으로 복창했다. 우리에게 가르친 대로 그대로 행하라. 그 구호는 수없이 반복되어 외쳐졌고 반복될수록 더욱 열기를 띠었고 종로의 빌딩들 벽에 포성처럼 메아리쳤다. 나는 그 구호 때문에 하마터면 함정에 빠질 뻔했다. 우리에게 가르친 대로 그대로 행하라. 그 구호를 외칠 수 있는 것은 사회인이 아니라 우리 학생들일 수밖에 없었다. 동시에 그 데모 역시 강의실의 연장일 수 있는 것이었다. 아스팔트 강의실이라고나 할까. 나는 자신으로서는 처음 느껴보는 어떤 감격에 눈물조차 핑 돌았다. 어느새 나 역시 주먹으로 허공을 때리며 그 구호를 외치고 있었다. 그러나 얼마나 다행이던가, 나의 일시적인 착각을 시정해주는 경찰들의 총소리가 요란하게 터지기 시작했고, 선두의 학생들이 쓰러졌다는 전달이 이 입에서 저 입으로 뛰어다녔다.

머리 위로 날아가는 총탄 소리에 우리의 대열도 수은 방울처럼 흩어졌다. 엉거주춤 따라온 나조차도 경찰이 설마 실탄 사격을 해

대리라고는 예상하지 못했다. 이거야 말로 녹슨 쇠못 정도가 아니다. 보아라 친구들아, 인생에 어리광 같은 도락이 끼어들 자리는 없는 것이나. 나는 옆구리에 끼고 있던 책가방을 어디서 떨어뜨렸는지도 생각나지 않았다. 빈손인 것을 깨달았을 때는 하숙집 앞 골목 안으로 숨이 턱에 닿아 뛰어들고 있을 때였다.

그 친구를 다시 본 것은 그 데모가 있었던 날로부터 열흘쯤 후, 데모가 목적 이상의 성과를 거두고 그동안 폐쇄되었던 대학교의 교문이 활짝 열린 날 학교 구내의 잔디밭에서였다.

그 역사적인 사건을 취재하기 위해서 날아왔다는 미국의 한 방송국 스태프들이 무비 카메라를 뻗쳐놓고 '역사를 창조한 학생들'과 인터뷰를 하고 있었다.

빙 둘러서 있는 학생들의 무리 쪽으로 내가 어슬렁어슬렁 다가가 어깨 너머로 엿보았을 때, 지금 미국인 방송 기자와 더듬거리는 영어로 얘기를 주고받고 있는 것은 바로 기차 칸의 그 친구였다. 그 친구가 그 역사적 사건의 주동자나 대표자가 아니란 건 분명하지만 하기야 '위대한 학생들' 중에서 임의로 뽑아 인터뷰를 한다면 나는 어쩐지 그 친구만 한 적격자도 없을 것 같았다.

나로 말하자면, 그 데모로 인한 사태가 예상보다 빠르게 결말이나서 학교가 문을 연 것만이 기뻤다. 물론 그 데모가 성공한 쪽이 실패한 쪽보다 낫긴 하지만 그건 무슨 일이든지 시작한 일은 성공하는 쪽이 좋다는 뜻이지 뭐 실패했다고 해도 별로 유감스러울 게 없을 것 같았다. 운동 시합에서 우리 편이 이겼다고 내가 내 인생을 위하여 해야 할 일을 하지 않아도 좋은 건 아니었다. 오히려 경찰의 총에 맞아 죽은 자들 덕택에 저 녹슨 쇠못의 교훈은 진리임을 확인할 수 있었을 뿐이었다. 내가 태어나서 20년 동안 믿고 의지해온 사회가 내 인생을 위하여 마련해두고 있는 단계들―그 체제를 건드리지 않는 한 나로서는 그런 사건이 성공해도 좋고 실패해도 그만이다.

아니 가장 좋은 것은, 그런 사건이 아예 일어나지 않았더라면 하는 것이다. 왜냐하면 나는 아직도 눈에 선한, 나로서는 생전 처음 구경한 그날의 그 거대한 군중의 집단에 아직도 압도되어 위축되어 있기 때문이었다. 외면상으로나마 나 역시 그 군중들 중의 한 사람이었기에 망정이지 그리고, 가령 하숙집 주인아저씨 같은 사람들이 나의 그 외면을 존중해주고 있기 망정이지 만약 그 군중들이 나의 적이라면 어찌할 것인가! 정말이지 하숙집 아저씨가 나를 그 사건의 대표자라도 되는 양 취급해올 때는 이마에서 식은땀이 줄줄 흘렀다. 따라서 그 데모가 실패하지 않고 성공한 바람에, 적어도 그런 건 사치스런 도락 이상이 아니라고 감히 입 밖에 내어 말할 수 없게 된 것이 우울했다. 한편 별로 달가워하지 않는 사람조차도 끌어들여 집단적인 의사라는 것을 만들어내고 마는 군중이라는 존재를 처음 내 눈으로 본 경험에 어리둥절해 있었다.

요컨대 그 데모와 나와의 관계는 그 정도라고 나는 생각하고 있었다.

그런데 그때 미국인과 인터뷰하고 있는 그 친구가 하고 있는 말이 내 귀를 때렸다. "아이 빌리브 위 머스트 인벤트 아워 퓨처 앤드 위 캔 두 잇." 나는 그가 한 발음 그대로를 알파벳으로 허공에 써보았다. I believe we must invent our future and we can do it.

인벤트, 발명하다. 인벤숀, 발명. 인벤트 아워 퓨처, 우리의 미래를 발명하다. 아이 빌리브 위 머스트 인벤트 아워 퓨처 앤드 위 캔 두 잇. 나는 믿고 있습니다. 우리는 우리의 미래를 발명하지 않으면 안 된다는 것을. 그리고 믿고 있습니다, 우리는 발명할 수 있다는 것을. 나는 갑자기 숨쉬기가 답답해지는 것을 느꼈다. 기차 칸에서도 그 친구는 그 철학적인 표현으로 내 호흡을 답답하게 했었다.

'감은 눈꺼풀에 대롱대롱 매달린 양심.' 그 말은 병균처럼 내 머릿속으로 파고들며 나를 아프게 쑤셔댔었다. 서울역에서는 '편하게 사는 것이 가장 불편한 거요.' 데모 대열에서는 '우리에게 가르친 대로 그대로 행하라.' 거기다가 오늘은 '자기의 내일을 발명해야' 한단다.

발명해야 한단다. 기다리고 있지 않단다. 기다리고 있지 않단다. 발명해야 한단다. 그런데 왜 나는 이렇게 저 말장난에 불과한 현학적인 표현에 현혹당하려 하는가. 그렇다, 나는 알고 있었다. 그 데모의 성공, 망할 놈의 '역사적 사건' 위에 저 장난 같은 말이 자리를 잡고 있기 때문에 이토록 나를 압도해오는 것이다.

우리의 내일을 발명한다? 말은 근사하지만 그 사건의 경험이 없었더라면 나는 이토록 당황하지는 않을 것이다. 이제야 나에게는 그 데모와 나와의 관계가 분명히 드러나는 것이었다. 그것은 성공

해도 좋고 실패해도 그만인, 나와 아무 관계가 없는 도락이 아니라 반드시 실패했어야 할, 내가 20년 동안 믿고 의지해왔던 것을 송두리째 파괴시켜버리려는, 실패했어야 할, 반드시 실패했어야 할 나의 적이었다. 그리고 제 맘대로 나의 몫의 내일까지 발명하겠다고 호언하는 그 친구 역시 나의 적인 것은 분명했다. 또는 그에게 있어서 나는 그의 적이 분명했다.

(1972)

염소는 힘이 세다

염소는 힘이 세다. 그러나 염소는 오늘 아침에 죽었다. 이제 우리 집에 힘센 것은 하나도 없다.

나는 때때로 홍수의 꿈을 꾼다. 오늘 아침에도 나는 홍수의 꿈을 꾸었다. 황톳빛 강물이 부글부글 끓듯이 거품을 일으키고 무서운 소리를 내며 빠르게 흐르고 있었다. 나는 강변에 있는 마을의 폐허 위에 서 있었다. 간밤의 폭우 때문에 집들은 더러운 판자더미가 되어 있었고, 강물이 흐르며 내는 소리─그 무겁고 한순간도 휴지(休止)가 없는 쭈욱 이어서 들리는, 그래서 그 소리에 귀를 기울이고 있는 사람은 처음엔 그 소리가 끝날 때를 기다리지만 차츰 그 소리가 음악이나 사람의 울음소리와는 달라서 결코 언젠가 끝날 수 있는 소리가 아니라는 것을 확신하게 되고 그러자 그것이 생명과 의지를 가진 괴물처럼 생각되어 온몸에 식은땀이 흐르는 그러한 강물 소리가 울려서인지, 그 비에 젖어 시꺼멓게 된 판자더미는 덜덜덜 떨리고 있었다. 나는 그 소리로부터 도망치려고 몸을 돌렸다. 그때 판자더미 속에서 '매애애—' 하는 염소의 울음소리가 약하게 들려왔다. 나는 판자더미를 헤쳤다. 하얀 털을 가진 염소 새끼 한 마리가 그 속에 있었다. 나는 그놈을 가슴에 안았다. 새끼 염소에 정신이 팔려 있는 동안은 내 귀에 들리지 않던 무서운 강물 소리가 내가 그놈을 가슴에 안고, 어디서 이놈의 임자가 나타나지 않을까 하고 사방을 두리번거리는 동안에 다시, 나를 휩쓸고 갈 듯이 달려들었다. 나는 새끼 염소를 안은 채 도망쳤다. 그 무서운 강물 소리, 그것은 소리라기보다는 소리의 메아리라고나 하는 편이 좋을 만큼 귀신 같은 데가 있는데, 그 웅웅거림이 끝없이 나를 쫓아오고 있었고 그리고 내 가슴에 안긴 새끼 염소는 나의 달음박질을 독려하듯이 쉬임 없이 그 곱게 떨리는 소리로 울고 있었다. 나는 잠이 깨었고 눈을 떴다. 그것은 내가 우리 집의 염소를 처음 얻던 때의 바로 그 사정인 꿈이었다.

염소는 힘이 세다. 그러나 염소는 오늘 아침에 죽었다. 이제 우리 집에는 힘센 것은 하나도 없다. 나는 때때로 홍수의 꿈을 꾼다. 오늘 아침에도 나는 홍수의 꿈을 꾸었다.

꿈이 깼을 때 나는 자리에서 발딱 일어나 앉았다. 무서운 강물의 웅웅거림과 염소의 슬프고 끊임없는 울음소리는 꿈이 깨었음에도 여전히 내 귀에 들려오고 있었다.

내 할머니는 조금 귀머거리다. 그래서 할머니는 산골에서 살아도 무방하고 자동차들과 전차들이 잇달아 달리는 도시의 한길가에 살아도 별로 괴로움을 느끼지 않는다. 할머니는 이 집에서 살자격이 충분히 있다. 그러나 내 어머니와 누나는 눈도 맑고 귀도 밝다. 그래서 항상 어머니는 이렇게 말한다. "아아, 깨끗하고 조용한 곳으로 이사 갔으면! 저 찻소리들 때문에 난 죽고 말 거야." 그러면 "나두 그래, 엄마" 하고 누나가 말한다. 나는 어머니와 누나를 깨끗하고 조용한 곳으로 보내드리고 싶다. 그러나 나는 깨끗하고 조용한 곳이 어디 있는지를 모른다. 내가 알고 있는 곳으로서 깨끗하고 조용한 곳은 우리 학급 반장네 집의 변소뿐이다. 그러나 어머니와 누나를 남의 집 변소로 보내드릴 수는 없다. 나는 깨끗하고 조용한 곳이 어디 있는지도 모르지만 이사를 어떻게 하는지도 모른다. 나는 우리 집 앞 한길가에서 수레나 오토바이, 트럭이 살림살이를 잔뜩 싣고 달리는 것을 자주 본다. 내가 알고 있는 이사는 그것이다. 살림살이를 실은 차들이 유난히 많이 지나다니는 날엔 할머니는 "오늘이 손(損)이 없는 날인 모양이군" 하시곤 한다. "저 차들은 멀리 가?" 하고 내가 할머니에게 소리쳐서 묻는다. "아아니"라고 할머니는, 거리에서 곧장 집 안으로 날아오는 먼지들 때문에 항상 쉬어 있는 목소리로 대답하신다. "기껏해야 서울 시내겠지."

내 귀에 여전히 들려오고 있는 강물 소리가 집 바로 밖의 거리를 자동차들이 달리며 내는 소리의 혼합체인 것이 점점 뚜렷해졌다. 나는 집 밖의 거리 쪽으로 귀를 기울이며 꼼짝하지 않고 누워 있었다. 여러 소리들이 범벅이 되어 마치 범람하는 강물 소리 같은 그 소리 속에서 버스가 내는 소리와 택시가 내는 소리와 트럭이 내는 소리와 전차가 내는 소리를 나는 차츰 구별해낼 수가 있었다. 그러나 그러고도 여전히 내 귀에는 한 가지 이상한 소리가 남아 있었다. 그것은 염소의 슬픈 울음소리였다. 우리 집 뒤안에서 나야 할 소리가 거리에서 들려오고 있는 것이었다. "우리 집 염소 소리지?" 병들어 쭉 누워 계신 어머니가 근심스런 음성으로 말씀하셨다. 나는 자리에서 빠르게 일어나서 이른 아침인 밖으로 뛰어나갔다.

염소는 힘이 세다. 그러나 염소는 오늘 아침에 죽었다. 이제 우리 집에는 힘센 것은 하나도 없다. 나는 염소가 죽는 순간까지도 힘이 세었던 것을 보았다.

우리 집의 오른편으로는 시멘트 벽돌로 지은, 좀 길다는 느낌을 주는 단층집이 있다. 그 건물의 한길로 향하고 있는 면은 더러운 유리가 끼워져 있는 미닫이문과 커다란 간판으로만 이루어져 있다. 그 긴 건물이 세 칸으로 나누어져 있으므로 간판도 각각 다른 내용으로서 세 개다. 그중 한 개는 초록색의 길고 굵은 구렁이가 숲속을 헤치며 달리고 있는 그림이다. 그 간판이 달린 집에서는 미닫이문 밖의 인도에, 비 오는 날을 제외하고는 항상 화로를 내어놓고 그 위에 항상 김이 새어 오르는 약단지를 올려놓고 있다. 그 화로는 겉은 쇠로 되어 있고 안은 황토를 두껍게 발라서 만든 크고 높은 것으로서, 그 안에는 수많은 뱀들이 저주하기 위해서 혀를 날름거리는 듯한 연탄불의 작고 파란 불꽃이 수없이 있다. 그 불꽃 위에 올려진 약단지 속에는 진짜 뱀들이 담겨져 있고 끓는 물이 그 뱀들의 형체를 풀어헤치며 뱀 속에 있던 가지가지의 맛과 양분을 빨아들이고 있다. 새파란 불꽃과 끓는 물과 그 속에서 요동치다가 점점 형체가 녹아버리는 뱀 떼와. 그래서 내게는 그 화로 전체가 내가 상상할 수 있는 최악의 지옥이었고 그래서 그 화로의 무게는 나로서는 짐작도 안 되는 것이었다. 집 안이 들여다보이지 않도록 하얀 페인트칠을 해버린 유리창에 붉은 글씨로 '생사탕'이라고 써놓은 그 집에서, 지옥 바로 그것인 그 화로를 유리창의 안—집 안에 두지 않고 유리창 밖—행인들이 오고가는 한길에 내어놓고 있는 이유도 내게는 연탄가스 때문이라고는 조금도 생각되지 않고 오직 그 화로, 지옥의 무게를 감당해낼 수가 없어서인 것만 같다.

오늘 아침, 그 화로가 차도와 인도의 경계가 되는 곳에 굴러 넘어져 있었고 빨갛게 단 연탄은 산산조각이 되어 길 위에 흩어져 있었고 약단지는 금이 가서 김이 나는 물이 그 금 사이로 새어 나와 길바닥 위에 뱀처럼 기어가고 있었다. 그리고 생사탕집의 뚱뚱보 영감이 한 손으로는 우리 염소의 목걸이를 쥐고 기다란 나무토막을 쥔 다른 손으로는 염소의 머리를 사정없이 내리치고 있었다. 염소는 약하게 울고 있었다. 그것은 울음이 아니라 이젠 죽어가는 신음이었다. "우리 염소예요. 왜 때려요?" 하고 나는, 길에 굴러 넘어진 지옥의 주인인 그 영감의 팔에 매달리며 소리쳤다. 분노 때문에 나는 울먹거렸다. 나는 다시 집으로 달려가서 할머니를 끌고 나왔다. 염라대왕과 만나서 싸울 수 있는 것이, 우리 할머니라면 가능했다. 할머니는 비로소 사태를 아셨다. 우리 할머니는 비명 같은 고함을 지르며 염라대왕에게 달려들었다. 염라대왕이 염소를 때리던 매질을 멈추고 할머니를 상대하기 위해서 그가 쥐고 있던 목걸이에서 손을 떼자 염소는 맥없이 쓰러졌다. 나는 염소를 부둥켜안았다. 할머니와 염라대왕은 말다툼을 하고 있었다. "요 할미야, 고삐를 단단히 매어두지 않고 왜 풀어놨느냔 말야, 약단지값하고 뱀값을 물어내란 말야. 저놈의 염소 한 번만 더 밖에 나왔다간 봐라, 아주 죽여버릴 테니……." 그러나 염소는, 우리 식구들 모르게 고삐를 말뚝에서 슬쩍 떼어내고, 우리 집 뒤안 변소와 헛간이 붙은 판잣집 속에 있는 자기의 우리로부터 거리로 뛰어나올 기회를 영영 갖지 못하고 말았다. 벌써 숨이 넘어가버렸던 것이다.

염소는 힘이 세다. 그러나 염소는 오늘 아침에 죽었다. 이제 우리 집에는 힘센 것은 하나도 없다.

머리칼이 하얗고 입 속에는 어금니 세 개밖에 남아 있지 않은 귀머거리 할머니는 목소리를 제외하면 힘이 세지 않았다. 목소리는 아무리 커도 힘이 될 수 없으니까 할머니는 완전히 힘이 세지 않았다. 달포 전까지는 종로 거리를 오락가락하며 꽃장사를 하다가 마지막 가을비가 내리던 날부터 쭉 끙끙 앓으며 이불을 둘러쓰고 누워 있는 어머니도 힘이 세지 않았고 그리고 누나—이젠 어머니 대신, 새벽 4시에 일어나서, 교외에서 수레에 꽃을 실어가지고 온 꽃 도매상에게서 꽃을 받으러 청계로로 갔다가 바구니에 두서너 종류의 꽃을 받아가지고 집으로 돌아와서 아침을 지어 먹고 다시 꽃바구니를 머리에 이고 종로의 어머니가 나가 앉아 있던 빌딩의 벽 밑, 빌딩과 빌딩 사이의 골목 속으로 가는 누나도 "열일곱 살이면 힘도 좀 쓰게 됐는데……" 하시는 할머니의 말씀만 없다면 힘이 세지 않았다. 그렇지만 나로서는 열일곱 살이 힘인지 아닌지를 분명히 모르니까 누나도 완전히 힘이 세지 않았고 그리고 여름철의 폭풍이 부는 밤이면 우리 집으로부터 떨어져나가버리고 싶다는 듯이 쿵쾅 소리를 내며 날뛰는 우리 집의 양철지붕도 힘이 세지 않았고 집 앞 한길에 교외의 도로포장 공사장으로 가는 불도저가 지나갈 때면 덜덜덜 떨고 있는 우리 집의 썩어가는 판자담과 판자로 된 쪽대문도 힘이 세지 않았고 염소가 그럴 생각만 있으면 간단히 고삐를 떼고 거리로 도망칠 수 있었던 말뚝도 힘이 세지 않았고 미닫이를 사이에 둔 우리 집의 방 두 개도, 아무리 밝은 날에도 저녁때처럼 어두컴컴하기만 해서 힘이 세지 않았고 좁은 마당도 그것이 좁아서 힘이 세지 않았고 아니 우리 집 전체가, 그것이 날이 갈수록 키가 자라나는 벽돌 건물들 틈에 끼어 있기 때문에 힘이 세지 않았다. 그리고 나, 바로 나도 열두 살짜리의 힘없고 키 작은, "아유, 우리 예쁜 고추야!"일 뿐이었다.

염소는 힘이 세다. 그러나 염소는 오늘 아침에 죽었다. 이제 우리 집에 힘센 것은 하나도 없다. 힘센 것은 모두 우리 집의 밖에 있다.

아저씨는 우리 집에 살고 있지 않았다. 따라서 아저씨는 힘이 세었다. 할머니가 나에게 아저씨를 데려오라고 말씀하셨다. 아저씨는 키는 작지만 턱과 볼에 수염이 많고 매부리코를 가지고 있고 사람과 얘기할 때는 조그만 눈으로 상대방을 흘겨보며 얘기한다. 나는 상대방을 흘겨보면서 얘기하는 아저씨의 그 모습이 부러워서 나도 동무들과 얘기할 때는 상대방을 흘겨본다. 언젠가 나보다 힘이 센 아이가 진짜로 나를 흘겨보면서 말했다. "애, 넌 왜 날 째려보지?" "아아냐" 하고 나는 말했다. "째려보지 않았어." 그리고 나는 정말 그 애를 흘겨보지 않고 시선을 밑으로 떨구어버렸다. 그때 나는 서투르게도 아저씨 흉내를 낸 나 자신이 부끄러웠다. "염소가 죽었다? 염소를 파묻어달란 말이지? 알았어" 하고 아저씨는 이부자리 속에 누운 채 여전히 잠들어 있는 듯한 얼굴로 말했다. "이따가 가겠다구 할머니한테 말해. 제기럴, 파묻다니, 미련하게." 아저씨는 여전히 눈을 감고 누운 채 혀를 쯧쯧 찼다. "애, 국수 한 그릇 먹고 가련?" 하고 아주머니가 말했다. 나는 고개를 저었다. 아저씨 집에서 파는 돼지기름 냄새나는 국수를 나는 싫어했다. 그것은 정말 비위에 거슬리는 냄새였다. 지게꾼들은 그러나 그 냄새 역겨운 국수를 맛있게 먹곤 했다. 지게꾼들은 힘이 세다. 아마 그 돼지기름 냄새가 나는 국수를 먹기 때문인지 모른다. 그러나 나는 정말 그 냄새가 싫다. 나는 고깃기름 냄새가 나는 거리를 지날 때면 항상 뜀박질을 했다. 나는 많은 거리를 뜀박질로 지나가야 한다. 서울엔 고깃기름 냄새가 나는 거리가 너무나 많다고 나는 생각한다. 그러나 나의 고깃기름에 대한 혐오감 속에는 그것에 대한 부러움도 섞여 있다. 고깃기름을 먹을 수 있으면 힘이 세어질지도 모른다는 생각이 늘 내 머릿속 한구석에 있기 때문이다.

염소는 힘이 세다. 그러나 염소는 며칠 전에 죽었다. 이제 우리 집에 힘센 것은 하나도 없다. 힘센 것은 모두 우리 집의 밖에 있다. 아저씨는 우리 집의 밖에서 살고 있다. 따라서 아저씨는 힘이 세다. 힘이 약한 사람은 힘이 센 사람에게 복종할 수밖에 없다.

아저씨는 말했다. "미련하게 염소를 왜 파묻어요? 그걸 이용해보도록 하세요. 꽃 파는 것보담야 훨씬 나을걸요." 할머니도, 병을 앓고 누워 계신 어머니도 아저씨의 의견에 고개를 끄덕거리셨다. 나는 어쩐지 할머니와 어머니께서 고개를 끄덕거리시는 것이 조마조마했다. 고개를 끄덕거려서는 안 될 것처럼 문득 생각되었지만 아저씨의 의견이 눈에 보이는 일과 물건들로 나타나기 시작했을 때엔 명절날처럼 신나기만 하였다. 마당가 장독대 곁에 큰 가마솥이 놓여졌다. 우리 집의 죽어버린 힘센 염소가 털이 벗겨지고 여러 조각으로 잘려져서 그 가마솥 속에 들어가 앉았다. 부엌에 뚝배기가 많아졌고 누나는 추운 날씨임에도 불구하고 이마에 땀이 송글송글 돋을 만큼 뚝배기 속에서 뛰어다니지 않으면 안 된다. 어머니는 길 건너편에 있는 내과병원의 하꼬방 같은 입원실로 옮겨가

셔서 그 입원실의 우리 집 쪽으로 향한 벽만 바라보며 누워 계신다. 할머니는 이따금 외치지 않으면 안 된다. "뭐요? 뭐라구요? 난 귀가 잘 안 들린다우. 뭐? 외상으로 하겠다구? 안 돼요. 안 돼. 자기 몸 좋아지라구 고깃국 먹구서 외상으로 하자니 말이 되나?" 나는 때때로 힘없이 썩어가는 우리 집의 판자담과 판자로 된 쪽대문에 '정력 보강 염소탕'이라는 광고지를 새로 써서 갖다 붙이곤 한다. 염소 고깃국에서는 돼지기름보다 더 고약한 냄새가 났다. 처음 며칠 동안 나는 매일 한 번씩 식구들 몰래 뒤안에 있는 변소에 가서 토했다. 그러나 그 고약한 냄새는 점점 더 부풀어서 마당을 채우고 마루를 채워버리고 두 방을 채워버리고 심지어 뒤안의 이젠 비어버린 염소 우리도 채워버렸다. 벽에서도 그 냄새가 났고 이불에서도 그 냄새가 났고 누나의 옷에서도 할머니의 머리칼에서도 났고 밤늦게 방문을 안에서 잠그고 난 후 할머니와 누나와 내가 손가락에 침을 발라가며 차례차례 셈해보는 돈에서도 그 냄새가 났다. "아유, 기름 냄새!" 하며 내과병원의 여드름 많은 간호원은 내가 어머니를 만나기 위하여 병원 안에 들어서면 손바닥으로 코를 막았고 "고깃기름 냄새가 별로 좋지 않구나"라고 어머니도 그 하얗고 가죽만 남은 손으로 내 등을 쓰다듬으며 말씀하셨다. 그러나 그 냄새는 이젠 나조차도 휩싸버렸다. 이제 나는 그 냄새가 좋지도 않고 싫지도 않다.

  염소는 힘이 세다. 그러나 우리 집 염소는 보름쯤 전에 죽어버렸다. 이제 우리 집에 힘센 것은 하나도 없다. 힘센 것은 모두 우리 집의 밖에 있다. 염소 고깃국을 사먹으러 오는 사람들은 모두 우리 집의 밖에서 우리 집으로 들어왔다. 따라서 그 사람들은 기운이 세다.

기운 센 사람들은 사흘 만에 염소 한 마리씩 삼켜버린다. "겨울철엔 뭐니 뭐니 해도 염소 고깃국이 제일이거든. 한 그릇 먹고 나면 얼굴이 불그스름해지고 사타구니가 뜨뜻해진단 말야." 손님 중의 한 사람이 말한다. "요즘 자네 마누라는 볼이 홀쭉해졌겠군" 하고 다른 사람이 말한다. "예끼, 이 사람. 아닌 게 아니라 마누라도 가끔 데려와서 이걸 먹여야겠어." "동네가 요란해지겠군." 그들은 난 알 듯 말 듯한 얘기를 주고받으며 높은 소리로 웃어댄다. 나는 그들이 좀 더 기운이 세어서 염소를 하루에 한 마리씩 뱃속으로 삼켜버리기를 원한다. "염소고기에 소주 한잔이 없어서 될쏘냐?" 하고 어떤 손님이 말했다. "할머니, 술도 좀 가져다놓구 파시라우요" 하고 그 손님이 외쳤다. 많은 손님들이 술을 찾았다. "손님들이 술을 팔라구 해요"라고 나는, 어머니의 저녁밥을 바구니에 넣고 병원에 갔을 때 어머니께 얘기했다. "얘, 그건 안 된다. 술은 팔지 말라구 꼭 할머니한테 말씀드려라." 어머니는 손까지 내저으며 성나신 음성으로 말씀하셨다. 나는 정말로 그래야 할 것 같았다. 할머니께 내가 말했다. "엄마가 술은 절대로 팔지 말라구 하셨어." "오냐오냐, 술은 팔지 말아야지. 너 이젠 엄마한테 그런 얘긴 하지 말아야 돼. 엄마 병이 더해진단다"라고 할머니는 말씀하셨다. 그러나 할머니는 푸른색의 작은 술병들을 부엌 선반에 줄지어 세워 놓고 손님들에게 술을 판다. 나는 할머니와 어머니가 마치 싸움이라도 할 것 같아서 서러웁다. 나는 어머니에게 술을 팔고 있다는 얘기는 하지 않았다. 나만 알고 있기로 하였다.

"이젠 단골손님이 좀 생겼니?" 어머니가 내게 물으셨다. "조금씩 생기는 것 같아요." 내가 대답했다. "장사를 하려면 단골손님을 많이 가져야 한단다." 어머니는 내 손을 만지작거리며 말씀하셨다. "광화문에서 꽃을 팔 때 내게 오는 단골손님이 꽤 많았단다. 그중에서 거의 날마다 내 꽃을 팔아주는 사람이 있었단다. 내가 그 앞에 꽃바구니를 놓고 앉아 있는 건물은 은행인데 그 사람은 그 은행에서 일하고 있는 젊은 남자였지. 머리를 깨끗이 빗어 넘기고 동그란 안경을 쓴 사람이었어……." "엄마, 나도 한 번 봤어" 하고 내가 말했다. "언제더라? 내가 엄마한테 학급비 타러 갔을 때 그 사람이 우리 앞을 지나가면서 엄마에게 절했잖어? 저 사람이 내 꽃을 많이 팔아준다구 그때 엄마가 그랬잖어?" "그랬던가?" 어머니는 말씀하셨다. "아마 그랬을지도 몰라. 내 앞을 지나갈 때 항상 인사를 했으니까. 난 한번 물었지, 꽃을 거의 날마다 사가지고 가서 어디에 쓰느냐구 말야. 그랬더니 자기 약혼자가 꽃을 아주 좋아한다는 거 아니겠니?" "약혼자는 색시지?" "맞았다. 결혼하기로 약속한 사람이란 뜻이야. 나도 한번 그분의 약혼자를 보았지. 아주 이쁘고 키가 날씬한 여자였단다. 한번은 그분의 심부름으로 어느 다방으로 그 여자를 만나러 간 적이 있지 않았겠니! 그 두 사람이 시간 약속을 했는데 남자에게 급한 일이 생겼기 때문에 내가 남자의 부탁으로 여자에게 간 거야. 1시간쯤 기다려줬으면 좋겠다고 내가 말하니까 그 여자가 방긋 웃으면서 말하더라. 아주머니, 몇 시간이고 기다리겠단다고 좀 전해주세요라고. 참 좋은 사람들이었어."

염소는 힘이 세다. 염소는 죽어서도 힘이 세다. 가마솥 속에서 끓여지는 염소도 힘이 세다. 수염이 시커멓고 살갗이 시커멓고 가슴이 떡 벌어졌고 키가 크고 손이 큰 남자들도 가마솥 속의 염소에게 끌려서 우리 집으로 들어온다. 염소는 우락부락하게 생긴 사람만 일부러 골라서 우리 집으로 끌어들일 만큼 힘이 세다.

우리 집 쪽대문에서 스무 발짝쯤 떨어진 곳에 합승 정거장이 있다, 한 남자 어른이 항상 거기에 서 있다. 그 사람은 어떠한 합승이 올지라도 타지 않는다. 다만 그 사람은 항상 거기에 서서, 합승의 여차장이 내미는 종잇조각에 무언가 적어주고 있기만 한다. 그 사람은 합승회사에서 내보낸 사람으로서 운전수들이 회사에서 정해준 시간을 잘 지키고 있나 없나 조사하러 나와 있는 사람이라고 한다. 마흔 살쯤 먹은 사람이다. 방한모자를 쓰고 있고 낡은 오버를 입고 있고 두껍고 커다란 가죽장갑을 끼고 있다. 코가 납작하고 턱이 뾰족하고 두터운 입술이 바나나만큼이나 크다. 그 사람도 우리 집 단골손님이다. 이젠 고깃국을 먹지 않더라도 틈틈이 우리 집에 들어와서 불을 쬐며 할머니와 큰 소리로 얘기를 주고받는다.

"할머니, 영감님은 언제 돌아가셨소?" 하고 그 남자는 소리쳐서 묻고 낄낄댄다. "늙은이를 놀리면 죽어서 지옥에 가는 거야." 할머니가 외치신다. "술 한잔 주슈" 하고 그 남자가 외친다. "술값을 내야만 주지." 할머니가 외치신다. "아, 월급 나오면 어련히 드리겠수. 소주 한잔 살짝 덥혀서 줘요." "이 선생은 너무 술을 좋아해서 망할 거야"라고 할머니는 말씀하시면서 술을 준다. 나는 그 남자가 기분 나쁘다. 그러나 그 남자는 내가 귀여운 모양인지 이따금 내 머리를 주먹으로 툭 치며 히이 웃는다. 내 누나의 엉덩이를 손바닥으로 탁 치기도 한다. 그럴 때 누나는 손에 들고 있던 것, 이를테면 물이 든 바가지라든가 국자라든가 연탄집게를 그 남자를 향하여 내던지며 소리 지른다. "제발 좀 그러지 마세요." 그러면 사내는 온몸에 물을 뒤집어쓰고도 끄떡없이 히이 웃으며, "선아 중매는 내가 서야지"라고 말한다. 눈이 많이 내려서 집 앞 한길을 달리는 차들이 바퀴에 쇠줄을 감고 찍찍거리며 달리던 날, 나는 뒤안에 있는 헛간—우리 집 염소가 살아 있을 때엔 염소의 우리로 쓰던 곳으로 갔다. 그곳으로 연탄을 가지러 간 누나가 오지 않아서 누나와 연탄을 가지러 갔던 것이다. 나는 헛간문 앞에서 갑자기 덜덜 떨리는 몸을 움직일 수가 없게 되어버렸다. 가마니로 문을 가린 헛간 속에서 끼익끼익 하는 무서운 소리가 났기 때문이다. "괜찮아, 괜찮아, 이러지 말아, 오오 귀엽지, 자아 자아……"라고 굵고 낮은 사내의 목소리가 들렸고 횃대에서 닭이 쥐를 보고 놀라서 푸다닥거리는 듯한 소리도 들렸다. 나는 누나에게 큰 변이 생긴 것을 직감했다. 그러나 무서워서 몸을 움직일 수가 없었다. 한참 만에야 겨우 몸을 움직여서 가마니와 헛간문의 기둥 틈으로 안을 들여다보았다. 합승 정거장의 사내가 아랫도리를 반쯤 벗은 채 한 손으로 누나의 입을 틀어막고 누나의 몸 위에 엎드려져 있었다. 누나의 발이 힘없이 허공을 차고 있었다. 나는 어찌해야 좋을지 몰랐다. 할머니에게 알려야 한다는 생각밖에 들지 않아서, 뛰어서 방으로 들어왔다. 할머니는 이제 막 나간 손님들이 앉아 있던 식탁을 행주로 닦고 계셨다. 나는 할머니에게 어서 알려야 한다는 마음과는 반대로 입이 영 열리지 않았다. 목구멍 속이 뜨겁기만 했다. 결국 아무 소리도 못 하고 마루로 나와버렸다. 그때 합승 정거장의 사내가 집 모퉁이를 돌아 나오고 있었다. 나는 있는 힘을 모두 내 두 눈 속에 모으고 그놈을 쏘아보았다. 그놈은 핏발이 선 눈을 묘하게 오그리며 히이 웃고 아무 말 없이 대문 밖으로 나가버렸다. 나는 헛간으로 달려갔다. 누나는 더러운 짚더미에 머리를 처박고 어깨를 들먹이며 울고 있었다. 누나의 치마가 조금 걷어 올려져서 드러나 보이는 하얀 허벅다리에 피가 조금 묻어 있었다. "누나야!" 하고 나는 고함질렀다. 누나는 퍼뜩 고개를 들어 나를 올려다보았다. 온 얼굴이 눈물로써 범벅이 되어 있었다. 누나가 내 다리를 감싸 안으며 다시 소리를 죽여 울었다. 그놈은 그 후로도 뻔뻔스럽게 우리 집에 드나들었다. 매일 서너 차례씩 들렀다. 그놈이 대문으로 들어서기만 하면 누나는 얼른 부엌 속으로 들어가서 그놈이 다시 대문 밖으로 나갈 때까지 밖에 나오지 않았다. 나는 누나와의 약속대로 할머니에게도 병원에 누워 계신 어머니에게도 그 얘기는 하지 않는다. 나와 누나는 가끔 둘이서만 있게 되면 그놈을 어떻게 죽여버릴 수 있을까 하고 작은 소리로 의논하였다. 그러나 그 방법은 전연 생기지 않는다.

염소는 힘이 세다. 염소는 죽어서도 힘이 세다. 가마솥 속에서 끓여지는 염소도 힘이 세다. 수염이 시커멓고 살갗이 시커멓고 가슴이 떡 벌어졌고 키가 크고 손이 큰 남자들도 가마솥 속의 염소에게 끌려서 우리 집으로 들어온다. 염소는 우락부락하게 생긴 사람만 일부러 골라서 우리 집으로 끌어들인다.

그 사람은 키도 작고 우락부락하게 생기지도 않았지만 힘이 센 듯했다. 그 사람과 함께 온 검은 유니폼을 입은 순경보다 더 힘이 센 듯했다. 염소가 왜 그 사람조차 우리 집으로 끌어들였는지 모르겠다. 염소는 힘자랑이 몹시 하고 싶었던 모양이다. 그 사람이 할머니에게 말했다. "허가도 내지 않고 술을 팔고 음식을 팔면 어떻게 되는지 정말 몰랐단 말요." 할머니는 벌벌 떨며 말씀하셨다. "몰랐습니다. 정말 몰랐습니다. 허가를 어떻게 하면 내는 줄도 몰랐습니다." 누나는 부엌 속에서 떨고 있었고 나는 방 속에서 이불을 뒤집어쓰고 벌벌 떨고 있었다. "누가 이 집 주인이오?" 순경이 말했다. "우리 며느리가 주인입니다. 저두 주인이구……." "며느님은 어디 있어요?" 순경이 말했다. "병을 앓아서 요 앞 병원에 입원해 있어요." "남자는 없어요?" 순경이 말했다. "왜, 있지요." "어디

갔어요?" 할머니가 방 안에 숨어 있는 나를 부르셨다. 나는 무서움에 질려서 비틀비틀 마루로 나갔다. "남자 어른 말예요, 어른"하고 세무서에서 온 사람이 할머니 귀에 대고 소리쳤다. "어른은 없어요. 전쟁통에 모두 죽었어요." 할머니가 울먹거리며 대답하셨다. "며느님한테 갑시다." 순경이 말했다. "우리 며느리는 아무것도 몰라요. 제발 빕니다. 우리 며느리는 죽어요. 며느리한테는 가지 마세요." 할머니가 손을 비비며 말씀하셨다. 두 남자는 무어라고 수군거렸다. 한참 동안 수군거렸다. 그리고 할머니에게 순경이말했다. "오늘부터 당장 그만두시오, 할머니. 그렇잖으면 징역 삽니다. 꼭 장사를 하시려면 구청에서 허가를 받구 해야 됩니다. 아시겠어요! 할머니?" 할머니는 고개를 여러 번 끄덕거리며 대답하셨다. "알았습니다, 나으리." 그 사람들은 돌아갔다. 누나와 나는병원의 어머니한테로 달려갔다. "우리가 잘못한 거야"라고 어머니가 말씀하셨다. "이젠 그만 집어쳐요, 엄마. 우리 그 상사는 그만집어쳐요"라고 말하면서 누나는 어머니 무릎에 얼굴을 대고 울었다. "무서워요. 무서워죽겠어요." 계속해서 누나가 말했다. "살기란 힘든 거란다." 어머니가 힘없이 말씀하셨다. 나는 아무 말도 하지 않았다. 할머니가 나를 아저씨에게 보내셨다. 아저씨는 말했다. "세금을 내면서 그 장사를 하려면 음식값을 많이 받아야 한다. 음식값을 많이 받으면 누가 그걸 사먹으러 오겠니? 순경 말은 못 들은 체하구 그냥 계속하라구 할머니한테 그래라." 그러나 우리는아저씨의 말을 따를 수가 없었다. 우리는 문을 닫았다. 어머니는 아직 덜 나으신 몸을 집으로 다시 옮겼다. 누나가 새벽 4시에 일어나서 청계로에 나가서 꽃을 받아왔다. 누나는 아침부터 꽃바구니를 들고 종로로 나갔고 어머니는 오후에 누나의 것보다는 작은 꽃바구니를 들고 소공동 쪽으로 나가셨다.

염소는 힘이 세다, 죽어버린 염소도 힘이 세다. 앓는 어머니를 소공동 쪽으로 밀어 보낼 만큼 힘이 세다.

나는 학교가 파하면 소공동으로 간다. 어머니 곁에 앉아서 책을 읽는다. 책을 읽다가 심심해지면 종로에 있는 누나에게로 간다. 누나는 자기 곁에 앉아 있는 사탕 장수 아주머니에게서 사탕 한 알을 얻어 나를 준다. 어느 날 누나가 말했다. "그놈이 오늘 점심때 나를 찾아왔어." 누나의 음성은 무서움으로 떨고 있는 듯했다. "뭐라구 그랬어?" 내가 물었다. "난 암말도 않고 있었어. 미안하다구 나한테 그러지 않겠어!" "그래서?" "암말두 안 했어. 그랬더니 나한테 점심 사줄 테니 따라오래." "그래서?" "난 안 따라갔어." "잘했어" 하고 내가 말했다. "그놈은 그냥 갔어?" "응, 그냥 갔어." "누나, 무섭지?" "응." 누나는 내 손을 꼬옥 쥐며 말했다. "내가 권총 한 개만 있으면 그놈을 그저……." "그러면 감옥살이하니까 그건 안 돼." 누나는 근심스런 눈빛으로 나를 보며 말했다. 그런데 누나는 거짓말쟁이였다. 어느 일요일 오후에 나는 누나를 찾아갔다. 항상 앉아 있던 자리에 누나가 보이지 않았다. 사탕 장수 아주머니에게 물어보았지만 누나가 어디 갔는지 모른다고 그 아주머니는 대답했다. 나는 종로 2가에서 동대문까지 천천히 걸으며 누나를 찾았다. 길가의 장사꾼들 틈을 살펴보았지만, 땅콩 장수가 가장 많다는 사실밖에 발견하지 못했다. 건물과 건물 사이에 있는 지저분하고 좁은 골목들도 모두 살펴보았지만, 그 골목들 속엔 '여관'이라는 간판이 가장 많다는 것밖에 발견하지 못했다. 동대문을 지나서 저쪽으로 갔을 리는 없었다. 그쪽에 꽃을 살 만한 사람들은 없는 것이다. 그래도 혹시나 하고 나는 교통순경의 눈을 피하여 동대문의 쇠창살을 넘어 들어가서 돌계단을 밟고 올라가 숭인동 쪽 거리와 서울운동장 쪽 거리를 내려다보았다. 사람들이 너무 많아서 아무것도 보이지가 않는 형편이었다. 동대문 건물 속의 음산한 마루에만, 거기에 귀신이 숨어 있는 것 같은 느낌이 자꾸 들어서, 신경이 쓰였다. "이놈!" 하고 성벽 아래에서 누가 외쳤다. 내려다보니 교통순경이 나에게 내려오라는 손짓을 했다. 나는 겁이 나서 다른 쪽으로 도망갈 수가 없을까 하고 사방을 두리번거렸다. "빨리 내려오지 못해?" 순경이 다시 고함을 질렀다. 도망갈 길은 아무 데도 없었다. 나는 후들거리는 다리를 간신히 가누며 밑으로 내려왔다. 순경이 따귀를 철썩 때렸다. 불이 번쩍하며 눈앞이 캄캄해졌고 바지에 오줌을 질금 싸버렸다. "이놈, 정신 차려. 다시는 올라가지 마, 알았어?" 순경이 말했다. "네" 하고 나는 울음이 터질 듯해서 입술을 깨물며 겨우 대답했다. "다시 한번 큰 소리로 대답해. 알았어?" "넷." 동대문까지 오던 길을 다시 거슬러가며 길가를 살폈지만 누나는 어디에도 없었다. 차라리 광화문 쪽으로 먼저 가볼 걸 잘못했다고 생각하면서도 나는 좌우로 눈을 열심히 돌렸다. 파고 다공원 앞에 왔을 때 나는 길 건너 저쪽에 누나 같은 여자를 보았다. 걸음을 멈추고 자세히 보았더니 틀림없는 나의 누나였다. 그러나 놀랍게도 누나 곁에는 그놈이 붙어 서서 누나와 나란히 걷고 있었고 누나의 꽃바구니는 어디 있는지 보이지 않았다. 누나는 고개를 조금 숙여 길바닥을 내려다보며 걷고 있었고 그놈은 마치 자기 딸이라도 데리고 가는 듯이 거만한 걸음걸이로 걸어가고 있었다. 나는 그들이 혹시라도 나를 발견할까 봐 얼른 파고다공원 안으로 뛰어 들어갔다. 그리고 쇠창살 틈으로 길 저편의 그들을 바라보았다. 그놈이 누나에게 무어라고 말을 하는 모양이었다. 놀랍게도 누나는 웃는 얼굴로 그놈에게 무어라고 말을 했다. 그들의 모습이 건물에 가려진 내 시야의 밖으로 나가버렸다. 나는 쇠창살에 이마를 댄 채 오랫동안 가만히 서 있었다. 쇠창살은 무척 차가워서 내 이마는 금방 꽁꽁 얼어버렸다. 이윽고 나는 느릿느릿 공원 밖으로 나섰다. 길의 어느 곳에서도 그들의 모습은 보이지 않았다. 나는 고개를 힘껏 숙이고 주먹으로 자꾸 샘솟는 눈물을 닦으며 천천히 걸었다. 내 가슴이 무섭게 뛰고 있는 것을 느꼈다. "정민아!" 하고 누가 내 이름을 부르는 소리가 들렸다. 누나의 목소리라는 것을 금방 알아챘었다. 고개를 돌려보니 누나는 사탕 장수 아주머니의 옆자기 자리에 꽃바구니를 천연스럽게 놓고 앉아서 나를 부르고 있는 것이었다. 나는 언젠가 그놈을 향하여 그랬었던 것처럼 온 힘을 두 눈에 모으고 입을 꼭 다물고 누나를 쏘아보며 서 있었다. 누나의 얼굴이 하얘지며 후닥닥 자리에서 일어섰다. 그리고 나에게 빠른 걸음으로 걸어와서 말했다. "너 왜 그러니?" 누나의 입에서 짜장면 냄새가 풍겨 나왔다. "더러워" 하고 나는 말했다. "더러워, 저리 가!" 누나가 내 양쪽 어깨를 자기의 두 손으로 아플 만큼 눌러쥐었다. "아무것도 아냐. 나도 취직할 수 있을 뿐인걸." 누나의 목소리는 떨고 있었다. 나는 힘차게 어깨를 흔들어 누나의 손을 뿌리쳤다. 그리고 사람들을 비켜가며 빨리빨리 걸었다.

누나가 타고 있는 합승이 처음으로 우리 집 앞을 지나는 날, 나는 집 앞의 길에서 누나의 차가 오기를 기다리고 서 있었다. 할머니도 쪽대문을 열고 밖으로 나오셔서 나에게 "아직 안 오니?" 하고 내게 물으셨다. "아직 안 와요"라고 내가 대답하면 할머니는 다시 집 안으로 들어가셨다가 얼마 되지 않아서 또 나오셔서 "아직 안 오니?" 하시는 것이었다. 아무것도 모르는 할머니는 항상 합승 정거장에 서 있는 그놈에게 "고마워요, 이 선생" 하고 말하시지만 나는 그놈의 얼굴도 쳐다보지 않는다. 나는 우리 염소를 생각해본다. 그놈은 무척 힘이 세었다. 그놈이 죽어버리니까 우리 집에 힘센 것은 하나도 없게 되어버렸다. 그러나 염소는 죽어서도 힘이 세다. 어쨌든 누나를 힘세게 만들어주었다. 누나가 타고 있는 합승의 번호가 거리의 저쪽에 나타났다. 내 가슴은 갑자기 뛰기 시작했다. 얼굴이 아무리 그러지 않으려고 해도 뜨겁게 달아올랐다. 나는 길가에 서 있기가 힘들었다. 나는 집 안으로 뛰어 들어갔다. "할머니이" 하고 나는 집 안을 향하여 고함쳤다. "누나 차가 왔어 빨리빨리—” 할머니는 어금니가 세 개밖에 남아 있지 않은 합죽한 입에 웃음을 가득 담고 허둥지둥 뛰어나오셨다. 나와 할머니는 썩어가는 우리 집의 판자담 틈에 눈을 붙였다. “오라잇!” 하고 누나의 목소리가 들린 듯했다. 분홍색 합승이 우리 집 쪽대문 앞 한길을 부르릉거리며 지나갔다. 차창 그 안에서 누나가 승객들을 향하여 무어라고 말하며 손짓을 하고 있는 게 보였다. “정민아!” 하고 할머니가 내게 말씀하셨다. 나지막하게 말씀하시려고 했던 모양이지만 그러나 우리 귀머거리 할머니의 음성은 항상 힘이 세다. “할머니!” 하고 나도 중얼거렸다. 누나의 차가 남기고 간 푸르스름한 연기가 길 위에서 어지럽게 감돌고 있었다.

(1966)

건(乾)

전날 저녁 산에 숨어 있던 빨치산들의 습격 때문에 아침에 살펴보니 시(市)는 엉망진창이 되어 있었다. 밖에 다녀온 아버지는 시 방위대가 다행히 일선의 전투 부대나 다를 바 없는 장비와 인원을 가지고 있었으므로 해가 뜰 무렵엔 빨치산들이 다시 산으로 도망쳐버렸지만 그러나 시가 입은 파괴는 엄청난 것이라고 퍽 흥분된 말투로 형과 내게 알려주는 것이었다.

우리 집은 비교적 높은 지대에 자리 잡고 있기 때문에 사방이 산으로 둘러싸이고 얼마 크지 않은 이 시를 대강 다 내려다볼 수가 있는데, 시내의 여기저기에서 아직도 불타고 있는 건물들이 보이고 더러는 완전히 타버린 빈터에서 푸른 연기가 안개처럼 피어오르고 있는 것이 보이기도 했다. 매일 아침 잠자리에서 일어나는 대로 곧장 마당가에 나서서 보면 저 아래 시가지의 중심부에서 떠오르는 아침 햇살을 받고 황금빛으로 번쩍이는 유리창들을 거느린, 그래서 그것이 찬란한 왕궁처럼 생각키우는 시립병원의 멋있는 모습도 그날 아침에는 사라져버리고 잘못 탄 숯덩이 모양이 되어 있었다. 시립병원보다 좀 더 북쪽에 자리 잡은 방위대 본부에서는 아직도 불길이 오르고 있는데 소방차 두 대가 소화 작업을 하고 있는 게 보였다. 이 시에 소방차는 두 대밖에 없으니 모든 소방 시설이 이 방위대 본부에 집결한 셈이었다.

방위대 본부는 옛날 어느 굉장한 부호가 살던 저택인데 넓기도 넓지만 우선 나무가 많아서 먼 곳에서 보면 마치 숲이 울창한 공원 같은 느낌이 드는 아름다운 곳이었다.

재작년, 6·25가 터져서 인민군이 진주했을 때 인민군들이 군사 본부로 사용하며 여러 가지 시설을 해놓았는데, 인민군이 쫓겨 가고 그 뒤에 시 방위대가 생겨서 그 본부로 사용하게 된 것이지만 그러나 6·25도 나기 전엔 그 집은 아무도 살고 있는 사람이 없어 썩어가는 빈집으로서 우리들 아이들의 놀이터가 되어주었었다. 온 시내에 있는 애들이 모두 들어와서 놀아도 좁지 않을 정도로 단순히 넓다기보다는 여러 가지로 재미있게 꾸며져 있는 곳이었다. 물이 말라버린 못에는 괴석(怪石)을 이리저리 얽어 붙여서 내 작은 몸뚱이가 들어가 숨을 수 있을 만큼의 동굴 따위가 여러 개 만들어져 있기도 하고, 문을 열면 또 문이 있고 그 문을 열면 또 문이 있고 이렇게 다섯 개의 문이 가지각색의 장식으로 꾸며져서 달려 있는 연회색의 커다란 창고가 있고 또 바람이 불어도 그 안에

세운 촛불이 꺼지지 않는다는 석등이 서양 사람처럼 큰 키로 서 있기도 하고, 그러나 내가 가장 잊을 수 없는 것은 그때는 이미 거의 썩어버린 다다미가 깔린 넓은 안방인 것이었다. 아니 안방이 아니라 안방의 동쪽 벽 아래에 깔린 다다미 한 장을 들어내면 나무로 된 마룻바닥이 드러나고 그 바닥엔 위로 들어 올리도록 된 문이 있는데 그것을 열면 그 밑에 나타나는 어두컴컴한 지하실인 것이다. 아아, 하루 종일 그 지하실에 틀어박혀 우리들은 얼마나 가슴 뛰는 놀이들을 하였던가.

애들 중에서 그림을 제일 잘 그리던 내가 그 지하실의 백회벽(白灰壁)에 크레용으로 그림을 그리면 한 아이는 초 동강이에 불을 켜서 들고 나의 손이 움직이는 방향으로 불빛을 보내주었고 그리고 나머지 아이들은 부러움과 감탄의 눈초리로 내가 그리는 그림을 바라보고 그 그림 속에서 많은 얘기를 끄집어내어서 지껄이며 떠들고 그 그림을 자기들이 그린 것처럼 아껴주고 다른 마을의 애들을 끌고 와서 자랑도 해주곤 했다. 그중에서도 미영이라는 계집애를 잊을 수가 없다. 내게 크레용을 갖다주기도 하고 학교에서는 연필이나 연필꽂이를 나누어주던 미영이. 1학년 때 어느 날이었던가, 이상스럽게도 둘만 그 지하실에 남게 되었을 때 나는 자신도 알지 못하는 사이에 불쑥 미영이를 꽉 껴안아버렸었다. 그러자 미영이는 깜짝 놀라서 울음을 왁 터뜨리더니 그만 무안해진 내가 손을 풀자 느닷없이 자기가 쥐고 있던 하얀색 크레용을—분명히 하얀색이었다—내게 내밀며, 이쁜 꽃 그려봐 하는 것이어서, 하얀색의 벽에 하얀색의 크레용으로 무슨 그림을 그리라는 말인지, 이번에는 내가 어리둥절해버린 적이 있었다. 두 볼이 유난히 빨갛던 미영이도 지금은 없다. 재작년 6·25때 피난을 아주 멀찌감치 일본으로 가버리고 아직도 돌아오지 않는 것이었다. 미영이네 집은 우리집과 아주 가까운 곳에 있는데 지금은 그 집 대문에 '매가(賣家)'라는 글이 쓰인 더러운 종잇조각이 붙어 있는 빈집이 되어 있었다.

어느 날엔가 방위대도 물러가면 그때는 기어코 다시 그 지하실의 벽화들 앞에 마주 서보리라 마음먹고 있었는데 그날 아침 나는 절망 같은 걸 느끼지 않을 수 없었던 것이다.

사실은 그렇지 않은데도 내게는 온 시내가 푸른색의 짙은 안개속에 잠겨 있는 것처럼 느껴졌다. 그 위를 엷은 햇살이 어루만지고 있어서, 전날 저녁의 그렇게도 소란스럽던 총소리, 수류탄 터지는 소리, 야포 소리들이 그리고 그날 아침의 살풍경한 시가지까지도 희미한 옛날의 기억일 뿐이라는 생각이 들었다. 그저, 그동안 못느끼고 있었는데 갑자기 가을이 이 분지도시에 찾아와서 모든 것을 퇴색시켜놓았다는 느낌뿐이었다. 확실히 깊은 가을이었다.

아침밥을 먹으면서 아버지는 공비들이 산에서 겨울을 날 물자를 약탈하러 대담하게도 이 시가지 습격해온 것이었다고 설명해주었다. 형은 하필 엊저녁에 습격 올 게 뭐냐고 불평이 대단했다. 고등학교 2학년에 다니는 형은 벌써 몇 주일 전부터 자기 친구들과 함께 남해안으로 무전여행 떠날 계획을 세워왔는데, 그날이 바로 출발 예정일이었던 것이기 때문에 형의 불평은 당연한 것이었다. 형의 어둑어둑한 방에 우글우글 모여앉아서 그들이, 오오 빛나는 남해여, 어쩌고 낯간지러운 몸짓들을 하면서 대단히 열성적인 태도로 계획을 짜온 것을 나는 알고 있었다.

"형, 정말 돈 한 푼 없이 여행하는 거야?"

하고 내가 물으면

"그럼, 청년의 꿈은 어디든지 여행할 수 있는 거다. 그렇지만 너같은 빼빼는 아무리 자라도 이런 일을 못 한다. 저 방에 가서 염소 그림이나 그리고 엎드려 있어. 어서 가."

하며 나를 몰아내버리고 자기들끼리만 쑤군쑤군하곤 했었다.

형은 빨치산들의 습격이 있었으니 경비가 더 심해질 것이고 그렇게 되면 아무래도 장거리 여행은 불가능해진다는 걱정이었다. 아버지는, 망할 자식, 그러기에 내가 그런 짓은 아예 할 생각도 말라니까 자꾸 하더니 빨갱이들이 내려왔지 하며 엉뚱한 핑계로 형의 기분을 더욱 상하게 해주었다.

학교에 가면 엊저녁의 일로 재미있는 얘기들이 많을 것이다. 나는 벌써부터 학급 애들이 쉬임 없이 종알대는 입들을 보는 듯싶어서 기쁨에 가슴이 두근거렸다. 나는 책보를 얼른 챙겨가지고 내리막길을 바쁘게 달려 내려갔다. 달려가다가 길이 굽어지는 곳에서 나는 윤희 누나를 만났다.

"너희 집은 아무 일 당하지 않았니?"

하고 윤희 누나가 먼저 인사를 했다. 나는 고개를 끄덕였다. 여고 교복을 입지 않고 한복 차림인 윤희 누나를 길에서 보는 것은 처음이었다. 우리 이웃에 살고 있기 때문에 나는 누나라고 부르지만 사실은 딴 남인 것이었다. 언젠가 기막히게 심이 굵은 4B 도화 연필을 내게 준 적이 있는데 학교에서 그걸 그만 도둑맞았었기 때문에 그 누나를 대할 때마다 나는 뭔가 죄를 지은 기분으로 어깨가 움츠러드는 것이었다. 그러나 그날 아침, 내가 그 누나 앞에서 쭈뼛쭈뼛했던 것은 그런 죄의식 때문이 아니라 쓸쓸하도록 갑자기 찾아온 가을 속에서 윤희 누나가 그 한복 차림 때문에 물이 증발하듯이 어디론가 스르르 날아가버릴 것만 같은 느낌이 자꾸 들어서였다.

"우리 친척들도 다행히 아무 일 없었단다."

윤희 누나는 싱긋 웃으며 활발한 말투로 얘기했다. 친척들 집에 안부를 물으러 다녀오는 길인 모양이었다. 윤희 누나는 아직 완전한 어른이 아니지만 자기 식구라곤 어머니와 나보다 나이 어린 계집애 동생 하나뿐이기 때문에 자기 집에선 제법 어른 행세를 하였다.

나도 윤희 누나를 따라서 웃으며 또 고개를 끄덕였다. 그러자 누나는 엄청난 소식을 알려주는 것이었다.

"너 빨갱이 한 사람 죽은 거 아니?"

그것도 그때 내가 서 있는 곳에서 얼마 멀지 않은 곳에 있는 벽돌 공장에 총에 맞아 죽은 빨치산의 시체가 엎드려 있다는 것이었다.

"봤어?"

하고 나는 잠시 후, 내가 생각해도 가련할 정도로 자신 없는 목소리로 그러나 잔뜩 힐난하는 듯이 윤희 누나에게 물었다.

"응."

누나의 대답은 짧막했기 때문에 나는 누나의 얘기가 사실이라고 믿었다.

엎드려 죽어 있는 빨치산의 시체다. 나는 아직 보지 않았지만 내 눈앞에 그걸 또렷이 보는 듯싶었다. 그러자 전날 밤 총격전의 그 모든 것이, 찢어지는 듯한 음향들과 오늘 아침 흥분을 뒤덮으면서 찾아온 이상하도록 조용함이 쉽게 넘겨버려도 좋은 악몽 같은 것이 아니라, 내가 지금 감히 생생하게 상상되는 빨치산의 시체를 남겨주기 위한 것이었다는 현실감이 꿈틀거렸다.

"너 가볼래?"

윤희 누나는 근심스런 눈빛으로 내게 물었다. 나는 잠깐 고개를 들어서 누나를 보고 있었다. 예쁘게 생긴 코끝에 이슬 같은 땀이 송글송글 모여 있었다. 나는 얼른 시선을 비키며

"그거…… 재미있어?"

하고 일부러 야비한 맛을 담뿍 섞은 말투로 되물었다.

"응, 재미있어."

윤희 누나는 분명히 얼결에 그렇게 대답을 해버렸다. 나는 픽 웃음이 나왔다. 누나도 멋쩍은 듯이 웃었다.

"가볼 테야."

하고 나는 누나에게 말하고 좀 더 빠른 속도로 곧장 학교로 달려

갔다. 누나가 가르쳐주었다고 해서 금방 시체가 있는 벽돌 공장으로 달려간다는 것이 어쩐지 쑥스럽기도 했지만 그보다는 그때 나의 가슴을 후비고 드는 현실감을 조금씩 조금씩 시간을 끌며 맛보리라는 계산에서 나는 바로 학교로 향해버렸던 것이다. 내 책보 속에서 필갑(筆匣)이 찰그락거리는 소리가 울려나오는 것에 귀를 기울이며 나는 힘껏 달려갔다.

학교 교문에 닿았을 때는 숨이 차서 목구멍이 쌔애 쓰렸다. 예상했던 대로 애들은 교실 밖에서 벽에 등을 기대고 햇볕을 쬐며 전날 저녁에 일어난 여러 가지의 사건들을 얘기하고 있었다. 어떤 애들은 신주머니에 하나 가득히 탄피를 주워가지고 자랑을 하고 있었다. 모두들 몇 개씩의 탄피는 주워들고 있었다.

시립병원 근처에 살고 있는 애 하나는 시립병원이 불더미에 휩싸였을 때, 아무래도 자기들 집에까지 불이 옮겨 붙을 것 같아서 살림살이를 밖으로 옮겨내는 데 저도 한몫 끼어서 혼자 힘으로 쌀 한 가마를 운반해내었다고, 아무래도 거짓말이 섞였을 얘기를 하고 있었다. 사정이 다급해지니까 자기도 알지 못할 힘이 솟아나더라고, 아주 어른스러운 말투였다. 그 얘기를 듣다가 나는 불현듯이 불타버린 시립병원이 보고 싶어졌다. 그러나 사실을 말하자면 방위대 본부인 그 저택, 내가 지금보다 더 어렸을 때 내 왕궁이던 그 저택의 타버린 모습이 보고 싶은 것이었지만 지금으로선 차마 처참한 모습으로 바뀌었을 그곳에 갈 용기가 없어서 나는 시립병원 쪽을 택한 것이었다. 나는 그 애에게 시립병원의 폐허를 함께 구경

가자고 손가락을 걸어 약속했다. 오후에 내가 그 애 집으로 찾아가기로 하고 나서 나는 여러 애들을 천천히 돌아보며 엄숙한 목소리로, 숨기고 싶은 생각이 보다 간절한 나의 중대한 뉴스를 꺼내었다. 내 솔직한 심정으로서는, 그 뉴스를 오직 나 혼자만이 간직하고 싶은 것이었지만 아무래도 그 뉴스가 몇 시간 후엔 전 시내에 파다하니 퍼져버릴 것은 뻔한 일이니 그럴 바에야 다른 사람보다 조금이라도 먼저 그걸 알고 있었다는 것만을 다행으로 여기고 얘기해버리는 게 영리한 일이었다.

"늬들, 빨갱이 죽은 거 아니?"

애들은 모두 입을 다물고 나를 돌아보았다. 다행이다. 아직 아무도 모르고 있었다. 그러나 그때에야 나는 깨달았다. 그걸 알고 있는 애들이라면 여기서 수업이 시작되기를 기다리며 거짓말이나 꾸며대고 있는 일 따위는 없으리라는 것을. 지금 그 시체를 뻥 둘러싸고 있을 다른 애들을 생각하자 나는 안타까운 심정이 되었다.

"빨갱이 죽은 거 보고 싶으면 날 따라와라."

나는 아까 올 때보다 더 힘껏 달렸다. 내 뒤를 애들은 우 따라왔다. 애들은 기묘한 소리를 내지르기도 했다. 나는 이빨을 악물고, 애들의 맨 앞에 서서 달리는 것을 유지하기 위해서 힘껏 달렸다. 땀이 흘러서 내 입안으로 들어왔다. 나는 어지러움을 느꼈다. 학교에 오던 길을 거슬러가서, 나는 우리 집이 멀지 않은 벽돌 공장의 마당으로 뛰어 들어갔다. 벽돌 공장의 넓은 마당을 지나서 벽돌을 굽는 언덕 같은 가마를 삐잉 돌아서 우리는 구워진 벽돌을 쌓아놓은 곳으로 갔다. 그곳에 사람들이 모여 있었던 것이다. 우리는 이제 느린 걸음이 되어 개처럼 숨을 할딱거리며 그곳에 다가갔다. 나의 몸뚱이는 몹시 허청거렸다. 구역질이 날 것 같았다.

우리는 어른들의 틈 사이를 비집고 그 안을 들여다보았다. 한 사람이 땅바닥에 손발을 쭉 뻗고 엎드려 있었다. 얼굴은 이쪽으로 향하고 있고 땅바닥에 한쪽 볼이 처박혀 있는데 마치 정다운 사람과 얼굴을 비비는 형상이었다. 눈은 감겨져 있었다. 머리맡에 총이 떨어져 있고 허리에 찬 보따리가 풀어져서 그 속에 쌌던 밥이 흘러나와 땅에 흩어져 있었다. 가죽 끈으로 구두를 다리에 칭칭 얽어매어서 신을 신고 있다기보다는 신을 다리에 붙들어 매어놓은 듯했다. 길게 자란 수염과 헝클어진 머리칼, 그리고 다 해진 옷, 가슴에서 삐죽이 수첩이 내밀어져 있고 그 가슴에서 피가 흘러나와서 땅속으로 스며들어 있었다. 아직 완전히 마르지 않은 피에서인지 짜릿한 냄새가 가볍게 공중으로 퍼지고 있었고 그렇다고 생각하고 있는 내게 그때 마침 불어오는 바람 때문에 시체의 머리카락이 살살 나부끼는 것이 보였다.

땅에 뿌려진 피와 머리맡의 총만 없었다면 그것은 영락없이 만취되어 길가에 쓰러진 한 거지의 꼬락서니였다. 그것은 간밤의 소란스럽던 총소리와 그날 아침의 황폐한 시가가 내게 상상을 떠맡기던 그런 거대한, 마치 탱크를 닮은 괴물도 아니고 그리고 그때 시체 주위에 둘러선 어른들이 어쩌면 자조까지 섞어서 속삭이던 돌덩이처럼 꽁꽁 뭉친 그런 신념덩어리도 아니었다. 땅에 얼굴을 비비고 약간 괴로운 표정으로 죽은 한 남자가 내 앞에 그의 조그만 시체를 던져주고 있을 뿐이었다.

"빨갱이 시체 구경도 한 이태 만에 하는군."

어느 영감이 그렇게 말하며 침을 탁 뱉더니 돌아서서 갔다. 몇 사람이 그 뒤를 이어 역시 땅에 침을 뱉고 가버렸다. 나도 그래야만 하는 것처럼 땅바닥에 침을 뱉고 살그머니 사람들 틈을 빠져나왔다. 내가 몸을 돌렸을 때 두어 발짝 저편에 벽돌이 쌓여 있는 더미의 강렬한 색깔이 나의 눈을 찔렀다. 엉뚱하게도 나는 거기에서야 비로소 무시무시한 의지를 보는 듯싶었다. 적갈색과 자주색이 엉켜서 꺼끌꺼끌한 촉감의 피부를 가진 괴물이, 밤중에 한 남자가 몸을 비틀며 또는 고통을 목구멍으로 토하며 죽어가는 것을 바로 곁에서 묵묵히 팔짱을 끼고 보고 있다가 그 남자가 드디어 추잡한 시체가 되고 그리고 아침이 와서 시체를 구경하러 사람들이 몰려들었을 때, 나는 모든 걸 다 보았지 하며 구경꾼들 뒤에서 만족한 웃음을 웃고 있었다.

나는 고개를 얼른 돌려버렸다. 다시 시체가 있었다. 그리고 그 시체가 누운 거기에서 풀밭이 시작되었고 풀밭이 끝나는 곳에는 벽돌 만드는 흙을 파내오는 주황빛 언덕이 있었다. 그리고 그 언덕에서부터 까만색 레일이 잡초를 헤치고 뱀처럼 흐늘거리며 이쪽으로 뻗어오고 있었다. 아무래도 설명할 수 없는 감정을 던져주는 구도였다. 방금 잠깐 쑤시고 간 그 강렬한 색채들 때문에 나의 눈은 눈물이 나도록 쓰렸다. 나는 한 손으로 이마를 두드려 어지러움이 가시게 하며 휘청휘청 학교로 돌아왔다.

학교에서는 오전 수업만 했다. 그나마 우리 6학년은 간밤 전투로 몇 군데 허물어진 학교의 흙담을 고쳐 쌓느라고 수업을 1시간도 하지 않았다. 냇가에서 굵은 돌을 날라다가 잘게 썬 짚을 버무린 묽은 흙덩이와 섞어서 담을 쌓기 때문에 우리의 옷과 손발은 흙투성이였다. 묽은 흙이 발라진 나의 손은 햇빛을 받고 마치 기름칠을 한 듯이 윤을 내면서 쉬임 없이 꼼지락거렸다. 담 고치는 일을 하는 동안 내처 애들의 화제는 주로 아침에 본 빨치산의 시체에 대한 것이었다. 그러나 나는 거기에 대해서 아무 말도 하지 않았다. 무엇을 얘기할 것인가? 내가 보았던 그 어설프고도 허망한 주황색 구도를 얘기할 것인가? 하지만 애들은 그걸 이해해줄 것인가? 그 빨치산의 옷차림이 마치 거지 같았다고? 그러나 빨치산이란 다 그런 거라고 애들은 툭 쏘아버릴 것이다. 그러면, 나는 그 시체가 갖고 싶었다는 얘기를 할 것인가? 그러나 그건 안 된다. 내가 그런 얘기를 입 밖에 내면 그런 생각은 눈곱만큼도 해보지 않은 애들까지 덩달아서, 나도 갖고 싶었다, 나도 나도, 할 터이니까. 그러면 무엇을 얘기할 것인지. 그렇다, 할 얘기란 없었다. 나는 그저 어지러움만을 느끼고 있었다. 학교가 파하자 애들은 불탄 곳들을 구경하러 가자고 나를 끌었다. 나는 시립병원 근처에 살고 있는 애에게만, 점심을 먹고 내가 그 애 집으로 찾아갈 것을 다시 한번 약속하고 집으로 돌아왔다.

형과 형의 친구들 몇 사람이 형의 방에 모여 있었다. 결국 무전

여행은 연기되었나 보았다.

누군지가

"아침에 출발했으면 지금쯤은 벌써……."

하고 말을 꺼내자

"얘, 얘, 관둬. 시끄럽다."

하고 딴사람이 말을 막아버렸다.

그들은 비스듬히 누워 있기도 하고 벽에 등을 기대고 다리를 뻗고 앉아 있기도 하고 엎드려 있기도 하고, 자세가 가지각색이었다. 지난 얼마 동안 내가 보아왔던 그런 진지한—무릎을 서로서로 대고 삥 둘러앉아서 얼굴에 미소를 띠던 그런 자세는 조금도 찾아볼 수 없었다. 무슨 크나큰 음모라도 꾸미듯이, 얘 넌 나가 있어, 하고 으스대던 형도 그날은 모로 누운 채 내겐 조금도 관심을 주지 않고 종이를 질경질경 씹다가 그것을 맞은편 벽에 탁 내뱉곤 하고 있었다. 그러자 어쩐지 그들의 우울이 내게도 전해시는 듯했다. 내게는 그들의 우울을 방해할 만한 무슨 기쁜 감정이라거나 하는 것은 처음부터 없었으므로 그것은 보다 쉽게 내게 전해올 수 있었다. 나는 꾸중을 듣고 나가는 것처럼 슬며시 형의 방문을 열고 밖으로 나와버렸다.

내 눈 아래로 시가지가 전개되고 있었다. 시가지 위에는 잔잔한 햇살이 내리쬐고 있었지만 그러나 시가지를 싸고 있는 대기는 아침에 보던 것보다 더 흐릿하기만 했다. 너무나 너무나 조용했다.

아버지와 형과 형의 친구들과 함께 점심을 먹고 있는데 반장이 찾아왔다. 반장은 아버지의 술친구였다.

"허어, 밥 먹고 있는 중이군."

반장은 무엇을 부탁하러 왔다는 눈치였다.

"무슨 일이 생겼어? 뭔가? 얘기해보게."

아버지가 물었다.

"어서 먹게. 식사 끝나면 얘기하지."

반장이 대답했다.

"괜찮아. 어서 얘기해."

아버지.

"좀 구역질나는 얘기가 되어서⋯⋯."

반장.

"괜찮으니 어서 얘기해봐."

"그렇지만 이건⋯⋯ 저 시체 말이야."

"시체?"

"응, 벽돌 공장에 뻗어 있는 놈 말일세."

"그런데?"

나는 벌써 숨을 죽이고 있었다.

반장의 얘기에 의하면, 시 당국에서는 그 시체의 처치를 시체가 있는 장소를 관할하는 동회로 의탁했고 동회에서는 마찬가지 태도로서 반에 의탁해왔는데, 반장의 의견으로서는 시체를 처치하는 데 약간의 보수가 딸렸으니 이왕이면 아버지가 그 돈을 받아보라는 것이었다. 아버지의 직업이 비록 식육조합원이지만 하필 아

버지에게 와서 그런 부탁을 하는 반장이 몹시 밉살스러웠다. 그러
나 아버지는 의외로 선선한 대답을 하는 것이었다.

"그러지. 그런데 묏자리는 어디로 한다?"

"어디 이 근처 산에 갖다가 파묻기만 하면 돼."

하고 반장은 대답했다.

"점심 먹고 나서 나갈게."

아버지가 완전히 승낙을 하자 반장은 한시름 놓은 표정이 되어,
그럼 잘 부탁한다는 말을 남기고 갔다.

나는 이 모든 대화를 심장의 고동이 멈춘 듯이 창백하게 되어 듣
고 있었다. 형과 형의 친구들은 불평 같은 것을 수군거리고 있었지
만 그들의 말소리가 내겐 마치 꿈속에서 듣는 것처럼 아득하게 들
렸다.

그 시체가 눈앞에 떠올랐다. 문득 애착이 가는 환상. 시체가 손
발을 쭉 뻗고 엎드린 그 자세대로 공중에 둥둥 떠서 팔을 벌리고
서 있는 아버지에게로 날아오고 있다. 공중을 느릿느릿 비행해오
는 시체는 가느다란 바람에도 흔들린다. 우선 시체의 머리카락이
쉬임 없이 흩날리고 그럼으로써 시체는 그가 지니고 있던 모든 잡
된 요소를 바람에 실어 보내버리고 이제야 태어나기 전의 사람, 아
니 모든 것을 살았기 때문에 가장 가벼워져서, 마치 병아리의 노오
란 한 개의 깃털처럼 가벼워져서, 공중을 나는 것이다. 그건, 부모
나 친척이 아무도 없는 한 고아가 자기를 맡아주겠다고 나선 사람
에게 약간 두려워하는 눈으로 한 걸음 한 걸음 다가오고 있는 어

딘가 마음 한구석이 따뜻해오는 그런 환상이었다.

시체는 이제 괴로운 표정을 씻고 입가에 웃음을 싣고 있었다. 시체다. 시체가 우리의 차지가 된다. 우리의 손이 닿으면 시체는 웃음을 띤 채 살아날 것이다. 나는 아버지를 흘깃 올려다보았다. 아버지는 묵묵한 자세로 입에 밥을 퍼 넣고 있었다. 형들도 이제는 조용히 숟가락질을 계속하고 있었다. 나는 황급히 내 숟가락을 고쳐 쥐고 밥 먹기를 계속했다.

얼마 후 식사가 끝났을 때도 아버지는 시체 일 같은 건 다 잊어버렸다는 듯이 방바닥에 비스듬히 몸을 눕히고 담배를 피우기 시작했다. 나는 아버지의 동작 하나하나를 살피고 있었다. 아버지는 오랫동안 그처럼 태평스러운 몸가짐이었다. 그러나 이윽고, 끽연 때문에 누렇게 물든 손가락으로 콧구멍을 한번 후비고 나더니 이젠 자기 방에 가 있는 형을 우렁찬 목소리로 불렀다. 형이 우리가 있는 방으로 건너오자 아버지는 대뜸

"너 이놈, 나하고 돈 벌러 가자."

하고 말하더니 두말 않고 자리에서 벌떡 일어나서 밖으로 성큼성큼 나가는 것이었다. 형의 얼떨떨한 표정, 그리고 안질 때문에 새빨간 아버지의 눈에 그림자처럼 살짝 스치고 가던 미소. 아아, 나는 얼마나 즐거웠던가. 한숨이 나오도록 유쾌했다. 아버지가 시체를 다루러 가는 모습이 몹시 우울하지나 않을까 하는 걱정을 약간 하고 있던 나는 무거운 책임을 벗은 듯한 기분이었다.

아버지가 지게에 괭이와 삽 등속을 지고 앞서 가고 내가 그 뒤를

그리고 형과 형의 친구들이 떠들썩하게 주절대며 내 뒤를 따라오고 있었다. 우리는 황토가 햇빛에 반짝이는 내리막길을 걸어 내려갔다. 형들의 높은 목소리들이 대기 속으로 멀리 메아리쳐가고 있었다.

그러나 막상 벽돌 공장 안에 있는 시체 곁에 서게 되자, 우리의 입은 모두 굳게 다물어져버렸다. 나로 말하자면 아침에 보았던 그 어설프고도 허망한 주황색 구도라고나 표현할 수밖에 없는 것이 똑같은 형태로 다시 나를 압박해옴을 느꼈다. 시체 곁에는 반장과 입회 순경과 그리고 그 시체의 고모가 된다는 노파 하나가 구경꾼들이 돌아가주었으면 하는 표정들로 우두커니 서 있었다. 우리가 구경꾼들을 헤치고 들어갔을 때, 반장이 순경과 노파에게

"이분이 파묻어주시기로 됐습니다."

하고 아버지를 소개했다.

아버지는 묵묵히 시체를 내려다보고만 서 있었다. 노파가

"잘 부탁합니다……."

하고 말끝을 맺지 못하며 아버지에게 공손히 고개를 숙였다.

"저놈이 어디로 갔는가 했더니…… 글쎄 하필…… 빨갱이가 되어서…… 저 꼴로 돌아와서…… 폐를 끼쳐서 미안합니다."

노파는 아버지에게 다시 한번 고개를 숙였다. 나무로 짠 관이 준비되어 있었다. 아버지는 새끼로 대충 시체의 염을 하고 그것이 끝나자 시체를 관 속으로 집어넣었다. 형 친구 중의 하나가 아버지를 도왔다. 관 뚜껑을 닫기 전에 노파는 관 옆에 쭈그리고 앉아서 시

체의 누런 얼굴을 손바닥으로 하염없이 쓸어주고 있었다. 노파의 가죽만 빼빼 남은 손이 느리나마 쉬지 않고 움직였고 그러고 있는 노파의 눈은 무겁게 감겨져 있었다. 반듯이 누운 시체 위에 관 모서리의 그림자와 바람이 하느적거리고 있었다.

산으로 가는 도중에는, 아버지가 지게에 짊어진 관이 규칙적인 사이를 두고 내는 덜커덕거리는 소리를 나는 듣고 있었다. 나뿐만 아니라 모두들 그 소리에 정신을 빼앗기고 있음이 분명했다. 아버지는 관이 퍽 무거운지 숨을 가쁘게 쉬고 있었다. 나도 어느새 아버지의 호흡을 흉내 내고 있었다.

산비탈에서 우리는 순경이 지시하는 곳에 관을 내려놓고 땅을 파기 시작했다. 형의 친구들이 주로 나섰다. 관 하나가 들어갈 수 있을 만큼의 깊은 구덩이가 파지자 아버지와 형들은 관을 그 구덩이 속에 내려놓았다. 관이 내려지는 동안 노파는 가늘게 떨리는 목소리로 아마 그 시체의 이름인 듯한 것을 몇 번이고 부르고 있었다. 우리는 구덩이 속으로 근방에서 긁어모은 돌을 던져 넣었다. 돌들은 거칠게 모가 나고 한결같이 바싹 말라 있었다. 우리가 던지는 돌들이 관에 가서 맞는 소리가 딱딱하게 울려왔다. 나는 처음의 돌 몇 개는 남들처럼 천천히 던져 넣었지만 그러나 나중엔 힘껏 마치 돌팔매질하듯이 던졌다. 내가 던지는 돌이 관에 맞는 소리는 딴 소리와 뚜렷이 구별되어 울렸다. 관 속에 누운 사람이 내가 던진 돌을 맞고 드디어 내지르는 비명이라는 환각을 나는 무진 애를 쓰며 참고 있었다.

나는 힘껏 힘껏 던졌다. 나는 돌을 던지면서 힐끗 노파를 훔쳐 보았는데 노파가 원망스러운 눈초리로 나를 주시하고 있음을 알았다. 나는 내 오른팔에 더욱 세찬 힘을 느끼며 던지기를 계속했다. 그러자 나를 꽉 붙잡는 손이 있었다. 아버지였다. 아버지는 나를 홱 밀어젖혀버렸다. 나는 엉덩방아를 찧으며 뒤로 나동그라졌다. 나는 목구멍을 욱 하고 치받고 올라오는 울음을 간신히 삼키고 있었다. 가을이었다. 내가 넘어지는 바람에 산갈대 몇 개가 부러져 있었다. 나는 부러진 갈대를 한 개 집어 들고 일어섰다. 나는 그것을 똑똑 부러뜨리며 이제는 삽으로 구덩이에 흙을 퍼 넣고 있는 사람들을 보고 있었다. 시체도 그리고 그것을 묻고 있는 사람들도 나는 밉기만 했다. 관은 이미 나의 시야에서 사라져버리고 없었다. 아버지는 삽을 내던지고 이마의 땀을 훔치고 있었다.

산을 내려오자 아버지와 순경과 반장은 노파가 이끄는 곳으로 따라가버리고 나는 형들과 함께 터벅터벅 집으로 향하였다. 시가지는 아주 조용했다. 지난 사변 때 생긴 탱크의 캐터필러 자국이 마치 뱀이 기어간 자리처럼 길게 남은 아스팔트길에는 가을 오후의 따가운 햇살이 번들거리고 있었다. 삽과 괭이를 질질 끌며 우리는 느릿느릿 걸었다.

형 친구들 중의 하나가

"제기럴, 지금쯤은 남해의 파도 소리를 듣고 있을 텐데……."

하고 중얼거렸다. 형도

"재수 더럽다. 시체나 치워야 할 날인 줄은 꿈에도 몰랐지."

하며 투덜거렸다. 그러자 몇 명이 더 투덜댔다. 그들은 검정색 고등학생 제복의 윗도리를 벗어서 어깨에 메고 있었다. 그들의 볼에는 땀이 마른 자국이 있었다. 나는 그런 차림새로 망망한 바닷가에 서 있는 그들을 상상해보았다. 파도가 밀려오고 그러면 그들은 마치 늑대들처럼 우 하고 고함을 지르겠지. 그러나 나는 그 이상은 상상할 수 없었다. 머리가 깨어질 듯이 아팠다. 실컷 자고 싶은 생각뿐이었다.

집으로 오는 중에 우리는 오르막길 골목의 입구에서 학교로부터 돌아오고 있는 윤희 누나를 만났다. 윤희 누나는 떼를 진 학생들을 만난 것에 당황했던지 얼굴이 빨개져서, 그러자 마침 내가 무슨 구원이라도 되는 듯이 나를 보고 생긋 웃었다. 누나 하고 부르고 싶은 충동을 나는 눌렀다. 웬일인지 여러 사람이 있는 곳에서 그런다면 부끄럽고 어색해질 것 같아서였다. 그러자 행동이 되지 못한 채로 그 충동은 나의 온몸 속에 강하게 남아 있었다. 나의 피로를 윤희 누나만은 풀어줄 수 있을 것 같았다. 지금 그 빨치산의 시체를 치우고 오는 길이야라고 말하고 싶었다. 아주 간단했어라고도. 나는 누나가 나를 불러서 데려가주었으면 하고 바라고 있었다. 어딘가 조용한 곳으로 날 데리고 가서 나의 뜨거운 이마에 손을 얹어주었으면. 누나가 준 그 굉장히 심이 굵은 도화 연필을 사실은 별로 써보지도 못하고 노둑맞아버렸노라고 오늘은 용감히 얘기할 수 있다. 그리고 어리광을 부리며, 나 그런 거 하나 더 받았으면 하고 말하리라, 나는 그런 생각을 하고 있었다. 그러나 그때 누나는 총총걸음으로 우리들의 훨씬 앞을 걸어가고 있었다. 나는 나도 모르는 사이에 내 입술이 삐죽이 비틀어지며 그 사이로 낮은 웃음소리가 나는 것을 들었다.

"쟤가 이윤희란 애지?"

하고 형의 친구 하나가 말했다. 형이 고개를 끄덕였다.

"즈이 학교에서 1등이라지?"

그 친구가 또 말했다. 형이 또 고개를 끄덕였다.

잠시 후에 다른 친구 하나가

"몸 괜찮은데."

하고 말했다. 그러자 그들의 얼굴을 뒤덮고 오는 소리 없는 웃음을 나는 보았다. 나는 가늘게 몸이 떨렸다. 그만큼 그들의 웃음은 어둠과 음란의 냄새를 내뿜고 있었다.

"응, 정말 괜찮은데."

다른 사람이 그렇게 응수했다. 그리고 잠시 동안 그들은 무엇을 생각하는 듯이 조용히 걸어가고 있었다. 나는 막연하나마 대단히 필연적인 어떤 분위기를 느끼며 그 뒤에 올 것은 무엇인가 하고 거의 기다리고 있는 형편이 되어 있었다. 그런데 그것이 뜻밖에도 형의 입에서 튀어나왔던 것이다.

"저거…… 우리…… 먹을래?"

왁 하고 환호가 터졌다. 골목이 쩡 울렸다. 그러자 사태는 급속도로 발전해나갔다. 그들의 눈은 이미 생기를 되찾았고 삽들이 땅에 끌리는 소리가 더욱 요란스러워졌다.

집으로 돌아오자 그들은 형의 방에 들어박혀 쑤군거리기 시작했다. 나는 아버지와 내가 거처하는 방에 드러누워서 이따금씩 웃음소리와 낮은 외침이 터져 나오는 것을 들을 수 있었다. 나는 온몸이 나른해지고 잠이 퍼붓는 걸 막아내려고 무진 애를 쓰고 있었다. 그러나 나는 잠이 깜박 들었나 보았다. 형이 나를 흔들어 깨워 놓았다. 방문에 엷은 저녁 햇살이 하늘거리고 있었다. 내가 쓰린 눈을 비비며 일어나 앉자 형은 아주 다정한 목소리로

"너 윤희한테 심부름 좀 갔다 와, 응?"

하고 묻는 것이었다. 나는 얼결에

"응."

하고 대답해버렸다. 얼결에가 아니라 나는 벌써부터 그런 부탁을 기대하고 있었는지도 몰랐다. 형은 예상 외로 내 대답이 수월함에 놀래었던지 잠시 눈을 둥그렇게 떠 보이고 나서

"너, 윤희한테 가서 이렇게 좀 전해줘, 응?"

하며, 형은 오늘 저녁 9시에 윤희 누나가 미영이네가 살던 그 빈집으로 나와주기를 기다리겠다는 부탁을 얘기했다.

바야흐로 나는 무서운 음모에 가담하고 있었다. 간단한 말을 전해주는 그런 책임이 희박한 행위로써 가담하는 것이 아니었다. 자, 미영아, 너의 집을 제공하라고 한다. 매가(賣家)라는 글이 적힌 너털너털한 종잇조각이 붙은 너의 집 대문 앞을 지나칠 때마다 그러나 나는 그 집이 빈집이라는 생각을 해본 적이 한 번도 없었다. 적어도 그런 생각을 해본 적이 없었다고 고집하고 싶다. 미영아 하고

부르면 곧 네가 뛰어나올 것 같았다. 아니라면, 어느 날엔가는 아름다운 일본의 크레용을 내게 대한 선물로 가지고 돌아와서 네가 다시 그 집에 살게 되리라는 기대를 간직하고 있었다. 너의 빈집이 내게는 용궁처럼 신비스러운 곳이었다. 나는 온갖 화려한 공상을 그곳에서 끄집어낼 수 있었다. 그런데 자, 미영아, 나는 이제 몇 분 안으로 이러한 모든 것 위에 먹칠을 해버리려고 하는 것이다.

아아, 모든 것이 항상 그렇지 않았더냐. 하나를 따르기 위해서 다른 여러 개 위에 먹칠을 해버리려 할 때, 그것이 옳고 그르고를 따지기보다 훨씬 앞서 맛보는 섭섭함. 하기야 그것이 '자라난다' 는 것인지도 모른다. 미영아, 내게 응원을 보내라. 형들의 음모에 가담한다는 건 아주 간단한 일이다. 미영아, 내게 응원을 보내라. 그건 뭐 간단한 일이다. 마치 시체를 파묻듯이 그건 아주 간단한 일이다. 뭐 난 잘해낼 것이다.

"형 혼자서 기다리는 것처럼 얘기할까?"

내가 물었다.

"물론 그래야지"

형은 나의 그런 질문이 아주 대견스럽다는 듯이 히쭉 웃었다.

나는 방바닥을 보고 있었다. 나는 장판이 해진 곳을 손가락으로 비집고 그 속에 있는 흙을 긁어내고 있었다.

"무엇 때문에 만나자 하느냐고 물으면 무어라고 대답할까?"

나는 손가락 끝에 묻어나오는 흙을 바라보며 형에게 물었다.

"그건 말이지……."

물론 형들은 그런 질문에 대한 대답을 준비해놓았을 것이다. 그러나 나는 그것을 듣기가 무서웠다. 나는 얼른 형의 대답을 가로채서

"학교 일로 만나자고 하면 될 거야. 뭐 윤희 누나는 형을 믿고 있으니까…… 틀림없이 나올 거야."

라고 말했다. 나는 '윤희 누나는 형을 믿고 있으니까'라는 말에 힘을 주고 싶었다. 그러나 내 생각에도 너무나 무심히 지나쳐버린 말이 되고 말았다.

"그러면 될까?"

형은 미심쩍다는 듯이 그러나 나의 완전한 협조에 아주 만족한 태도로 내게 되물었다.

"그럼 되고말고."

나는 자리에서 벌떡 일어났다.

섬돌 위에 놓인 신발을 신고 있을 때 형의 목소리가 내 등 뒤에서 들려왔다. 불안이 형의 목소리를 지배하고 있었다.

"너 정말 잘할 수 있겠니?"

그럼, 잘할 수 있고말고, 나는 속으로 나 자신에게 다짐하고 있었다. 싸리문을 밀고 나서다가 문득 고개를 돌려보니 형의 친구들이 방문을 열어놓고 나를 바라보고 있었다. 나와 시선이 마주친 어떤 형 친구는 격려한다는 뜻으로 주먹 쥔 팔을 올렸다 내렸다 하고 있었다. 그들은 내게 웃음을 보내주고 있었다. 나는 웃지 않았다.

하낫둘, 하낫둘. 나는 입속에서 구호를 붙여가며 골목길을 뛰어 갔다. 골목에는 갈색의 그림자들이 누워 있었다. 하늘은 물빛이군. 나무는? 갈색. 지붕은? 보나마나 보라색이겠지. 나의 머릿속에 준비된 도화지는 중유(重油)처럼 진한 색으로 채워지고 있었다.

윤희 누나 앞에 서자, 나는 온 세상이 빙글빙글 도는 듯이 어지러워서 몸을 잘 가눌 수가 없었다. 억울한 일로 선생님한테서 꾸중을 들을 때 나는 그런 기분을 느껴본 적이 있었다. 누나는 아침에 보았던 그런 한복 차림을 하고 있었다. 나의 전언을 듣고 나서 누나는 아주 명료한 음성으로 간단히 승낙했다. 바보 바보 바보. 그러나 또 어느새 나는 형에게 유리한 구실을 덧붙이고 있는 자신을 발견했다.

"아마 굉장히 중대한 학교 일인가 봐. 아무도 모르게 누나 혼자만 와야 한대."

나는 눈을 감았다. 내 귀에 윤희 누나의 고맙다는 그리고 틀림없이 그 빈집으로 가겠다고 전해달라는 말소리가 먼 하늘의 우렛소리처럼 웅웅거렸다. 끝났다. 아주 쉽게 끝났다. 돌아오는 길에 나는 미영이네 집 앞에서 걸음을 멈추었다. 회색의 대문에 누렇게 빛이 바랜 종잇조각은 여전히 붙어 있었다. 거미가 한 마리 그 종이 곁을 지나서 빠르게 위로 올라가고 있었다. 대문을 한 손으로 밀어보았다. 안으로 잠겨 있는지 열리지 않았다. 대문이 열리지 않자 집 안을 보고 싶은 생각이 더욱 끓어올랐다. 별로 높지 않은 흙담 위로 나는 올라갔다. 내가 기어 올라가는 서슬에 담 위의 기와가 몇 장 땅으로 떨어져서 깨어졌다. 나는 담 위에 마치 말 타듯 걸터 앉아서 집 안을 내려다보았다. 황폐한 빈집을 초록색의 공기가 휩싸고 있었다. 마당가에 딸린 조그만 밭에는 누가 심었었던 가지나무가 있고 시들은 가지나무 잎 밑에 누런색으로 찌그러든 가지가 몇 개씩 달려 있는 게 보였다. 그것들은 정말 볼품없이 말라 있었다. 누가 빼어갔는지 창에는 유리가 한 장도 없었다. 나의 가슴은 한없이 조용하게 뛰고 있었다. 문득 내 동무와 시립병원의 폐허를 구경 가기로 한 약속이 생각났다. 그러나 이젠 그럴 필요는 없어졌다. 방위대 본부인 그 저택으로 가봐야겠다고 나는 생각하고 있었다. 새까맣게 되어 있겠지, 아침까지도 그렇게 불길이 오르고 있었으니. 나는 담 위에서 골목으로 뛰어내렸다.

(1962)

확인해본 열다섯 개의 고정관념

할 수 있을까? 저 허술한 벽에 킴 노박의 볼을 붙이는 일. 문제는, 내가 자리에서 일어나서 책상 위에서, 오려진 킴 노박의 볼을 집어들고 어디 있는지 모르는 핀을 찾고…… 그럴 만한 기운이 지금 내게 있느냐 하는 것이다. 이불을 아무리 몸에 감아도 2주일 농안이나 불을 때지 않은 방의 냉기를 막아낼 수는 없다. 그리고 배가 고프다. 내게 지금 일어날 기운이 있을까? 이렇게 정기 없는 눈으로 보아도 벽의 그 귀퉁이는 아무래도 허술하다. 벽의 그 귀퉁이가 허술해 보이는 그것은 이젠 내 고정관념 중의 하나이다. 벽의 그 귀퉁이로 눈이 가기만 하면 나는, 허술하구나라고 생각해버린다.

선반이 굵게 가로질러 있고 그 선반 위엔 선반의 부속품인 듯이 보이는 내 여행 가방이 직사각형으로 위치하고 있다. 그 가방은 이제라도 들고 나가주기만 기다리고 있다는 듯한 모습이다. 그 선반이 걸린 벽과 모서리를 대고 있는 이쪽 벽은 텅 비어 있다. 옷을 걸게 되어 있는 못이 두 개 박혀 있지만 그 못이란 극히 작은 점에 불과하다. 그 작은 점 두 개가 저 벽을 장식해줄 수 없다. 만일 그 못에 옷을 건다면? 이러지 말자. '옷을 건다면'이라니, 마치 목 매어 달아 죽어 있는 사람 같은 형상으로 옷 두 개가 축 늘어져 있는 모습을 보고 싶단 말인가? 그보다는 차라리 텅 빈 저대로의 벽이 더 낫다. 그렇지만 그대로는 아무래도 허술하다. 저 벽이 조금만 잘 꾸며져 있다면 이 방도 퍽 맘에 들 거다. 어떤 식으로 꾸며볼까? 몬드리안의 캔버스를 생각해본 적도 있다. 선반의 굵은 직선과 그 선의 삼분지 일쯤에 위를 향하여 위치하고 있는 내 여행가방의 직사각형 때문에. 그러나 몬드리안의 흉내를 내기에는 벽의 색채들이 너무 보잘것없다. 언젠가 우연히 본 일본제 부채를 생각해본 적도 있다. 그 부채는 JAPAN AIRLINE의 손님들에 대한 선물용이었는데 거기에 그려진 도안이 퍽 예뻤다. 금빛과 자줏빛의 콤비네이션이었다. 그러나 그것도 결국은 몬드리안의 모방이었기 때문에 나는 포기했다. 거리를 걸을 때도 나는 건물들을 눈여겨봤지만 모두가 몬드리안이었다. 직선은 몬드리안에서 그쳐버렸다는 생각도 이젠 내 고정관념 중의 하나이다.

언젠가부터 나는 이쪽의 텅 빈 벽을 원형의 그림으로써 장식해 보기로 생각하고 있었다. 대도시의 이른 아침에, 연기에 가려 뿌연 하늘에 정확한 동그라미로 떠 있는 빨간 해처럼, 그 해는 흔히 얽혀 있는 전선 사이로 보이는 것이지만 그 얽혀 있는 전선마저 이 벽 위에 가져다놓으면 그 옆벽의 직선과 직사각형은 꼴불견이 되어버릴 거다.

나는 저 허술한 벽에 붙일 동그라미를 찾으러 다녔다. 한번은 카드 한 장이 맘에 들었다. 그것 역시 일본제였는데, 두껍고 하얗고 매끄러운 정사각형의 종이에 빨간 동그라미가 찍혀져 있었다. 그 빨간 동그라미도 아마 떠오른 해인 듯했다. 그 동그라미 곁에 '謹賀新年'이라는 송조체(宋朝體)의 글씨가 금빛으로 찍혀져 있었다. 그래서 나는 일본 사람들은 금빛을 좋아하나 보다라고 생각했는데 그것도 이젠 내 고정관념 중의 하나이다. 그 카드를 저 허술한 벽에 붙여두고 싶었으나 그러나 그 카드 안의 빨간 동그라미가 벽에 비해서 그리고 직선과 직사각형의 크기에 비해서 너무 작은 느낌이었고 그보다는 그 카드를 가진 녀석이 그 카드를 내게 주려고 하지 않아서 나는 포기할 수밖에 없었다. 그 녀석의 아버지는 일마 전에 벼락부자가 되었는데 그렇다고 간첩 노릇을 한 것은 아니고 방직공장에 투자해서 그렇게 되었다는 것이다. 그 녀석이 내 마음을 사로잡은 그 카드를 보여주던 날은 내가 잊을 수 없는 날이다. 그날 나는 벼락부자들의 집안에서 흔히 볼 수 있는 2층으로 올라가는 계단─그 광택이 아직 나지 않고 꺼실꺼실한 판자의 촉감이 아직도 남아 있는 계단에 발을 올려놓지 않을 수가 없었다. 왜냐하면 그 녀석의 방은 2층에 있었고 그 녀석이 내 앞장을 서서 나를 자기 방으로 인도하고 있었기 때문이다. 그런데 난처한 것은 내 뒤에, 그러니까 아래층의 복도에 그 녀석의 여동생이 서서 나를 보고 있는 것이다. 그 여동생이 예쁘지만 않았더라도 또는 내 양말의 뒤꿈치에 큰 구멍이 나 있지만 않았더라도 나는 서슴지 않고 계단을 밟고 올라갔을 거다. 내 양말 뒤꿈치의 구멍은 이만저만 큰 게 아니어서 내 발뒤꿈치가 온통 드러나 있다. 그 발뒤꿈치가 양말 색깔만큼이나 검게 때가 끼어 있는 것은 더욱 곤란한 일이다. 나는 창피스러워서 계단을 올라갈 수가 없었다. 왜 올라오지 않고 거기 서 있느냐고 2층에 올라간 내 친구 녀석이 나를 독촉할 때야 나는 눈을 꾹 감고 후닥닥 계단을 뛰어 올라갔다. 발을 빠르게 놀렸으니까 어쩌면 그 예쁜 여자는 내 발뒤꿈치를 보지 못했을 거다. 그러나 창피스러운 느낌은 여전했다. 예쁜 여자 앞에서 내 약점이 드러날 때는 더욱 창피한 법이라는 생각도 이젠 내 고정관념 중의 하나이다. 하여튼 그 2층에서 친구 녀석이 보여준 카드가 내 맘에 들었고 그 친구는, 내게 그걸 줄 수 없겠느냐는 내 청을 거절했다. 그 후로는 맘에 드는 동그라미가 없었다.

춥다. 힘이 빠져나간 몸뚱이가 떨고 싶어 한다. 그러나 몸뚱이에 떨기를 일단 허락하고 나면 몸뚱이는 원래 사양할 줄 모르는 놈이니까 몇 시간이고 덜덜거릴 거다. 발만 조금 움직여서 덮고 있는 이불을 발에 감아버린다. 새어 들어오던 바람이 없어졌다. 밖에 눈이 왔는지 안 왔는지는 모른다. 간밤엔 눈이 내리고 있지 않았지만 간밤에 이 방의 문을 열고 들어온 뒤로는 아직 한 번도 밖엘 나가지 않았다. 나는 꼼지락 한 번 하는 데도 조심을 하며 누워 있다.

쓸데없이 움직여서 에너지를 소모하기가 싫다. 육체 속에 있는 에너지란 돈과 같은 성질이다. 많이 있을 때는 축나는 줄을 모르지만 적게 있을 때는 그 소모가 금방 눈에 뜨인다. 기초대사량조차 유지하지 못하고 있는 지금의 내 몸뚱이는 "이젠 정말 이것밖에 없으니까 더 달라는 소리 말아" 하는 듯이 식은땀만 조금씩, 그것도 사타구니로만 조금씩 흘려 내보내주고 있다. 내가 입고 있는 구멍 숭숭 뚫린 털 셔츠의 올 사이사이에서는 아마 이(虱)들이 번식에 분주할 거다. 내 손가락들은 조금도 살의를 갖지 않은 채 올 사이를 더듬고 있고, 눈은 저 허술한 벽을 멀거니 바라보고 있다. 손가락들이 살의를 갖지 않았다는 건 거짓말이다. 이럴 경우에 살의를 갖지 않았다는 것은 살의가 생길 가능성도 없어야 한다는 것인데, 내 손가락들은 올 사이를 더듬다가 탄력을 가진 그리고 온기를 가진 것—말하자면 손끝에 닿자마자 직감적으로, 아 이건 이로구나라고 생각되는 물건을 만나면 그걸 집어서 비벼대고 있는 것이다. 하기야 이라는 놈은 손가락 사이에 넣어서 비벼댄다고 그쯤으로 죽어버리는 바보는 아닐 거다. 그러나 손가락들은 이가 죽기를 바라면서 비벼댄다. 아니다. 이가 죽기를 바라는 것은 나의 두뇌이고 손가락들은 이가 죽든 말든 거기엔 관심이 없이 오히려 이의 동글동글하고 말랑말랑한 촉감을 즐기고만 있다. 수단이 흔히 목적을 배반한다는 그것도 이젠 내 고정관념 중의 하나이다.

이불 속에 온기가 있다면 그건 내 몸이 마지못해서 내놓은 것이다. 내가 깔고 덮고 있는 이불 속을 제외하고는 차가웁다. 2주일 동안 불을 때지 않은 온돌방의 무시무시한 냉기. 어쩌다가 손이 방바닥에 닿기라도 하면 그 손은 정신착란을 일으켜버린다. 그래서 그 방바닥이 뜨거운 것인지 찬 것인지도 모른다. 그냥 손은 화닥닥 공중으로 뛰어올라서 발광한 이들의 춤을 춘다. 헤헤, 꽹과리가 깽깽 울리고…… 에너지가 손끝으로 빠져 달아난다. 손을 얼른 바지 허리춤으로 넣어서 궁둥이 밑에 깐다. 몸에 힘이 없으니까 피도 게으름을 피운다. 잠시 동안 궁둥이 밑에 깔려 있었는데도 손은 곧 저린다. 이럴 땐 손이 없었으면 좋겠다. 인체에서 가장 처치 곤란한 것은 손이다. 장례식에 참석했을 때 또는 연단에 섰을 때, 오늘처럼 겨울날 추운 방에 누웠을 때 가장 처치 곤란한 것은 손이다. 군대에서 가끔은 영리한 짓을 만들어낸다. 열중쉬엇! 그러면 손바닥 두 개는 척추께에서 서로 만난다. 열중쉬어의 자세가 그러나 이불 속에 누웠을 때는 곤란하다. 척추에 깔려서 손바닥에 피가 통하지 않게 되고 그러면 손바닥은 바람 속에 선 전선들처럼 윙윙 소리를 내며 저려온다. 정말 전류가 통해 있는 것만 같다. 손처럼 처리하기 곤란한 물건은 없다는 생각도 이젠 내 고정관념 중의 하나이다. 나는 전쟁터에 팔을 내버리고 온 용사를 하나 알고 있는데 그는 편하게 지내면서도 우울해할 줄 알게 되었다. 그 사람은 지금 시골의 내 집에 있는 바로 내 형인데 집안사람들은 모두 그에 대한 관심을 잠시도 게을리하지 않는다. 그가 팔이 없다는 사실을 불행하게 생각할 틈도 주지 않으려고 애쓴다. 집안사람들은 자기들에게 팔이 있다는 것을 오히려 부끄러워하고 있는 듯이 생각될 정도이다. 형도 식구들의 보살핌에 대해서 보답하려고 애쓴다. 그러나 때때로 우울해할 줄 안다. 먹고 자고 일하고 계집애들을 소재로 한 농담밖에 할 줄 모르던 형이 말이다. 형이 우울해할 줄 알게 됐다는 건 정말 대단한 사실이다. '미로'의 팔 없는 비너스처럼 형은 팔을 정말 알맞게 처리해버렸다. 팔만 떼어버린다는 조건으로 전쟁이 꼭 한 번만 더 일어났으면 좋겠다. 그 단 한 번의 전쟁이 지구 위에서 앞으로 벌어질 수많은 전쟁을 쓸어버릴 테니까 말이다. 사람들아, 당신이 선 그 자리에서 전쟁을 시작하라. 그 전쟁이 꼭 한 번만 일어나면 세계엔 평화가 온다는 생각도 이젠 내 고정관념 중의 하나이다. 우울해할 줄 아는 걸 심어줄 수만 있다면, 제기랄, 그들의 팔이 떨어지든 다리가 떨어지든 코가 찢어지든 생식기가 뭉개지든 조금도 가슴 아플 게 없을 거다.

나는 목을 조금 들면서 밖을 향하여 "아주머니이!" 하고 부른다. 가래가 목에 걸려서 소리는 말이 미처 덜 되었다. 목청을 가다듬고 나서 "지금 몇 시쯤 됐어요?" "3시 조금 넘었소." 외마디 고함처럼 빠르고 높은 목소리의 대답이다. 요즘 주인아주머니는 내게 방을 빌려준 것을 무척 후회하고 있을 거다. 에그 저 빌어먹을 놈, 이제야 잠이 깼군 하는 욕설까지 저 빠르고 높은 목소리의 대답엔 섞였을 거다. 아닙니다. 아침부터 깨어 있었어요. 그렇지만 믿어주지 않을 해명은 하지 않는 게 정직하다. 오늘이 처음이라면 내 말을 믿어줄 정도의 아량쯤이 아주머니에게도 있고말고다. 내가 나를 이해해달랍시고 친근한 태도로 아주머니에게 얘기를 시작하기만 하면—아직까지 그래본 적은 없지만 말이다—그렇기만 하면 아주머니 측에선 할 말이 태산 같다고 다가들 거다. 학생은 웬 잠이 그리 많수 응? 아아뇨, 아침밥을 굶어버리기 위해서 그냥 누워 있는 거죠. 거짓말 말아요라고 아주머니는 쏘아붙일 거야. 어차피 믿어주지 않을 해명은 하지 않는 게 정직하다는 생각도 이젠 내 고정관념 중의 하나이다. 요컨대 2시는 넘었다는 대답이었겠다. 아무리 야박하게 계산해도 30분은 기다려주고 나서 내가 나타나지 않을 게 확실하다고 생각되자 슬그머니 일어나서, 비로드로 된 빨간 하트형의 메모판을 훑어보고 나서 그리고 다방 문을 열고 거리로 나와서 그 여자는 어디로 갈까 망설이고 있다. 그럴 필요는 없지만 머리가 향방을 생각하고 있는 동안, 손은 스카프를 만져보기도 하고 스커트 자락을 검사해보기도 한다. 그러면서 혹시 내가 나타날까 봐 거리에 깔려 있는 대가리들을 하나씩 하나씩 체크해나간다. '그래도 기다리는 그 사람은 오지 않고……' 어디서 유행가가 들려오는지도 모른다. 미안하다, 영이. 난 지금 멀거니 천장을 올려다보며 시체처럼 누워 있어. 아직 시체는 되지 않았지만 얼마 후에 추위와 굶주림 때문에 시체가 되는지도 모른다. 설마 그러기야 할라구. 그렇지만 일어날 기운이 없는 건 정말이다. 나의 섹스가 동면성(冬眠性)이란 걸 미리 알 수 없었던 게 잘못일 뿐이지. 동면성의 섹스를 가졌다는 사실을 발견한 것은 영이와 시간 약속을 어긴 사실보다 더욱 중대하다. 영이는 내게 카드를 주지 않은 녀석의 여동생, 내 구멍 난 양말과 그 구멍으로 내민 시꺼먼 발뒤꿈치를 본 그 예쁜 여자다. 언젠가, 그날 내 뒤꿈치를 보았느냐고 물었더니 그 여자는 고개를 끄덕이며 그래서 내가 좋아졌단다. 부잣집 아가씨들에겐 이해하기 곤란한 취미가 있다. 마치 옛 제국들엔 이해하기 어려운 풍부한 기호(嗜好)가 있었듯이 말이다. 부잣집 아가씨들에겐 이해하기 곤란한 취미가 있다는 생각도 이젠 고정관념 중의 하나이다. 그날 만일 내가 천연스럽게 발뒤꿈치를 보이며 계단을 올라갔다고 하면 내가 그렇게 좋아졌을리가 없었을 텐데, 창피해서 후닥닥 올라가버리는 데서 자기로부터 점수를 땄다는 거다. 프라이드가 있다는 것은 참 좋아 보인다고도 덧붙였다. 프라이드, 제기랄 프라이드라니, 후닥닥 계단을 뛰어 올라가는 데 프라이드란다. 프라이드라면 그 반대일 텐데 말이다. 그 여자가 처음부터 내가 좋았던 게 그래서 확실해졌다. 무조건 좋아지게 된 이유는 항상 모순을 포함하고 있는 거니까. 단테가 들려준 이야기—지옥에 가서 가장 고통스러운 형벌을 받고 있는 사람에게 낭신이 시은 죄는 무엇이냐고 단테가 물었더니 자기는 지상에 있을 때 프라이드가 강했다는 죄로 이렇게 가장 심한 고통을 겪고 있다고 대답하더라는 얘기를 내가 들려주었더니, 영이는 만일 자기가 하느님이라면 프라이드를 잃어버리고 살아온 놈들을 지옥의 불구덩이 속에 집어넣어버리겠다는 거다. 영이의 좋은 점이야말로 어쩌면 그거다. 그렇지만 저 사관학교 생도들의 프라이드는 난 질색이다. 멋있는 유니폼을 입고 꼿꼿이 걸어갈 수 있다고 뻐기는 놈들 말이다. 누구나 멋있는 옷을 입으면 꼿꼿이 걸어가게 되는 법이다. 옷을 입고 있는 사람 자체와는 아무런 관계가 없는데 유니폼만 믿고 으스 댄다. 어쩌면 유니폼에다가 자기를 때려 박았을 거다. 으스대야 할 건 사람을 꾸겨 넣은 유니폼 자신일 거다. 내 말이 진실이라는 걸 증명해보자. 사관학교를 마치고 나서 후줄그레한 카키색 군복을 입고 비칠거리는 소위님들 중에 꼿꼿이 걸어가는 놈들이 있긴 있 다. 그런 놈들의 프라이드는 아마 진짜니까 인정해줄 수밖에 없다. 내가 알고 있는 중에서 가장 좋은 프라이드는 허리를 굽혀 구두끈 을 매는 것이다. 케스트너가 《파비안》에서 써놓은 구두끈 매는 얘 기 말이다. "'지금이 몇 신지 모르십니까?'라고 누가 곁에서 물었 다. (중략) '12시 10분입니다'라고 파비안이 말했다. '감사합니다. 빨리 가야겠군요' 하면서 그들에게 말을 걸었던 젊은 청년은 몸을 굽히고 거추장스럽게 구두끈을 매었다. 그리고 다시 일어나서 무 안한 미소를 띠고 말했다. '필요 없는 50전을 우연히 가지고 계십 니까?' '네, 우연히'라고 파비안은 대답하고는 그에게 2마르크를 주었다. '오, 감사합니다. 대단히 감사합니다. 이게 있으면 구세군 에 가서 자지 않아도 되니까요' 하고는 그 낯선 사람은 사죄하듯 이 어깨를 올려 보이고 모자를 잠깐 벗어 보이고는 빨리 뛰어가버 렸다." 막다른 골목에서의 프라이드는 보기 좋은 에티켓으로 형태 를 바꾼다. 프라이드도 이쯤 되어야 할 거다. 프라이드가 아름다울 수 있는 가장 빠른 길이라는 생각도 이젠 내 고정관념 중의 하나 이다.

　영이는 지금 어디쯤 갔을까? 아직까지 다방에 앉아서 나를 기다리는지도 모른다. 그 여자는 내가 낙선한 것을 신문에서 찾아보고는 알고 있을 거다. 그 여자는 내가 오늘 자기 앞에 나타나지 않은 것과 내가 신문사의 소설 모집에서 낙선한 것을 연관시켜서 생각할지도 모른다. 하긴 전연 관련이 없는 것도 아니다. 어느 정도의 관련이냐 하면, 우리나라 사람들이 모두 따지고 보면 일가친척이 된다는 정도의 관련이다. 당선자 발표는 어제 있었다. 당선자는 한 명이었는데 그건 물론 내가 아니었다. 만일 내가 당선되었을 경우를 상상해보자. 어제 나는 며칠 후에 탈 상금을 보증 세우고 누구에게서라도 몇백 원쯤 빌릴 수 있었을 거다. 그러면 엊저녁 밥을 사먹을 수 있었을 거고 오늘 아침밥도 그리고 지금쯤은 점심도 먹고 있을 거다. 영이에게 당선을 알리기 위해서—물론 그 여자도 신문에서 보고 알았을 거지만—조금쯤은 의기양양하게(배가 부르니까 말이다) 다방에 나갈 수 있었을 거다. 그러나 낙선해버린 것이다. 내게 돈을 빌려줄 친구는 아무도 없다. 내가 돈을 빌려달라는 것은 그저 달라는 것과 같다는 걸 친구들은 알고 있기 때문에 예컨대 당선되어서 상금이 나온다는 보증이라도 없다면 이제 돈을 꾸기도 힘들다. 망할 놈의 소설이 낙선해버린 거다. 당선 소감까지 미리 써두었는데 말이다. 그 당선 소감이란 건 이렇다.

"……가짜를 진짜로 속여서 팔고 난 후의 상인의 심경은 대체 어떤 것일까 하고 항상 궁금하게 여겨왔는데 이번에 그걸 좀 알게 된 것 같다. 그 장사꾼은 상품을 속여서 팔았던 일을 잊어버리고 싶은 것이다. 재미있었다고 생각하는 것도 아니고 부끄러워하는 것도 아니고 속여 팔았다는 사실을 그저 잊어버리기로만 해버리는 것이다. 왜냐하면 돈은 이미 내 손에 들어와 있고 물건을 사간 사람은 속아서 샀다는 걸 알고 벌써 화를 내버렸을 테니까 말이다……."

사실 내가 응모한 소설이란 가짜 상품이었다. 하도 많이 들어서이젠 구역질이 날 지경인 저 헤밍웨이와 말로 소재에다가 황순원의 문체가 뒤범벅이 된, 말하자면 길가에서 파는 만병통치약 같은 것이었다. 낙선될 걸 알고 있었지만 다행히 심사위원들이 멍청이들이어서 당선될 경우도 없지 않다고 생각하여 당선 소감까지, 아주 정직한 소감까지 써둔 것인데 한번 굉장히 정직해볼 기회가 영달아나버렸다. 정직해보고 싶은 기회를 주지 않는 게 세상이다라는 생각도 퍽 흔한 생각이지만, 이젠 내 고정관념 중의 하나이다. 가짜인 줄 알면서 왜 소설 응모를 했느냐고 묻는다면 나는 대답한다. 돈이 필요했다. 돈을 얻어 들이는 일이 나 자신에 대하여 가장 정직한 일이었다. 돈이 필요했다면 왜 하필 그런 수단을 썼느냐. 그러니까 말이다, 앞에서 나는 말하지 않았던가, 수단은 흔히 목적을 배반한다고. 딴은 괘씸하기 짝이 없는 명제다. 하여튼 어제 나는 낙심천만하여 찬바람이 휩쓰는 거리를 헤매다가 내 방으로 돌아왔다. 도중에 어느 거리의 벽에선가, 나는 무심히 손을 들어 벽에 붙은 영화 광고용의 포스터를 부욱 찢어냈는데 종이가 찢어지는 부욱 소리에 정신을 차리고 보니 나는 금빛과 연분홍색으로 장식된 종이를 들고 있었다. 내가 들고 있는 종이를 찢어낸 부분에 맞추어보았더니 그건 킴 노박의 볼과 머리였다. 이것을 동그라미로 오려보자. 그리고 내 방의 허술하기 짝이 없는 벽에 붙이자. 이렇게 정기 없는 눈으로 보아도 벽의 저 귀퉁이는 아무래도 허술하다. 벽의 귀퉁이로 눈이 가기만 하면 나는, 허술하구나라고 생각해 버린다. 할 수 있을까? 저 허술한 벽에 킴 노박의 볼을 붙이는 일. 고구마 덴뿌라가 먹고 싶다. 하필이면 고구마 덴뿌랄까. 하여튼 그게 제일 먹고 싶다. 검정깨를 뿌려놓은 고구마 덴뿌라. 아니 그게 왔어요 하고 침이 허둥지둥 달려 나온다. 허술한 벽을 향한 채 내 입이 멋쩍게 웃는다. 엊저녁엔 무얼 먹는 꿈을 꾸었다. 배가 고픈 날 밤엔 항상 무얼 먹는 꿈을 꾼다. 먹는 꿈을 꾸면 감기가 든다. 그러나 감기는 며칠 전부터 걸려 있으니까 뭐 곱빼기로 걸리진 않을 거다. 이럴 땐 그 녀석, 영이 오빠라도 왔으면 좋겠다. 그 녀석이 내 거처를 아는 유일한 놈이다. 그 녀석의 호주머니에는 항상 1,000원짜리 몇 장쯤은 있다. 때로는 바지의 허리띠 밑에 숨어 있는 그 조그만 호주머니, 흔히들 도장을 넣고 다니는 그 호주머니, 나는 기차 여행을 할 때 기차표를 감추어두는 그 호주머니에서 그 녀석은 꽁꽁 접은 500원짜리를 집어내어 보이며, 극장 구경 갈까 하기도 한다. 그럴 때의 그 녀석은 얄미웁기 짝이 없다. 그래서 나는, 너처럼 돈 자랑하는 놈들 보기 싫으니까 철저한 프롤레타리아 공화국이나 되어버렸으면 좋겠다고 쏘아댄다. 그러면 그 녀석은, 야옹 하고 고양이 소리를 흉내 내고 나서 너처럼 가난한 게 무슨 특권이라도 되는 듯이 까부는 놈 보기 싫으니까 무지무지한 자본

주의 국가가 되었으면 좋겠다고 응수한다. 그러나 어느 쪽도 되어서는 안 되리라. 팽창되어버린 감정의 의사는 살인적이다. 어느 쪽에도 치우치지 않고 괴로워하며 '사이'에 위치하는 게 좋다. 괴로워하며 '사이'에 위치하는 게 최선의 태도라는 생각도 이젠 내 고정관념 중의 하나이다. 그 '사이'란? 아마 영이쯤이겠지. 부르주아의 딸, 그러나 예지와 미덕이 갖추어진 부르주아의 딸과 프롤레타리아 청년이 연애하는 얘기는 18세기 소설들이 즐겨 쓰던 소재다. 18세기에는 그런 일이 많았던 모양이다. 아니 실제로는 그리 많지 않았는지 모른다. 단지 소설가들이 그런 경우가 있다면 꽤 멋있을 텐데 하고 바라면서 썼을 뿐일 거다. 왜냐하면 소설가들은 그리 되기를 바라는 것을 사실 그대로인 것처럼 써버리는 놈들이니까 말이다. 어쨌든 20세기가 18세기와 달라진 것은 별로 없는 것 같다. 하긴 달라질 수도 없을 거다. 연애 문제에서만큼은 말이다. 그때도 사랑의 부재를 느낀 사람과 사랑의 절대성을 주장하던 사람이 있었을 거고 지금도 사랑의 절대성을 주장하는 사람과 사랑의 부재를 느끼는 사람이 있을 거다. 현재 있는 것은 옛날부터 쭈욱 있어왔을 거다. 이것도 이젠 내 고정관념 중의 하나이다. 쭈욱 있게 된 건 아마 습관—사람들이 아이를 만들어 세상에 남기고 가는 것과 똑같은 방식의 습관 때문일 거다. 결국은 제 나름으로 살다가 죽어가는 것이다. 그런데 제 나름으로 살다가 죽어가는 사람들의 밖에서 있는 어떤 미치광이가 그 사람들의 공통점을 만들어내가지고 이러쿵저러쿵하고 있는 것이다. 그러면 죽어간 사람들의 다음에 사는 사람들이 그 미치광이에게 홀려서 미치광이가 만들어놓은 공통점에 자기 자신들을 맞추어보려고 역시 미치광이가 되어가는 것이다. 따라서 진짜로 제 나름으로 멋있게 살아본 사람들은 미치광이가 나타나기 전에 산 사람들뿐이다. 하기야 그런 사람들이 있었을까? 아담과 이브? 글쎄, 나의 가설은 항상 엉망진창이다. 그럴듯하게 맞아 들어가다가 그만 거짓이 탄로되고 만다.

영이는 지금 어디쯤 갔을까? 그 여자는 지금 꽤 낙심해 있을 거다. 세상에서 가장 나쁜 초조감은 무엇을, 누군가를 기다릴 때 생기는 초조감이다. 기다린다. 멋있는 웃음을, 사람들의 박수를, 뜨거운 포옹을, 밥을, 당선 통지서를, 사장의 칭찬을, 수(秀)를, 이쁜 아들을, 죽음을, 아침이 되기를 또는 밤이 되기를, 바다를, 용기를, 도통하기를, 엿장수를, 성교를, 분뇨차를, 완쾌를…… 그러나 결국은 환멸을 기다린 셈이 아닐까? 영이는 지금 찬바람이 부는 거리를 헤매고 있을 거다. 코트 깃을 아무리 세워도 가슴이 차가우니 그 여자는 떨고 있을 거다. 병신 같은 사내, 소설 낙선쯤 했다고 나타나지 않을 게 뭐람. 여자는 쓸쓸한 거리를 헤맨다. 눈이 내릴 듯이 어둑신한 거리를. 그때 멋있게 차린 사내가 여자 앞으로 다가온다. 슬퍼 보이는군요 하고 사내가 말한다. 그러자 여자는 정말 자기는 지금 슬프다고 느낀다. 따뜻한 곳으로 가시죠 하고 사내가 말한다. 울림이 있어서 신뢰하고 싶은 목소리. 여자는 조금은 불안해하며 사내를 따라서 걷는다. 여자와 사내는 어디로 갔을까? 쓸데없는 상상을 했다. 우리의 상상도 이젠 틀 속에 갇혀버린다. 누군가를, 기다림에 지쳐버린 한 여자를 어떤 멋있는 사내와 만나게 해놓고 그들을 소재로 상상을 100여 명의 사람에게 하도록 했을 때, 대동소이, 신성일과 엄앵란과 허장강을 벗어나지 못하고 만다. 망할 놈의 영화가 사람들의 상상력을 압박하고 있다. 여자들의 자기 용모에 대한 판단력조차 영화가 압박하고 있다. 배우들 중에 자기가 닮은 배우가 있으면 자기도 미인이라고 생각해버린다. 아무리 못생긴 경우에도 말이다. 배우들 중에 자기가 닮은 배우가 없으면 자기는 미인이 아니라고 생각해버린다. 그 자기가 세상에서 가장 이쁠 경우에도 말이다. 그러다가 마침 자기와 닮은 배우가 하나 스크린에 나타나면 그제야, 아 나도 미인이라고 기뻐한다. 사람들을 영화의 압박에서 해방시킬 수는 없을 것 같다. 이것도 이젠 내 고정관념 중의 하나이다. 그 압박은 사람들이 내부에서, 내부의 아주 깊은 곳에서 행해지고 있으니까. 그들은 압박받는 아픔을 소리쳐서 알리지도 않는다. 그냥 끙끙 신음만 울리며 참고 있다. 그 신음 소리만 듣고 우리는 그 사람이 감기에 걸린 건지 음독한 건지조차 구별할 수 없는 노릇이다. 신음하고 있는 자신밖에 모를 일이다. 나는 무엇을 신음하고 있을까? 고구마 덴뿌라가 먹고 싶어서 동시에 저 벽의 허술함이 괴로워서 동시……

어제저녁 굴다리 밑을 지나오다가 나는 머리 위로 지나가는 기차가 내는 요란스러운 소리를 들었다. 얼른 굴다리를 벗어나서 기차를 올려다보았다. 기차는 어둠 속으로 사라져갔다. 그 기차가 고향으로 가는 기차라는 걸 나는 알았다. 창마다에서 환한 불빛을 쏟

아내며 기차는 남쪽으로 사라져갔다. 기차의 맨 뒤칸에 붙은 빨간 등조차 어둠 속으로 잠겨버릴 때까지 나는 서 있었다. 저 기차를 타면 내일 아침에 고향에 도착할 거다. 그리고 남쪽은 따뜻할 거다. 왜 이 추위 속에 나만 남아 있느냐. 나는 머리를 흔들었다. 내일은 영이와 만나기로 했다. 그 때문에 남아 있는 거다. 내일도 또 내일도 영이와 만나기로 한 거다. 그러나 나는 그 내일에 이렇게 멀거니 벽만 바라보며 누워 있다. 내 동면성 섹스 때문에. 그것을 나는 신음하고 있다. 아니다. 아니다. 무엇을 신음하고 있느냐. 나는 거지의 정열을, 그것을 신음하고 있다. 모든 것을 잃었음에도 왜 정열만은 남는 것일까, 거지에게는. 가가호호의 대문을 두드리는, 거지에게 남아서 사라질 것 같아 뵈지 않는 그 정열, 차분히 생각해보자. 저 벽이 어쨌단 말인가. 왜 그것이 허술하게 균형 잡히지 않아 보인다는 말인가, 가방은 그냥 가방일 뿐이고 선반은 그냥 선반일 뿐이고 벽은 그냥 벽일 뿐이다. 몬드리안이 어째서 저기에 적용될 수 있단 말인가. 거지의 정열이 그렇게 생각할 뿐이다. 던적스러운 정열이. 그러나 생각해보자. 가방은 가방인 동시에 직사각형이 아닐까? 선반은 선반인 동시에 직선이 아닐까? 벽은 벽인 동시에 정사각형이 아닐까? 나는 인간인 동시에? 뭐라고 설명할 수 없는 곡선의 평면이다. 마티스의 저 여인들처럼, 화려한 풍경 속에서 창백한 백지로 남는, 곡선으로 이루어진 어떤 하얀 평면. 고운 커튼을 드리워놓고 싱싱한 화초를 가꾸어놓고 하늘이 엿보이는 유리창을 달아놓은 그러한 방 속에서 그러나 그 모든 것을 설치해

192

놓은 여인은 텅 빈 백지. 동그라미를 저 벽에 붙이러 일어나보자.
할 수 있겠지? 자아, 내게 가장 귀한 고정관념으로써.

(1963)

서울의 달빛 0장

형님한테서 전화가 왔다.

"너, 차를 샀다면서?"

이(李) 기사한테서 들었을 게 틀림없다. 고용인으로서 몇 시간이나마 자리를 비우려면 외출 이유를 주인에게 말하지 않을 수도 없었을 것이다. 주문했던 차가 오늘 공장에서 나오기로 되어 있었고 나는 형님의 운전사인 이 기사에게 인수해다주기를 부탁해놓고 있었던 것이다. 나는 운전에는 자신이 있었지만 아직 차가 내는 미세한 이상음을 판별할 만큼 차에 익숙해 있지는 않았다. 나에게 운전을 가르쳐준 이 기사는 차를 느낄 줄 알았다. 운전석에 엉덩이를 대는 순간 타이어의 탄력을 잴 수 있었고 내게는 정상적으로 들리는 엔진 소리에서 실린더의 이상을 발견하곤 했다. "그런 것쯤은 한 차만 쭈욱 몰면 금방 알게 되니까요." 이 기사는 그렇게 말하지만 솔직히 말해서 나는 차에 대하여 그렇게 자질구레한 신경을 쓰게 되는 것은 싫었다. 항상 완전하여 그냥 몰아대기만 하면 되는 차가 내가 바라는 차였다. "그런 차가 어디 있겠어요? 쇠로 되고 바퀴가 달렸다 뿐이지 살아 있는 말이라고 생각해야 돼요. 좋은 사료를 먹여주고 과로시키지 말고 병이 났나 살펴봐주고 외양도 항상 깨끗하게 해줘야 되고……."

이 기사는 말에다 비유하며 말하고 있었지만 나는 여자에다 비유하며 들었다. 문득, 결국 나는 여자를 필요로 하고 있었던가 하는 생각이 들었다. 뚜렷이 내세울 만한 용도도 없이 어쩐지 자꾸만 차가 갖고 싶더라니 생각하며 나는 픽 웃었다. 8개월 동안 내 아내였던 여자는 우리가 살던 아파트만이라도 위자료로서 자기한테 줬으면 하고 기대하는 눈치였고, 나 역시 재산 따위 모두 처먹어라 하고 아내에게 던져줘버리고 싶었지만 물론 아내는 위자료 같은 걸 입 밖에 내어 요구할 처지가 아니었고, 한편 결혼 선물로 그 아파트를 사준 어머니는 내가 이혼하는 여자한테 1원 한 푼 줄까 봐 독이 오른 눈으로 감시하고 있었다. 결혼 때 해준 패물들도 모두 돌려받으라는 게 어머니의 고집이었지만 그것만은 나는 못 들은 체해버렸다. 돌려받을 수도 없었다. 아내는 벌써 그 패물들을 팔아서 이혼 후에 자기가 살 조그만 아파트를 사놓고 있었던 것이다. 친정집으로 들어가 살 줄로만 생각하고 있었던 나는 아파트에서 혼자 살 계획을 하고 있는 아내에 대하여, 이혼에 임박하자 나를 사로잡기 시작한 그 여자에 대한 연민이 사라져버리며, 이전 어느 때보다도 강한 증오, 여러 경우의 여러 증오를 모두 묶어놓은 것보다 더 강한 증오를 느꼈다. 그동안 나를 조롱한, 나로서는 얼굴도 모르는 수많은 사내들이 이제부터 그 여자 혼자 살 아파트를 맘 놓고 드나들 거라는 상상 때문에 나는 차라리 아내를 죽여버리고 싶다는 충동에 시달렸다. 그러나 아내가 나에게 위자료 청구를 할 수 없듯 내가 아내의 미래에 참견할 권리는 없는 것이었다. 가장 침착한 얼굴로, 가지고 나갈 짐을 차근차근 정리하고 있는 아내를 나는 다만 핏발 선 눈으로 바라보기만 할 뿐이었다. 그 여자가 떠나버린 아파트에서 혼자 살 수도 있었다. 어머니와 형수가 재빨리 옷장이니 찬장이니 침대, 화장대 따위를 사들여 빈자리를 메워 마치 여자와 함께 살고 있는 집인 듯 꾸며주었다. 그 가구와 집기 따위가 주로 형수의 취향과 안목에 따라 골라진 것들이었기 때문에 나는 마치 새로운 여자와 함께 살게 된 듯한 느낌을 받았다. 새로운 도배질. 새로운 가구들은 실내에서 아내에 대한 어떤 기억을 몰아내는 데 확실히 효과가 있었다. 그러나 결과는 더 나빴다. 그 여자가 가장 주부다웠던 집 안에서의 세세한 기억들만 몰아내 버린 것이었다. 그 기억들은 그 여자를 위해서가 아니라 나 자신을 위해서 간직해두고 싶었던 기억들이었다. 그것들이 아내에 대한 증오를 중화시켜주는 건 결코 아니지만 가령 길에서 스쳐 지나가는 어린이의 얼굴에서 밝은 웃음을 볼 때 얻어질 수 있는 무용(無用)한 윤기의 노릇을 나한테 할 수 있었을 것이다. 그런데 그 여자는 그야말로 그 집 밖으로 나가버린 것이었다. 바깥에서의 그 여자란 나를 의혹과 질투와 증오, 썩은 감정의 늪 속으로 밀어 넣는 요물에 지나지 않았던 것이다. 그러나 그 때문에 그 아파트를 팔아버린 것은 아니었다. 팔아서 내 마음대로 할 테다 하는 충동으로 팔아버렸던 것이다. 나는 모든 타인들에게 그들이 나의 타인임을 분명히 해두고 싶었다. 아니 그들이 내가 자기네의 타인임을 분명히 밝히고 있었다. 아내는 말할 것도 없고, 어머니와 형님까지도 나로서는 타인이 아닐 수 없었다. 한 여자와 결혼을 하면서부터 내가 그들로부터 분리되는 것을 나는 온몸으로 느꼈다. 그들은 얼마간의 재산과 함께 나를 자기들로부터 떼어버린 것이었다. 결혼 이후 그들이 나에게 묻는 것은 돈과 관계된 것만이었다. 내 얼굴에 버짐이 피더라도 그건 이제 나 자신과 아내가 책임질 일이지 어머니나 형님이 걱정해선 안 될 일이었다. 내가 아내와 이혼할 결심과 그 이유를 얘기했을 때야 나는 옛날처럼 나의 마음 세세한 움직임까지 알아두지 못해 안달하는 어머니와 형님을 다시 만날 수 있었다. 그러나 찢어진 종이처럼 그들과 나를 다시 연결시킨 것은 이혼이라는 풀칠이라는 걸 나는 알고 있었다. 나는 그들과 한마디 의논도 없이 아파트를 팔았고 그 판돈의 일부로 작은 아파트를 샀고 자동차를 주문했고 나머지를 아내였던 여자한테 주기 위해 예금통장으로 만들어가지고 있었다. 내 맘대로 할 테다라고 한 것은 결국 어머니와 형님이 싫어하는 짓을 하겠다는 것이라고 해야 할 것이다. 자동차는 나한테 가장 불필요한 물건들 중의 하나일 것이고 불필요한 물건을 사는 데 적지 않은 돈을 쓰는 일은 어머니와 형님이 가장 싫어하는 것이었다. 나는 아무 일도 안 하기로 작정한 사람이었다. 이혼하자마자 대학의 교양학부 국어 강사 자리도 집어 치웠다. 어머니가 내 소유로 해준, 영등포구에 있는 중국 음식점에서 들어오는 수입으로 생계는 충분할 것이고 그동안 지키려고 애쓰고 있던 학문의 사명감 같은 것은 깨끗이 사라져버렸다. 운전을 열심히 배웠던 이유는 아내를 방송국까지 태워다주고 데리러 가고 싶다는 꿈 때문이었지 나 자신을 위해서는 아니었다. 나한테 왜 자동차가 필요할 것인가! 그런데 이 기사의 이야기를 들으며 자동차를 여자에 비유해보고 있으려니, 그 구매 동기를 무작정이라고 스스로 여기고 있던 차가 실은 아내의 대체물이라고 문득 깨달아지며 내 속에 굴을 파고 둥우리를 틀어 앉아버린 여자라는 독충에 대하여 짓이겨주고 싶은 혐오감이 드는 것이었다. 기껏해야 어머니와 형님이 펄펄 뛰며 싫어할 것이기 때문이라고 이유를 만들 수 있다고 생각한 통장 건은 그렇다면 무슨 벌레가 마음의 어느 굴속에서 나왔기 때문인가? 나는 알 수 없었다.

"너한테 차가 왜 필요하니?"

"그냥…… 자동차로 지방 여행이나 다녀볼까 하구요."

대답하며 나는, 이 기사에게 차를 인수해다줄 것을 부탁했을 때 무의식중에 내가 차를 산 사실을 이 기사를 통하여 형님에게 알리고 싶어 했었던 것인지 모른다고 생각했다.

"시골 좀 가는 데 레코드 신품이 왜 필요해, 인마. 값싸고 쓸 만한 중고차가 얼마나 많은데 하필이면 제일 비싼 차를…… 너, 레코드 한 대 굴리는 데 얼마 드는지나 알아? 세금도 그렇고 기름값만 해도 다른 차 갑절은 먹혀. 네가 무슨 재벌이냐? 지방 다니려면 고속도로 통행료만 해도 얼마나 드는지 알구 있어? 지방 갈 때는 나두 고속버스 타고 다녀 인마. 그리고 차를 사고 싶으면 어머니한테라두 미리 상의를 해야지. 너, 어머니가 얼마나 화나신 줄 알아? 너한테 맡겨뒀다간 엉뚱한 짓 하느라고 다 까먹겠다구 식당도 명의를 내 앞으로 바꿔놓자고 야단이셔."

"차는 형님 차하고 바꿔도 좋아요. 뭐 꼭 레코드라야겠는 건 아니니까……"

"인마, 나도 레코드 좋은 줄 몰라서 안 굴리는 줄 아니? 유지비가 많이 들어서 그러는 거야. 어차피 물릴 수는 없는 거구, 내가 임자 찾아볼 테니까 그건 팔아치우고 꼭 차가 있어야겠으면 중고차 중에서 쓸 만한 걸 골라줄 테니까…… 그리구 어머니한테서 전화가 갈 거야. 돈도 돈이지만, 너 차 사고로 무슨 일 낼까 봐 펄펄 뛰시니까, 마음이 울적해서 샀는데 며칠만 타보구 팔아치우겠다구 말해, 알았어?"

아닌 게 아니라 형님의 전화가 끝나기 무섭게 어머니한테서 전화가 걸려왔다. 아직 점심시간도 아닌 땐데 "갈비탕 합이 셋!" 따위의 소리가 어머니의 말 마디마디 사이로 배어 나오고 있었다. 카운터에 앉아서 한 손으로는 종업원에게 선표를 떼주면서 전화를 걸고 있는 모습이 선히 보이는 것 같았다.

"엄마 태우고 관광여행이나 다니려구요."

"넋 빠진 소리 말구 오늘 당장 형한테 맡겨서 팔아치워요. 네가 운전을 언제 해봤다구…… 사람이나 덜컥 치어놔봐라. 천천히 망하려면 아편을 하구 빨리 망하려면 차를 사라구 했어. 그리구 너 은행에 넣었다는 돈 얼마 남았니? 차 사고도 많이 남았을 텐데 ……."

"없어요, 한 푼도."

"없다니?"

"다 써버렸어요, 친구들하구 술 마시느라고……."

계획했던 것도 아닌데 불쑥 거짓말을 하고 말았다. 술보다는 지난 3개월 동안 수많은 여자를 사는 데 돈을 쓴 건 사실이지만 그 액수란 100만 원 이내였고, 그것도 주로 중국 음식점에서 나온 수입으로였다. 400만 원은 아내였던 여자에게 주기 위해 그 여자 이름으로 예금통장을 만들어 내가 가지고 있던 것이다. 어머니가 물어올 경우에 대비한 대답은, 물론 내가 그렇게 말할 수 있을지 스스로 의심했지만, 그것은 "영숙이 줘버렸어요"라는 것이었다. 왜 줬느냐고 물으면 대답할 말을 준비하지 못한 채, 아마 "그냥요"라는 말이 내 입에서 튀어나오리라고만 막연히 생각해왔다. 그런데 전연 거짓말이 튀어나왔던 것이다.

"안 되겠다. 너 당장 이리 좀 오너라. 내가 자리를 비울 수는 없구. 엄마한테 지금 좀 와."

"오후에 들를게요. 어젯밤 꼬박 새우고 지금 자고 있었던 거예요. 잠 좀 자구 나갈게요."

그건 거짓말이 아니었다.

"뭘 하느라구 밤을 새? 또 고등학교 동창생이냐?"

"예, 두수라구 나두 새카맣게 잊어버리고 있던 친군데 소식을 들었다구 전화가 와서……."

"어떤 녀석이 나발을 불고 다닌대니? 이혼이 무슨 잔치 났다구 동창들한테 방을 돌리구 지랄들이라니? 결혼식 때는 코빼기도 안 내밀던 녀석들이…… 철딱서니 없는 것들…… 그럼 밤새도록 술을 마셨단 말이냐?"

"네, 그 친구 집에 가서 옛날이야기하며……."

이건 거짓말이었다. 비어홀이 끝나자 두수라는 녀석과 함께 술자리에서 짝이었던 호스티스들을 데리고 여관으로 갔었던 것이다.

이혼 이후, 생활은 전연 상상도 하지 않았던 방향에서 이상한 틀을 들고 나한테 덮쳐 나를 그 틀 속에 집어넣고 틀 모양대로 일그러뜨렸다. 상투적인 매일이었다. 이젠 이름조차 잊어가고 있는 고등학교 동창생으로부터의 갑작스런 전화. 비어홀. 여자 얘기 또는 돈벌이 얘기. 그리고 여자를 사서 호텔로 간다. 또는 호텔에 가서 여자를 산다. 마치 내가 이혼하기를 사방에서 기다리고 있었다는 듯 전화가 지긋지긋하게 많이 걸려왔다. 나 두수야, 생각 안 나니? 하긴 졸업하고 첨이니까. 아냐, 우리 훈련소에서 한 번 만났잖아! 벌써 8년이 됐구나. 자아식, 이제 생각나니? 영진이한테서 네 소식은 자주 듣고 있지. 너 뭐 이혼했다며? 나와라, 술 한잔 살게. 그리고 호기롭게 문지기가 알아주기를 기대하며, 그쪽에서 알아모

시지 않으면 자기 쪽에서 문지기의 어깨를 두드리며, 잘 있었어? 앞장서 들어가는 술집들도, 자기네 딴에서 마음을 써 일류로 데려가준 때문인지 그게 그거다. 엠파이어, 월드컵, 코스모스, 오비타운, 그리고 관광호텔들의 나이트클럽들……. 어제저녁엔 딴 녀석과 밴드석 바로 앞자리에서 마셨는데 오늘은 이 녀석과 구석자리에서 마신다. 무대에서는 텔레비전에서 본 가수들이 무식의 악취를 풍기며 슬픈 노래도 백치처럼 싱글싱글 웃으며 부르고 있고, 개그맨들은 어젯밤과 똑같은 대사를 똑같은 표정으로 씨부렁거리고 있다. 운동 부족과 영양 과다로 비만증에 걸려 있는 사내들은 넥타이 매듭과 허리띠를 헐겁게 풀어놓고 헐떡이며 맥주를 들이켜고 나서 한 손으로는 옆에 붙어 앉아 있는 호스티스의 허리를, 한 손으로는 자기의 튀어나온 배를 슬슬 어루만지고 있다. 간신히 엉덩이까지만 내려오는 원피스 유니폼을 입은 호스티스들은 자기 사내가 술잔에서 입을 뗄 때마다 땅콩이나 북어포 조각을 시니 입에 넣어주고, 가수의 노래가 끝날 때마다 눈은 딴 곳을 향한 채 무대 쪽으로 손만 내밀어 맥 빠진 박수를 친다. 사내의 손은 탁자 밑에서 아가씨의 사타구니를 더듬고, 아이, 남들이 보잖아요, 빼내는 손끝에 묻어오는 것은 냉증 특유의 썩은 냄새일 게 틀림없다. 썩은 냄새. 썩은 음부. 아내의 사타구니에서 풍겨오던 부패 그 자체. 허연 거품을 떠올리는 노랗게 썩은 술. 가슴 복판에서 시작하여 독사처럼 외줄기로 목구멍까지 치달려오는 통증마저도 상투적이다. 썩은 술이 빠르게 침투하며 상투적으로 모든 신경세포를 들

쑤시고 머리, 가슴, 불알, 무릎 관절의 모든 조직을 썩인다. 썩은 술에 의해 썩어가는 사고, 썩은 사고에 의한 썩은 감정. 상투적으로 끓어오르는 상투적인 증오. 혈관 속의 피는 검은색으로 변하고 있으리라. 인간은 행복할 자격이 있는가? 먹을 것이 부족하던 시절에는 생선 시장의 개들처럼 꼬리를 뒷다리 사이에 감아 넣고 눈을 슬프게 치켜뜨고 다니다가 형편이 좀 나아지면 발정한 개들처럼 닥치는 대로 붙을 자리만 찾아다닌다. 사람들이 결국 바라는 건 필요 이상의 음식, 필요 이상의 교미. 섹스의 가수요(假需要), 부잣집 며느리 여름철에 연탄 사 모으듯, 남의 아내건 남의 아내가 될 여자건 닥치는 대로 붙는다. 남의 사랑을 위한 빈자리를 남겨두지 않는다. 물처럼, 공기처럼, 여력만 있으면 빈자리를 메우려 든다. 인간은 자연인가? 메우고 썩힌다. 썩은 사타구니에서 쏟아지는 썩은 감정. 자리를 찾지 못한 자들의 증오. 평화가 만든 여유. 여유가 만든 가수요. 가수요가 만든 부패. 부패가 만드는 증오. 부패는 이미 시작되었으며 남은 일은 증오의 누적, 그리하여 전쟁. 전쟁은 필연적이다. 전쟁으로 모두 빼앗기고 다시 시작. 인간은 행복할 자격이 있는가? 그게 아녜요. 형편이 나아져서가 아녜요. 아내가 말한다. 그럼 뭐야. 그렇군, 형편이 더 나빠져서군. 돈 때문이니까. 우리를 지배하고 있는 건 돈이니까. 아녜요. 슬픔 때문예요. 종말에 대한 슬픔이 섹스를 만든 거예요. 마찬가지로 우리 모두를 지배하고 있는 슬픔이 우리들의 섹스를 만들어요. 사람들은 슬퍼하고 있어요. 당신이 바라고 있는 그 전쟁 때문예요. 정부에서도 신문에서도 전쟁에 대비하라고 야단들이잖아요? 내가 얘기하는 건 그런 전쟁이 아냐. 전쟁은 다 마찬가지예요. 전쟁이 나면 이번엔 아무 데도 도망갈 데가 없다는 걸 어린애까지도 알고 있어요. 지난번 전쟁보다 더 끔찍하리라는 것도 모두 알고 있어요. 우리를 지배하고 있는 것은 자본주의도 정치권력도 아녜요. 종말에 대한 불안이예요. 적개심을 돋운다고 하지만 그건 전쟁 이후에도 살아남을 수 있는 사람들을 위해서죠. 집은 불타고 자기는 죽고 아이들은 고아원으로 간다는 것쯤 누구나 알고 있어요. 슬픔이 적개심을 휩싸서 녹여버려요. 우리가 기대할 수 있는 건 적개심에 대해서가 아니라 우리의 적들에게도 불탈 집이 있고 고아원으로 갈 아이들이 있어서 우리처럼 슬퍼하고 있는지 하는 사실에 대해서뿐예요. 희망을 거는 건 인간이 독하지 못하다는 사실에 대해서뿐이죠. 그렇지만 그런 희망이 얼마나 허망한 결과로 나타나는지는 정부에서 설명 안 해줘도 누구나 알고 있어요. 그래요, 모두를 지배하고 있는 것은 슬픔예요. 그 슬픔은 특히 남자들을 사로잡고 있어요. 그 슬픔이 남자들의 윤리를 허물어뜨려요. 윤리란 미래적인 거죠. 우리에겐 미래가 없는 거예요. 그리고 허물어진 남자들이 여자를 지배하고 있구요. 그래서 모두 슬픈 거예요. 악귀 붙은 년, 악귀 붙어 미친 년. 네 주둥아리를 빌어서 아는 체 떠들고 있는 도깨비는 어떤 놈이냐? 방송극의 유치한 대사로만 꽉 들어찬 네 대가리에서 나올 수 있는 말이 아니다. 왜 화제를 나한테로 돌리세요? 옳아, 이제 보니 그동안 쭈욱 날 우습게 보고 있었군요? 가장 위해주는 체하면서, 사랑하는 체하면서. 그래 우습게 보고 있었다. 그런 줄 알고, 네 몸에 미친 놈 도깨비가 붙은 줄 알아보고 우습게 보고 있었다. 누구냐? 네 입을 빌어서 떠들고 있는 놈. 그따위 말로 널 유혹했단 말이지? 그 따위 말로 내 자리를 빼앗았단 말이지? 여자의 자물쇠는 그따위 말로 열린단 말이지? 열리자마자 문 안으로 정액을 쏟아 넣어 그 말을 네 자궁 속에 단단히 풀칠해놓았단 말이지? 우린 이제 모두 죽게 될 테니까, 하며 슬픈 얼굴을 짓고 사내들이 다가오면 네 문은 스스로 열린단 말이지? 누구냐? 이름을 대란 말야. 네 주둥아리를 통해서 말하고 있는 그놈. 아직도 네 자궁 속에 살아서 까불어대고 있는 놈. 개 같은 욕망에 시대의 구실을 붙여 널 유혹한 놈. 이름을 대. 모두 이름을 대. 몇 놈이냐? 모두 이름을 대. 개새끼야, 미친 건 네놈이야. 이젠 싫증났으면 그냥 싫다고 해. 내가 언제 처녀랬어? 내가 언제 결혼해달라구 했어? 결혼하자구 찾아다닌 건 네놈이잖아! 그냥 나가달래도 얼마든지 나갈 수 있어. 그래, 미쳤는지도 모른다. 네 자궁 속에 붙어서 아무한테나 문을 열어주는 도깨비한테 물려서 나도 미친 모양이다. 어서 이름만 대. 악귀는 제 이름을 부르면 도망치는 거다. 널 쫓아내고 싶어서가 아니다. 네 몸속의 도깨비를 쫓아내고 싶어서다. 왜 감추느냐, 왜 도깨비를 감싸고 내놓지 않느냐. 부끄러워서냐. 작은 부끄러움을 지키려고 큰 사랑을 거절하는 거냐. 널 마음대로 휘두르고 있는 건 네 몸에 붙은 도깨비야. 도깨비가 지배하고 있는 널 내가 어떻게 믿고 사랑할 수 있느냐. 토해버려라, 도깨비를 토해버려, 네 자궁 속의 도깨비를 입으로 토해버려. 널 사랑하고 싶어서 그러는 거야. 개새끼야. 진짜로 미친놈은 네놈이야. 없는 도깨비를 억지로 만들어서 날 쫓아내려구. 좋아, 나갈게. 네놈 아니면 남자 없을 줄 알구. 개 같은 년. 허연 거품을 떠올리는 누렇게 썩은 술.

아내를 처음 알게 된 것은 결혼하기 반년쯤 전, 4월 어느 일요일 오후, 부산에서 서울로 오는 비행기 안에서였다. 그 전날 오후, 부산에서 고등학교 교편을 잡고 있는 대학 동창의 결혼식이 있었다. 오전에 태종대를 구경하고 그 바닷가 바위 위에서 마신 소주 때문에 아직도 새빨간 얼굴을 해가지고 비행기에 올라 자리에 앉아 있는데 어쩐지 내 옆자리에 예쁜 여자가 앉아줄 것 같은 예감이 들었다. 예감은 기대로 바뀌어 만일 예쁜 여자가 아닌 사람이 앉는다면 나는 몹시 불쾌해질 것 같았다. 그래서 승강구 쪽에서 내 쪽을 향해 다가오는 사업가 차림의 사내들에게 나는 갑자기 날카로운 적의를 느끼며 조마조마한 마음으로 기다리고 있었다. 오르고 있는 여자라고는 대부분 남편 동반의 기름진 중년 여인들이었고 그나마도 몇 명 되지 않았다. 잠시 후에 여자대학 배지를 옷깃에 단 아가씨 두 명이 올랐으나 너무 어려 보였고 예쁘지도 않았다. 다행히 그 두 아가씨는 다른 자리에 나란히 앉았다. 그리고 잠시 후에 기다리던 여자가 나타났다. 몸매가 가늘고 얼굴 생김이 뚜렷한 스무서너 살로 보이는 여자였다. 옷차림이 다소 지나치게 화려해 보였으나 그건 휴일날 유원지에서라면 얼마든지 볼 수 있을 정도였다. 저 여자라면 하고 기대하고 있는데 다른 사람들 눈에도 예뻐

208

보이는지 그 여자가 통로를 걸어와 좌석번호를 확인하고 내 옆에 앉을 때까지 그 여자를 보기 위해 고개를 돌리고 있는 사람들이 여기저기 보였다. 특히 중년 여인들이 그랬다. 다른 사람들도 나처럼 자기 옆자리에 예쁜 여자가 앉기를 바라고 있었구나 생각하며 일정한 조건 속에선 사람들의 심리가 어슷비슷하다는 바로 그 점이 사람들을 결속시키는 것이라고 잠깐 엉뚱한 생각을 하고 있었다. 그 여자 뒤로도 몇 명의 젊은 여자가 올랐으나 그 여자만큼 예쁜 여자는 없었다. 모두가 나를 부러워하고 있는 것 같아서 나는 무표정하려고 애써도 참을 수 없이 웃는 얼굴이 되었다. 문득 많은 사람들 앞에서 발가벗고 선 것처럼 부끄러워서 웃음을 삼키려고 어금니를 깨물려 창밖 풍경을 구경하는 체했다. 비행기가 이륙하여 저녁 햇살을 받아 명암이 뚜렷한 산들이 아득히 내려다보이자, 나는 그 명암이 뚜렷한 산들과 허공에 떠 있는 몇십 명의 사람이 그려진 초현실주의 화풍의 그림을 상상으로 보고 있었다. 그리고 비행기의 실종을 상상했다. 어딘가 무인도에 내려 이 비행기를 타고 있는 사람들끼리만 한 사회를 이루고 살아야 한다면, 가만있자 남자가 몇 명이고 여자가 몇 명이지? 고개를 쭉 뽑고 그래도 안되어 엉덩이까지 들어 올려 기내의 남자와 여자 숫자를 눈으로 세어보고 있는 나를 내 옆의 여자는 이상하다는 눈으로 보고 있었다. 남자 일곱 명에 여자 하나의 비율이라는 계산이 나왔다. 결국 나는 이 여자를 다른 남자 여섯 명과 함께 가질 수밖에 없다. 아냐, 젊고 가장 예쁜 여자니까 모든 남자가 다 가지고 싶어 할 것이다. 물론 나는, 비행기에서 앉았던 대로, 운명대로 짝을 지읍시다고 주장하겠지만 보아하니 비행기 안에 앉아 있는 대부분 남자들은, 넥타이를 끄르고 양복만 벗어버리면 씨름꾼이라고 해도 정확할 만큼 정력적으로들 생겼다. 그런 주장을 하다간 우르르 달려들어 우선 나부터 처치해놓고 볼 인상들이다. 나는 아내와의 운명을 그때 벌써 예감하고 있었던가 보았다. 아니 만일 하나의 이미지가 그 이후의 운명을 유도한다면 그 비행기 속에서의 망령된 공상이 그 이후 아내를 대하는 나의 자세로 굳어졌던 것일 수도 있다.

스튜어디스가 통로를 지나가며 나의 여자에게 "안녕하세요?" 상냥하게 인사를 했을 때야 나는 말 붙일 구실을 잡을 수 있었다. "비행기를 자주 타시는 모양이죠?" 나의 여자는 긍정도 부정도 아닌 미소만 지어 보였다. "전 비행기 타보는 거, 이번이 두 번째입니다. 작년 여름방학 때 제주도 가면서 한 번 타봤구신……." "학생이시군요?" 학생이라면 동생처럼 여기고 말상대를 해주겠다는 듯 얼굴을 풀며 말하는 그 여자의 입에서 담배 냄새가 풍겨왔다. "학생은 아니지만 대학에 나가고 있습니다." "어머, 그럼…… 교수님이신가요?" "아녜요. 아직 시간강사예요, 헤헤……." 교수는 그만두고 전임강사도 아닌 자신이, 그리고 백치처럼 말꼬리에 싱거운 웃음을 흘리고 만 자신이 혐오스러웠다. "학생이세요?" 이번엔 내가 물었다. 화장이 짙은 걸로 봐서 학생은 아니라고 확신하면서, 그러나 '졸업했어요' 정도의 대답은 기대하면서. 그 여자는 눈이 부신 듯 깜박이며 나를 잠깐 응시했다. 이해할 수 없는 사태나 사람과 갑자기 부딪쳤을 때 그 여자의 눈은 그렇게 떨리고 그렇게 맑아지는가 보았다. 어쨌든 속눈썹을 떨며 내 눈을 응시하던 그 여자의 눈길은 내 운명을 결정했다. 그 순간에 나는 그 여자를 사랑해버린 것이었다. 마음과 마음의 가장 빠른 지름길은 마주치는 눈길이었구나고 생각하며 나의 술 마셔 붉은 얼굴은 더욱 붉어지며 이마로 진땀이 배어 나오기 시작했다. 그 여자의 얼굴에 갑자기 장난꾸러기 같은 미소가 번지면서 "제가 대학생 같아 보이세요?" 물어왔다. 마치 대학생 같아 보이기를 기대하는 듯. "글쎄요, 4학년쯤…… 아니, 졸업하셨죠?" 가만히 손을 올려 웃는 입을 감추며 그 여자는 재빠른 시선으로 그동안 그 여자를 곁눈질로 훔쳐보고 있던 통로 저쪽의 중년 남자를 보고 나서, 표정을 다시 의젓하게 정리했다. 그다음부터는 마지못해하는 듯 내 질문에 반응했다. "댁이 부산이세요?" "아니, 서울예요." "책 많이 읽으세요?" "…… 네." "주로 어떤 책을…… 소설 같은 거요?" "소설도 보구요……." "또?" "닥치는 대로 보죠 뭐. 그렇지만 워낙 시간이 없어서 많이는 못 봐요." "뭘 하시는데 시간이 없으세요? 공부하시느라고요? 역시 학생이군. 어느 학교 다니세요?" 그 여자는 이번엔 냉담한 얼굴로 잠깐 나를 돌아보았을 뿐이었다. 나는 머쓱해지지 않을 수 없었다. "미안합니다. 실은 미인이셔서 자꾸 말이 하고 싶네요." 그제야 미소를 띠고 얼굴은 앞을 향한 채 상반신만 내 쪽으로 약간 기울려 "저 방송국에 나가고 있어요." 남이 들을까 꺼리는 듯 속삭이는 음성이었다.

그 은근한 속삭임 때문에 나는 그 여자한테서 모든 것을 허락받은 듯한 기쁨을 느꼈다. 그러나 나는 여전히 그 여자에 대해서는 모른 채였다. 방송국에 나간다는 말을 다만 직장이 방송국이라는 뜻으로만 들었다.

"방송국에서 뭘 하세요? 아, 아나운서군요?"

"……그 비슷한 거예요."

그때 내 앞자리의 중년 여자가 의자 등받이 너머로 얼굴을 내밀고 나에게 웃음 머금은 사투리로 말했다. "보소, 듣자 듣자 하니 너무한데이. 유명한 텔레비 탤런트 한영숙 씨도 모르나, 이 답답한 양반아." 중년 여자의 말이 끝나기도 전에 주위에 왁 웃음이 터지는 걸로 보아 그동안 내가 나의 여자와 주고받은 말을 그들은 흥미 있게 듣고 있었던 모양이었다. 내가 목덜미까지 새빨개진 것은, 남들이 다 알고 있는 유명한 여자를 몰라봤다는 부끄러움 때문이 아니라 우리의 은밀한 대화를 남들에게 들켰다는 창피함 때문이었다. 텔레비전이라야 휴일날 방영해주는 외국 영화나 가끔 보는 데 지나지 않아서 나는 그 여자가 텔레비전 드라마에 출연하는 여배우란 건 전연 상상도 안 했었다. "공부만 열심히 하시는 모양이네요. 텔레비 같은 건 안 보시구……." "예, 앞으론 열심히 보겠습니다."

사실 그 후 며칠 동안 나는 그 여자의 얼굴을 보기 위해서 그 여자가 출연하는 드라마 시간이 되면 텔레비전 수상기 앞에 앉곤 하였다. 역할을 위한 분장 탓인지 화면 속의 그 여자는 내가 본 그 여자와는 다른 것 같아서 안타까움을 느꼈다. 국민학교 때 아동극에 출연한 같은 반 계집애가 야단스런 화장을 했을 때 느낀 그 서먹서먹함과 앙증스럽게 귀엽던 기억이 났다. 비행기 안에서 그 여자를 돌아보던 사람들의 표정이 이제 보니 아동극의 소녀를 바라보던 국민학교 때의 나의 표정이었다는 걸 깨달았다. 관심을 갖고 보니 여배우들의 사생활에 대한 소문도 내 귀에 많이 들어왔고, 사람들의 화제를 대부분 차지하고 있는 것이 뜻밖에도 바로 여배우들의 사생활에 관한 것이라는 것을 알았고, 그리고 그것은 스캔들을 취급하는 신문이니 잡지들이 사회적 존경을 유지시킬 필요가 있는 직업이나 계층의 사람들의 스캔들을 취급할 힘을 바로 그 사람들에 의해서 빼앗기고 있고 또 그 사람들이 오직 단 하나의 문, 여배우나 가수 등 대중의 휴식에 봉사하는 계층의 스캔들을 취급할 수 있는 문만 그 여론 도구에게 열어주고 있기 때문이라는 것을 알게 되었고, 그리고 사람들이 여배우의 스캔들에 관심을 갖는 것은 그 여배우 자신에 대한 호기심 때문이 아니라 그 여배우를 통해서나 엿볼 수 있을 것 같은 자기 시대의 감춰져 있는 부분에 대해서라는 것도 알게 되었다. 그러나 아무것도, 화면 속의 그 여자도 여배우들에 대한 해괴한 소문도 내 속에 들어와 박혀 있는 그 여자의 눈을 빼내지는 못했다. 숨결이 내 뺨에 와 닿을 만큼 가까운 거리에서 어리둥절해서 깜박이며 내 눈을 빤히 들여다보던 그 눈. 그 눈이 어딜 가나 나를 따라다녔다. 어느 날 나는 문득 내가 그 여자에게 결혼 신청을 해볼 수도 있다는 아주 간단한 사실을 깨달았다. 그러자 그 여자가 승낙하리라는 확신이 들었다. 왜냐하면 그것은 운명이니까. 지금 그 여자에게 결혼하기로 약속한 남자가 있다고 하더라도 그 여자가 그 약속을 취소하고 나와 결혼할 것이 틀림없다. 왜냐하면 운명이니까. 그런 생각이 든 다음 날 나는 방송국 근처의 다방에서 그 여자에게 전화를 했다. "녹화중이어서요"라고 말하는 그 여자의 얼굴은 분장 때문에 진짜 아동극의 소녀 같아서 나는 웃음이 나왔다. 그 자리에서 나는 우리 집에서 한번 저녁 대접을 하고 싶다고 말하고 사흘 후에 오겠다는 약속을 받았다. 우리 집이란 어머니와 나와 가정부가 쓰고 있는 살림집을 말함이었다. 음식은 어머니가 경영하는 식당에서 준비를 해가지고 종업원이 차로 날라왔다. 형님 집에서 형수와 조카들이 여배우 구경을 하러 왔다. 저녁 식사 후 내 서재에서 나는 내가 느끼고 있는 그 여자와 나와의 운명에 대해서 얘기했다. 결혼은 아직 생각해본 적이 없다는 대답이었다. 지금 자기 머릿속을 자시하고 있는 깃은 여배우로서의 성공뿐이라는 것이었다. 누군가 그 여자로 하여금 한 남자만의 소유가 되는 것을 가로막고 있다는 것을 그 여자의 말 속에서 나는 느낄 수 있었다. 그 누군가는 자기의 꿈이라고 그 여자는 말했지만 수녀가 되는 여자들에게도 천주(天主)에 봉사하기를 부추기는 사람이 있는 것이다. 마침내 그 여자는 그것이 자기 집의 가난이라고 실토했다. 아버지, 어머니, 네 명의 동생들이 그 여자 수입에 의존하고 있는 것이었다. 결혼을 해줄 수 없지만 좋은 친구는 돼주겠다고 그 여자는 말했다. 내가 그 여자에게 결혼

신청을 했다는 사실을 나중에 알고 어머니와 형님은 어처구니없다는 표정이었다. 형수만이 그럴 수도 있는 거죠 뭐 하고 말했다. 결국 나는 그 여자의 친구로 지낼 수밖에 없다고 각오하게 되었고 그러나 남자와 여자 사이의 친구란 아무것도 아니란 걸 깨닫고, 이젠 방송국 근처 다방에도 그만 나가겠다고 생각할 무렵 갑자기 그 여자가 결혼을 승낙했다. "욕심쟁이!" 나에 대한 그 여자의 그 말이 나와 결혼할 것을 결심한 이유라는 것이었다. 나는 무슨 뜻인줄 몰랐다. 나는 나의 그 여자에 대한 전인격적 사랑을, 완전한 소유욕을 그 여자가 그렇게 표현한 것이라고만 생각하고 자랑스럽게 웃었다. 다른 남자들이 그 여자의 음부만으로 만족하고 그 여자의 나머지는 그 여자 자신의 소유로 인정해버리는 데 비교된 표현이라고는 생각하지 못했다. 그 여자가 말하는 '친구'라는 것이, 가방을 든 채 어슬렁어슬렁 방송국 근처 다방으로 가서 차를 시켜놓고 그 여자를 기다리는 동안 남의 웃음거리나 되는 것이 아니라는 걸 몰랐다. 결혼식 때까지도 나는 그 여자에게 처녀막이 있는지 없는지에 대해서는 한 번도 생각해보지 않았다. 결혼을 안 한 여자니까 처녀일 것은 당연했다. 갑자기 닥친 결혼식을 앞두고 허둥지둥 병원으로 달려가 정충 검사를 해본 것은 나였다. 군대 시절, 부대 근처 마을의 한 술집 아가씨와 다섯 번 성교를 했는데 그때 성병에 걸렸던 것이었다. 부대의 의무실에 입원까지 해가며 치료를 받아 완치된 줄은 알고 있지만 막상 결혼을 앞두고 보니 그 악독한 병균이 혹시 미세한 하나라도 내 몸속에 남아 있을까 봐 불안해서 견딜 수 없었다. 아내 이전에 여자 경험이라고는 병을 옮겨준 그 아가씨가 유일한 것이었지만 그마저도 나는 아내 될 여자에게 죄스러웠다. 결혼식만 치르고 나면 기회를 보아 그 일을 고백하고 용서를 구하리라고 작정하고 있었다. 서귀포의 호텔에서의 첫날 밤 신부가 처녀가 아니기 때에 당황한 것은 아내가 아니라 나였다. 처녀가 아닌 점에 대해서는 아내는 한마디 설명도 없었다. 거짓으 로라도 아픈 체해줬더라면 좋았을 것이다. 아니 아픈 체해보려고 시도는 하는 것 같았다. 그러나 스스로 멋쩍었던지 금방 그런 거짓 표정을 지워버렸다. 아내와의 최초의 행위가 끝났을 때 나는 내가 신부의 비처녀(非處女)를 전연 알아채지 못한 듯 구느라고 소란을 피웠다. "아팠지? 처음엔 되게 아프다던데?" 이마, 뺨, 닥치는 대로 키스를 해대고 손으로 아내의 배를 쓸어주고 하며 고통을 위로해 주는 듯 호들갑을 떨었다. 실제로 나는 그토록 소원했던 여자와 알 몸으로 껴안고 있게 된 기쁨에만 휩싸여 있었다. 처녀가 아니기 때 문에 당황했을 뿐이지 아직 실망하거나 화가 나지는 않았다. 호들 갑을 떨고 있는 나를 그 여자가 내가 잊을 수 없는 그 눈으로 꽤 오 랫동안 보고 있었다. 어리둥절하여 깜박이며 내 눈을 빤히 들여다 보는 그 눈. 나중에야 나는 그 여자에게 고백시켜 그 여자를 정화 시킬 수 있었던 기회는 바로 그때였다고 깨닫게 되었지만 어떻든 그 눈 표정이 바뀌었을 때 그 여자의 자궁 속에서 나갈까 말까 망 설이던 도깨비는 도로 자궁 속 깊이 들어가버린 것이었다. 그 눈앞 에서 고백을 시작한 건 오히려 나였다. 부대 근처 마을의 술집, 염소처럼 눈동자가 노랗던 아가씨, 성병, 결혼식을 앞두고 대학병원에서 완전무결하다는 진단을 받았다는 얘기까지 했다. 성병이라는 얘기를 할 때 그 여자는 치가 떨리는 듯 몸을 웅크리며 돌아누우려 했다. 황급히 어깨를 끌어안아 내 쪽으로 돌려놓고 아내를 안심시키기 위해서 부대 의무실에서의 치료 과정을 기억나는 한 상세하게 설명했다.

"용서해줘, 용서해줄 수 없어?" 용서한다는 듯 아내는 내 목을 끌어안았다. 그리고 욕실에 가서 아랫도리를 다시 씻고 오라고 했다. 욕실에서 돌아오자 나를 침대 위에 반듯이 눕게 하고 아내는 엎드려서 나의 벌레처럼 줄어든 남성을 입에 넣고 애무하기 시작했다. 내 남성은 그 어느 때보다도 크게 발기되고 있었지만 그러나 내 몸을 적시기 시작하는 것은 관능의 쾌감이 아니라 슬픔이었다. 아내는 아직 용서받은 것이 아니었다. 그런데도 그 여자는 모두 용서받은 듯이 굴고 있는 것이었다. 성기에 입을 대는 것이 성병에 걸렸던 나를 용서한다는 의식이라고 그 여자는 생각했는지 모르지만 나는 외국에 다녀온 친구가 언젠가 슬그머니 보여주던 포르노 사진의 그 비속(卑俗)의 극치를 기억하고 그런 대담한 행위를 첫날밤에 보여줌으로써 아내가 자신의 추잡한 과거를 인정하도록 나에게 강요하고 있는 것이라고 생각했다. 나는 인정할 수가 없었다. 아내가 잠든 후 나는 이불을 걷고 아내의 음부를 들여다보았다. 난생 처음 보는 음부의 추악한 모습에 나는 구토증을 느꼈다. 그것은 악마에게 강요당하여 아내가 할 수 없이 몸에 차고 다니는

주머니인 것만 같았다. 4박 5일의 신혼여행을 끝내고 서울로 돌아왔을 때 나는 성기에서 이따금 찌르는 듯 스치고 가는 통증을 느꼈다. 병원에 가보니 잡균의 침입으로 생긴 요도염이었다. 이것만은 모른 체해도 좋은 일이 아니었다. 아내는 자신은 아무렇지 않다고 했다. 냉증은 어느 여자에게나 있는 것이라고 했다. 나의 성병이 재발했을 것이라고 우기며 새삼스럽게 구토증을 느끼는 듯 목줄기에 손을 대고 침을 뱉어내었다. 어쨌든 아내와 나는 사이좋은 유치원 아이들처럼 나란히 병원엘 다녔다. 그렇다. 부부란 함께 병을 고치기 위해 만난 남자와 여자다. 나는 그렇게 생각했다. 그러나 변기에 앉아 핏덩어리를 쏟고 있는 아내를 병원으로 데려가, 태아의 자연유산임과 의사의 입에서 아내의 인공유산의 경험이 많음을 알고 났을 때 이제부터 아내는 나에게 도깨비들이 실컷 뜯어먹다 싫증이 나서 던져준 썩은 고깃덩이에 지나지 않았다. 그렇다고는 하지만 늦지는 않았었다. 그 여자가 입으로 그 도깨비들을 토해줬더라면. 그러나 아내는 드라큘라에게 목덜미를 물린 여자였다. 지방에서 양조업을 하고 있는 고등학교 동창생이 오랜만에 서울에 온 김에 친했던 몇 명의 친구를 불러 근사하게 한잔 사겠다고 간 후암동의 어느 은밀한 방에서, 캘린더 촬영 때문에 늦겠다고 전화했던 아내가 다른 호스티스들과 함께 들어왔을 때 나는 이제껏 그 여자가 빠져나오지 못하고 있는 세계의 두꺼움을 감히 짐작조차 할 수 없었다.

거품처럼 끓어오르는 증오. 너 이런 데 왜 나왔어? 돈 때문이죠.

돈은 누가 주지? 돈 가진 남자가 주지 누가 줘요. 남자는 왜 너한테
돈을 주지? 즐겁게 해줬으니까 주지 왜 줘요. 즐겁다는 반대말은
슬프다. 역시 그런가? 갖가지 친구들의 갖가지 충고. 그러니까 일
찍일찍 하나라도 많이 주워먹는 거야. 여편네는 어차피 처녀가 아
닐 테니까. 나라고 가만히 있을 수 있니? 자기가 터뜨린 처녀가 하
나만 있어도 좋아. 여편네 생각하고 화가 날 때 나도 처녀 하나 먹
었으니까 하면 되니까. 많이 먹을수록 좋아. 그 기억만으로 충분히
위로받을 수 있어. 여편네의 용도는 어차피 다른 거니까. 인간은
도대체 행복을 바라고 있기나 한가? 개새끼들. 너희들이다, 아내
의 자궁 속에 달라붙어 있는 슬픈 얼굴의 도깨비는. 다시 만나 살
라구. 이혼한 여자는 불쌍한 거야. 여자란 처녀인 체 속일 수 있는
동안 꼿꼿할 수 있는 거야. 속일 수도 없게 됐다는 점 때문에 이혼
한 여자는 절망하는 거지. 여자가 한번 절망하면 얼마나 자기를 더
럽게 내돌리는지 넌 모르지? 불쌍하지도 않니? 개새끼들. 불쌍하
다는 말 속에서 축축한 욕망이 엿보인다. 그래, 이혼한 여자란 처
녀가 아니다. 처녀가 아니니까 외설스럽다. 길에서 내 아내였던 여
자를 만나게 되면 너희들은 그 여자의 아랫배부터 볼 게 틀림없다.
난 처음부터 그럴 줄 알았어. 네가 여배우하고 결혼했다는 소문을
들었을 때부터 앞날이 훤히 보이더군. 우선 여배우란 직업은 일종
의 사업이야. 가정이란 것도 하나의 사업이구. 한꺼번에 두 가지
사업을 둘 다 잘 경영한다는 건 힘든 거야. 결혼할 때 그 직업은 그
만두게 해야 했어. 네 와이프는 화가지? 달라, 여배우란 특수한 직

업이야. 그 육체 자체가 대중의 소유야. 여배우 자신이 그걸 잘 알고 있어. 대중의 소유물을 너 혼자 독점하려면 대중들이 그 여자에게 줄 수 있는 것 이상을 네가 줄 수 있어야 해. 대중들이 부러워할 명예라든가 어마어마한 돈이라든가 그 여자가 무슨 짓을 하든지 얼마든지 용서할 수 있는 사랑이라든가. 비싼 창녀란 말이군. 남편은 기생의 기둥서방이 되란 거구. 여자 중의 여자란 말이지. 모든 여자란 규모가 크고 작을 뿐 다 그런 거야. 만족의 한계가 좁달 뿐 아무리 평범한 여자도 다른 남자가 주는 것 이상을 줄 때 독점할 수 있는 거야. 남녀 관계란 근본적으로 경제적 관계야. 남자끼리의 관계만 사상적 관계지. 부자와 가난뱅이도 같은 취미로써 친구로 지내거든. 말 잘했다. 내가 증오하는 것은 너희 남자들 그 경제 구조를 엉망으로 만드는 사상 구조. 아이를 빨리 만들지 그랬니? 아이란 우리들의 신이야. 인간적인 사랑이란 삼각형의 관계 형식 속에서만 가능하다구 생각해. 한 꼭지점에는 남자, 또 한 꼭지점엔 여자 그리고 또 한 꼭지점엔 신이 있어야 하는 거야. 남자와 여자가 함께 바라보는 신이 있을 때 추잡한 거래 관계를 벗어날 수 있는 거야. 신이 없는 두 꼭지점만의 남자와 여자의 사랑이란 이기적으로 무한히 탐욕적인 동물적인 사랑에 지나지 않아. 어느 한 편이 상대를 잡아먹고서야 끝나는 투쟁에 지나지 않아. 끝나도 괴로운 투쟁이지. 왜냐하면 상대를 잡아먹어버렸으니 남은 건 고독한 자기란 말야. 신이 있으면 달라. 신에게는 남자도 여자도 다 있어줘야 한다는 걸 알고 남자와 여자는 진실로 평등하게 상대를 존중하게 되지. 서양 사람들에게는 그 신이 있지만 신이 없는 우리들에겐 자식이 그 신 노릇을 하는 거야. 물론 그 신이 불변하고 영원한 하나의 신이 아니라 변하고 일시적이고 수많은 신이기 때문에 우리가 만드는 삼각형은 불완전한 삼각형이고 너무나 많아서 충동하기 쉬운 다신교라고 해야 하겠지만 어쨌든 남자와 여자 사이에 추잡한 동물적 사랑이 아닌 숭고한 인간적 사랑을 최소한이나마 가능하게 해주는 거야. 신이 인간을 구제한다면 아이들이 우리를 구제해주고 있는 거야. 아이를 빨리 낳았더라면 네 부부가 파경을 당하진 않았을 거야. 네 부인도 달라졌을 거구. 그랬을지도 모르지. 그러나 도깨비가 붙어 있는 것은 자궁. 유산 경험이 많으시군요. 습관성 유산입니다. 전쟁이 나면 고아원에나 가게 될 아이, 안 낳으면 어때요? 나의 자리를 오염시킨 놈들은 누구냐. 철저히 불완전하고 위선적인 삼각형. 바로 너의 논리에 의하여 부정당해야 할 너의 주장. 아이는 신이 될 수 없다. 아이는 언제까지나 아이로 있는 게 아니다. 아이를 갖지 않은 어른들, 아이를 잃어버린 어른들이 된다. 내 것이어야 할 아내의 처녀를 도둑질한 놈은 20대 미혼 청년이었고 아내를 돈으로 유혹한 놈들은 장성해버려 이젠 자식이라고 하기 어려운 자식을 가진 50대 사내들이었다. 부모에겐 신이 되고 스스로는 악마인 두 가지 얼굴의 신은 신이 아니다. 탐욕적인 청춘, 이기적인 중년, 발기되는 노년들이 물처럼 공기처럼 빈자리를 메우려 드는 세계. 우리의 삼각형은 그들 틈에 우글쭈글 뒤틀려 잠시 끼어 있을 뿐. 상투적인 저녁이었다. 이름조차 잊어가고 있던 동창생으로부터 갑작스런 전화. 소문 들었다. 술 살게 나와라. 여자 얘기 또 돈벌이 얘기. 인마, 마셔, 마시고 잊어버려. 버스하구 여자는 5분만 기다리면 오는 거야. 야, 오늘 저녁 너 이 손님 잘 모셔. 내가 왜 돈 벌려고 악착 떠는 줄 아니? 이런 친구 위로해 주려구 그러는 거야. 너 팁, 평생 잊지 못하도록 줄 테니까 잘 모셔야 해. 이 친구, 너무 순진해서 여편네한테 구박받은 몸이니까 네가 인생 공부 좀 잘 시켜드려. 어머, 탤런트 한영숙이 남편이에요? 야, 너 여편네 덕 단단히 보는구나. 나중엔 이혼할망정 나두 탤런트하구 결혼할걸. 맙소사.

이혼 이후, 이혼의 충격으로 멍해 있을 때 생활은 엉뚱한 방향에서 이상한 틀을 가지고 나를 덮쳐 나를 그 틀 속으로 밀어 넣었다. 곡마단의 객석에서 무대 위로, 술의 늪으로, 음모(陰毛)의 숲으로 나는 그것들의 부력(浮力)에 나의 존재를 떠받치도록 맡기고 있었고 그래서 나라고 네가 생각하고 있던 이전의 나로부터 점점 멀어져갔다. 물론 이건 내가 아니라고 생각했지만 그전에도 항상 이건 내가 아니라고 생각하며 살았었다. 이건 내가 아니고 이전의 내가 나라고 한다면 이전의 나는 그 이전의 나를, 그 이전의 나는 그 이전의 나를…… 그리하여 나는 무(無)이어야 할 것이다. 그러므로 이건 내가 아니라고 하는 바로 내가 나임을 나는 안다. 어느 때가 돼야만 이건 나라고 할 수 있을 것인가! 그건 꿈속의 꿈임을 나는 안다. 나는 이전의 나로부터 멀어져감으로써 아내 쪽으로 가까워지리라 기대하고 있었다. 그러나 아무리 떠내려가도 가까워지는 것은 아무것도 없었다. 아내나 친구나 그리고 내가 알고 있던 모든 사람들과 이전의 나는 그때의 그 관계대로 어느 시점에서 영화의 정지된 화면처럼 멈춰서 지나가버린 시간의 땅 위에 남겨진 채로 나 자신에게조차 전연 낯선 나만이 낯선 여자들과 함께 가까워질 아무것도 발견하지 못한 채 캄캄한 바다로 떠내려가고 있었다. 그 어두운 바다는 전연 다른 법칙으로서 역시 상투적이었다. 타인끼리만 지키는 캄캄한 법칙의 바다였다. 그런 바다에서 어떤 변화를 기대하거나 시도하는 것은 위험했다. 육지에서 변화를 기대하는 자는 잠시 얕은 바다에 뛰어들면 되지만, 되돌아가고 싶은 육지도 없이 바다의 부력에만 존재를 맡기고 떠내려가는 자가 변화를 시도하려면 물속 깊이 빠져버리는 수밖에 없다. 바다 밑에서 딴 세계가 기다리고 있을지도 모른다. 그러나 거의 그것은 죽음일 것이다. 캄캄한 부력은 그런 위험한 시도로부터도 나를 떠받치고 있었다.

그리하여 나는 지난 3개월 동안 60명 이상의 여자와 관계했다. 세면(洗面)이 일과의 하나이듯 성교 역시 일과의 하나였다. 매번 다른 여자라는 사실은 매일 낯선 지방으로 여행하는 것과 흡사했다. 빨리 통과해버리고 싶은 여자가 있었고 며칠이고 머물고 싶은 여자가 있었다. 그렇다. 그것은 여행이었다. 가는 곳마다 고향과 비교해보듯 여자마다 아내와 비교해보곤 했다. 그러나 모두가 고향과 닮았으나 아무 데도 고향은 아니듯 모두가 아내를 닮았으나 아내는 아니었다. 실제로 며칠이고 머물고 싶어 붙잡은 여자도 마침내는 비용만 축낼 뿐 어느 순간에선가 역시 타향이라는 깨달음만 안겨주는 것이었다. 나의 타향을 자기의 고향으로 가진 사람들이 있듯 나에겐 타인인 그 여자들을 고향으로 갖고 있는 남자들이 있다는 사실도 알 수 있었다. 몇 개의 마을을 지나치는 동안 배치가 다르고 가꿈이 다르고 규모가 다를 뿐 결국 모든 곳이 집과 길과 숲과 냇물 등으로 이루어져 있음을 알게 되듯 그 마을의 생활속으로 들어갈 수 없고 또 뻔해서 들어가기도 싫은 여행자에게는 여행의 시작에 느꼈던 기대와 흥분도 이내 잃어버리고 지저분하나마 익숙한 고향 거리에 대한 향수만 짙어갈 뿐이었다. 마침내 향수의 고통으로써 허전한 여행자는 아무리 잘 꾸민 도시에서도 지저분한 고향의 모습과 닮은 구석을 발견했을 때만 우두커니 발길을 멈춘다. 마을마다 역사가 다르듯 살아온 얘기가 다르고 마을마다 주민이 다르듯 사소하나 친밀한 생활을 함께하는 사람들을 따로 갖고 있는 그 모든 여자들과 나의 아내가 공통되는 것은 오직음부뿐이었다. 첫날밤 아내가 잠든 후에 살그머니 들여다보고 그부분만은 악마의 솜씨로 만들어졌다고 생각하며 구토증을 느꼈던그 음부만이 이제는 가장 사랑스럽고 가장 소중한 고향의 모습이었다. 눈만 뜨면 내 사고의 초점은, 강력한 모터로 움직이는 기계처럼 아무리 멎게 하려 해도 억센 힘으로 내 의지를 밀쳐내버리며 자동적으로 한 점으로만 집중하며 나를 목마르게 하는 나날이 시작되었다. 여자의 음부로만, 오직 여자의 음부로만. 눈만 뜨면 내앞에 마주 서는 이미지는 여자의 육체에서 떨어져 나와 혼자서 꿈틀거리고 느끼고 생각하고 울고 잠드는, 알맞은 볼륨을 가진 생명체, 음부였다. 그 이미지와 함께 있는 동안만 나는 살아 있었다. 그 밖의 모든 일과 시간, 책을 보는 것도 친구와 만나는 것도 물건을 사는 것도 나에게는 무의미한 것이었다. 그 이미지의 실체를 만나려 나는 여자를 불렀다. 그러나 그때마다 만나는 것은 자기의 소중한 음부를 더러운 노예처럼 학대하며 사타구니에 차고 다니는 잔인할 만큼 이기적인 타인들뿐이었다. 음부를 제거하고 나면 여자란 정말 경멸할 만큼 하잘것없는 것이다. 아아! 저 훌륭한 생명체가 왜 여자들의 노예로서 끌려다녀야 하는 것인가! 여자가 떠나간 다음에야 그 생명체는 서서히 여자로부터 분리되어 확대되면서, 내 앞에 마주 서는 것이었고 다시 나를 안타깝도록 목마르게 하는 것이었고 그래서 나로 하여금 또 여자를 부르게 하는 것이었다. 하루에 여섯 명의 여자를 차례차례 데려오게 한 날도 있었다. 이제 나는 알고 있었다. 아내가 나의 아내인 동안에 다른 사내들이 내 아내한테서 얻을 수 있었던 것은 음부를 더러운 노예처럼 학대하는 노예 상인의 잔인한 얼굴뿐이었다는 것을. 또한 나는 이제 알고 있었다. 음부란 물론 그 자체로서 소중한 것이긴 하지만 아내와는 아무런 관련이 있을 수 없는 독립된 생명체라는 것을. 음부는 아내가 아니었다. 다만 아내가 내 곁에 있을 때 항상 데리고 있으면 충분한 그 무엇이었다. 그런데 아내는 항상 내 곁에 있었던가? 그렇다. 아내는 나를 속이면서까지 항상 내 곁에 있으려고 했었다. 이제 나는 물체(物體)의 세계를 들여다본다. 중요한 것은 '있다'는 것이다. 의혹과 질투의 고통은 '있지 않다'는 것에 비하면 하잘것없는 것이다. 그러므로 그 여자가 나의 아내로 있는 동안 '친정집을 도와주기 위하여' 나 모르게 저질렀던 매음 행위는 무시해도 좋으리라. 그것이 법률이나 사회 윤리에 저촉되는 짓이라고 비난하지는 말자. 법률이나 사회 윤리 같은 건 개나 처먹어라. 그것은 만화 속의 경찰처럼 도둑이 아니라 쫓고 있는 피해자를 소란 피운다고 쫓고 있을 뿐이다. 그렇다고는 하지만 지금도 여전히 그 여자가 내 곁에 있지 않았었다는 믿음이 씻어지지 않는 것은 무엇 때문인가? 왜 나는 첫날밤부터 그 여자가 내 곁에 있지 않다고 믿어버렸던가? 내가 그 여자에게 바랐던 것은 무엇이었는가? 그것은 아무래도 가장 단순하고 가장 불가능한 것, 내가 그 여자의 최초의 남자가 아니라는 것뿐이다. 그 여자의 나와 알기 이전의 과거까지 소유하고 싶은, 불가능한 욕망 때문에, 음부와 그 여자를 분리시켜봐도 여전히 그 여자는 부재(不在)인 것이다. 그러나 과거를 소유한다는 것이 과연 불가능한 것일까. 결혼하는 남자와 여자기 서로 가져가는 것은 결코 가구나 패물만이 아니다. 자기들의 모든 과거를 짊어지고 만나는 것이다. 친정 식구들마저도 그 여자의 과거로서 남편에게 가져가는 것이다. 이미 돌아가신 할아버지 할머니마저도 얘기라는 수단으로써 짊어지고 가는 것이다. 마땅히 아내는 과거의 연장인 처녀막을 가지고 오든지 아니면 죽은 할아버지처럼 과거의 남자를 구화(口話)를 통해서 데려다봐야 할 것이다. 그런데 하고 나는 고개를 갸웃거린다. 밤의 파도 위에서 만난 수많은 여자들에게 나는 그 여자들이 최초의 처녀를 상실했을 때의 사정을, 상대 남자를, 때와 장소를, 그 일이 그 여자에 끼친 영향 등을 묻곤 했다. 그리고 망설이면서 또는 거리낌 없이 그 여자들이 묻는 대로 자세히 얘기를 할 때 나는 과연 그 여자들이 과거를 짊어지고 나한테 왔다는 느낌이 들었던가? 오히려 반대로, 얘기를 하고 있는 동안 그 여자들이 당당한 걸음걸이로 과거를 향해 떠나버리는 것을 보지 않았던가! 그 여자의 과거는 내 손에 잡았지만 그 여자 자신은 내 손에서 빠져나가버리곤 하지 않았던가. '있다'는 것이 중요한 물체의 세계와 과거마저 소유하고 싶은 욕망은 동시에 성취될 수 있는 것인가? 아무래도 그것은 내 소유욕을 유발시키는 과거가 아내에게 없었어야 했고, 그것은 불가능한 것이었다.

차가 도착한 것은 오후 3시쯤이었다. 차임벨 소리에 현관문을 열어보니 이 기사가,

"백마가 아주 늘씬합니다. 고분고분 말귀도 잘 알아듣구요."

나는 흰색으로 주문해놓고 있었던 것이다. 이빨을 닦던 중이라 칫솔을 입에 문 채 베란다로 나가서 차를 굽어봤다. 하얀 차체가 눈에 들어오는 순간 나는 현기증을 느끼며 비틀거렸다. 고등학생일 때 공중목욕탕에서 칸막이 사이로 우연히 눈에 뜨인 여자의 알몸을 보았을 때도 머릿속의 모든 것이 기화(氣化)하여 순식간에 새어나가버리는 듯한 현기증을 느꼈었다.

"자, 어서 한번 밟아보세요."

이 기사의 재촉에도 불구하고 나는 우두커니 차를 내려다보고

있었다. 아니 차를 보고 있는 게 아니라 내 앞에서 자꾸만 확대되고 있는 공간과 시간을 넋 놓고 바라보고 있었다. 그것은 허공처럼 무색(無色)으로 확장되며 나에게 묻고 있었다. 넌 도대체 이 차를 가지고 어쩌겠다는 거냐? 무얼로써 이 공간과 시간을 채우겠다는 거냐?

어쩌겠다는 계획이라고는 하나밖에 없었다. 차를 가지게 된 날 준비해뒀던 예금통장을 아내였던 여자에게 갖다주겠다는 것이었다. 우리의 재산을 공평하게 분배함으로써 비로소 나는 아내였던 여자에게 마음의 빚을 갖지 않을 수 있다고 생각했다. 나는 차를 샀는데 너도 사고 싶은 거 사렴. 아파트를 위자료로서 자기한테 줬으면 하던 아내의 눈치가 항상 마음에 걸려 있었던 것이다. 아니다, 나는 제의하고 싶었던 것이다. 우리 시험 삼아서 이제부터 새로 시작해보지 않겠어? 되면 되고 안 되면 제자리지. 자, 나도 이만하면 준비가 된 것 같은데.

이 기사를 옆에 태우고 신호가 열리는 길이면 아무 데로나 닥치는 대로 차를 몰며 시운전을 했다.

"불안할 때는 곧 길 옆으로 비켜서 차를 세우세요. 억지로 참으면 사고가 나요."

말하는 이 기사를 형님 집 근처에 내려주고 나는 방송국으로 향했다.

내가 맨 처음 찾아갔을 때처럼 아내였던 여자는 분장한 모습으로 다방에 나왔다. 싸우고 헤어진 남편 대접을 해주기 위해 침통한 표정을 짓느라고 안간힘을 쓰고 있는 게 분명했다.

"나 차 샀어."

말하자마자 그 여자는 언제 침통했더냐는 듯이 표정을 활짝 걷어버리고 깜짝 반가운 음성으로,

"정말? 어디?"

보고 싶다는 듯 고개를 다방 입구 쪽으로 돌렸다. 아내만 아니라면 얼마나 사랑스러운 여자일까 하고 나는 생각했다.

"태워줄게, 시간 있으면⋯⋯."

"지금은 안 되구, 구경이나 해요."

우리는 주차장으로 향했다. 가는 동안 나는 팔짱을 껴주지 않는 여자를 바싹 곁에서 느껴야 하는 고통에 시달렸다. 이따금 그 여자의 팔과 부딪치곤 하는 내 왼팔이 어깨에서 손끝까지 마비된 듯 무거웠다. 안방에서 식탁 앞까지 가는 동안에도 팔짱을 끼곤 하던 여자였다. 애정의 몸짓이라기보다 그 여자의 버릇이었다. 여자 친구와 걸을 때도 으레 팔짱을 끼곤 했다. 역시 의식하고 있구나. 그렇게 생각하니, 내가 운전하는 차로 그 여자를 방송국에 데려다주고 데려오겠다고 얘기하던 시절이 안타깝도록 그리워지고 그 여자에게 차 구경을 시킨다는 것이 잔인한 일 같았다.

"어머, 레코드네!"

내 차 앞에서 탄성을 내지르는 그 여자를 보고서야 나는 내가 가장 비싼 차를 구입한 이유를 처음으로 알았다.

"왜 흰색으로 했어요? 안방마님이 타는 차 같잖아요."

"나도 모르겠어. 괜히 하얀색이 좋아 보여서…… 잠깐 차에 타지."

"안 돼요. 7시까진 계속 녹화예요. 차 태워주고 싶으면 7시 반쯤 오세요."

"아니, 차 타구 어디 가자는 게 아니구 잠깐 할 얘기가 있어."

"그럼 다시 다방으로 가요. 이혼한 줄 다 아는데 차 속에 다정하게 앉아 있으면 남들이 웃어요."

"그럼 여기서 말하지."

나는 예금통장과 그 여자의 이름을 새긴 도장을 건네줬다.

"이게 뭐예요?"

"아파트를 팔았어. 우리 둘이 나눠 갖는 거야. 난 이 차를 샀어. 내가 좀 더 많이 가졌지만 받아줘."

통장을 받아들고 있는 그 여자의 손이 가늘게 떨고 있었다. 진실로 침통한 표정이 그 여자의 분장을 헤집고 새어 나왔다. 고통을 참고 있는 관자놀이를 보자 나는 울부짖으며 그 뺨을 후려치고 싶은 충동을 느꼈다.

잠시 후에 그 여자는 사색이 끝났다는 듯 미소를 띠고,

"위자료군요?"

이제야 이혼을 실감하겠다는 듯 말했다.

아냐, 위자료가 아냐. 너한테 위자료 같은 걸 받을 권리는 없어. 이건 유혹하기 위한 선물이야. 이제부터 다시 시작해보자고 유혹하는 뇌물이야. 나는 그렇게 말하고 싶었으나 그 말들은 지렁이 떼처럼 덩어리로 엉켜서 가슴속을 굴러다닐 뿐이었다.

"지나놓고 보니 위자료 같은 거 안 받아서 얼마나 다행이었는지 모른다고 생각했는데…… 결국 나는 나쁜 여자가 되는군요…… 잘 쓰겠어요."

"저어…… 나…… 영숙이 아파트로 가끔 놀러 가도 되겠어?"

어리둥절한 표정으로 그 여자의 눈이 깜박거리며 내 눈을 빤히 응시했다. 비행기 안에서처럼, 비처녀를 감춰주느라고 호들갑을 떨고 있는 나를 바라보던 첫날밤처럼. 그렇다, 이 여자가 저런 눈이 될 때마다 우리의 관계는 새로운 국면을 맞이하곤 했던 것이다. 자, 무슨 일이 생길 것인가?

갑자기 그 여자의 한쪽 콧구멍에서 검붉은 피가 한 줄기 흘러내렸다. 호주머니를 뒤졌으나 내 호주머니 속에 손수건 따위가 있을 리 없다.

"고개를 젖혀."

손을 가져가려 하자 그 여자의 음성이 쇳소리를 냈다.

"손대지 말아요."

방송극의 대사처럼 그것은 평범한 일상의 음색이 아니었다.

"잠깐 고개를 젖히고 있어."

나는 약솜을 사기 위해 주차장 건너편에 있는 약방으로 달려갔다. 그 여자를 위해서 어디론가 마냥 달리고 있다면 좋겠다고 생각했다. 달리고 있는 몸에 썩은 감정들이 달라붙을 자리는 없을 것이다. 그러나 약솜을 사가지고 왔을 때 그 여자는 없었다. 찢어진 통장의 종잇조각들만 마음의 쓰라린 파편으로서 땅바닥에 널려져 있었다. 나 역시 그 여자와의 완전무결한 메별(袂別)을 처음으로 실감했다. 증오의 고통도 함께 찢겨져버린 것이다.

(1977)

상실에 대한 다양한 변주
—김승옥의 소설들

사랑과 상실

김승옥 소설의 일관된 주제 중 하나는 사랑과 상실의 문제이다. 김승옥 소설의 남성 인물들은 대부분 사랑하는 대상을 이미 상실했거나 지금 상실하고 있는 중이며, 혹은 곧 상실할 예정이다. 이러한 상실의 상황과 예감에 맞서 그들은 각자 자신의 논리와 방식으로 최선을 다해 대응하는데, 그 과정 속에는 김승옥의 표현을 빌리면 "번득이는 철편이 있고 눈뜰 수 없는 현기증이 있고 끈덕진 살의가 있고 그리고 마음을 쥐어짜는 회오와 사랑"도 있다. 사랑하는 대상을 상실한 한 남자의 내면에서 진행되는 번득이는 철편과 눈뜰 수 없는 현기증, 끈덕진 살의와 마음을 쥐어짜는 회오와 사랑이 김승옥 소설의 내용의 전부라 해도 과언이 아닌 것이다. 따라서 이 인물들의 대응 과정과 논리를 확인하는 것이 김승옥 소설의 온전한 이해를 위한 올바른 첫걸음이 될 텐데, 이를 위해 가장 먼저 초점을 맞출 만한 작품은 그의 데뷔작이자 대표작 중 하나인 〈생명연습〉과 찬탄받아 마땅한 또 한 편의 수작 〈건〉이다.

상실을 통한 획득

〈생명연습〉과 〈건〉의 공통점은 남성 인물들이 쉽게 이해하기 어려운 비윤리적 행동을 서슴없이 선택한다는 점이다. 〈생명연습〉의 형은 어머니를 살해할 것을 누나와 어린 '나'에게 제안하며, 한 교수는 자신이 사랑하는 여인을 겁탈하고 버린다. 〈건〉의 소년 역시 자신이 사랑하는 윤희 누나를 윤간하려는 형의 계획에 적극적으로 가담한다. 이처럼 용서받기 어려운 비윤리적 행위의 근간에는 대상의 상실이 주는 충격을 최대한 완화하려는 그들의 필사적인 노력이 숨어 있다.

〈생명연습〉의 형이 어머니를 살해하려는 이유는 그것이 대상에 대한 최고의 사랑의 행위이기 때문이다. 전쟁 후 남편 없는 미망인이 된 어머니는 "마흔 살이라고는 해도 젊은 티가 남아 있는", "고생만 하지 않았더라면 스물이고 서른이고 마흔이고 그대로 남아 있을 단정한 용모"를 갖고 있었다. 그런 어머니가 남자들을 집으로 끌어들이기 시작하자 형은 '지옥을 지키는 마귀'처럼 변해버린다. 세 번째 남자를 집으로 끌어들인 날 아침, 마침내 어머니를 때리기 시작한 형은 급기야 '나'와 누나에게 어머니를 살해하자고 제안한다.

어머니의 외도는 그녀의 고결함과 단아함을 훼손하는 타락의 행위이기 때문에 그것을 막지 못한다면 형과 '나' 그리고 누나는 사랑하는 대상으로서의 어머니를 상실할 것이다. 그러한 상실을 막는 유일한 방법은 스스로의 타락을 두려워하지 않는 것이다. 대상을 정말로 사랑한다면 대상이 더 이상 스스로 망가지기 전에 그 대상을 파괴하고 살인자라는 오명을 뒤집어쓸 수 있어야 한다. 대상을 위해 고결한 행위를 하는 것보다 더 대상을 사랑할 수 있는 방법은 그 대상을 위해 타락한 행위도 마다하지 않는 것이다. 대상의 가치가 완전히 훼손되기 이전에 그 대상을 있는 그대로 박제할 수 있다면, 살인 행위는 잔혹하고 패륜적인 겉보기와는 달리 대상을 있는 그대로 보존하려는 고결한 행위가 될 수 있기 때문이다. 형에게 어머니를 살해하고자 하는 자신의 행위는 이처럼 최고도의 잔인함을 갖춘 냉혹한 행위인 동시에, 어머니의 구원을 위해서는 살인자이자 패륜아라는 오명 속에서 스스로를 완전히 지워버릴 준비가 되어 있음을 증명하는 무한한 사랑의 행위이다.

반대로 한 교수는 대상을 상실해도 좋은 것으로 만듦으로써 그녀를 상실하는 쪽을 택한다. 젊은 날의 한 교수는 영국 유학과 사랑하는 정순 사이에서 하나를 선택하지 않으면 안 되는 상황에 처하게 된다. 그가 "옥스퍼드제의", "성벽이 높은" '자기 세계'를 얻기 위해서는 그녀의 상실이라는 고통을 감당할 수 있어야 하는 것이다. 만일 그녀를 상실한 후 그 상실감의 충격 때문에 동요하게 된다면, 그는 그녀를 상실하는 것뿐만 아니라 그녀의 상실을 통해 지키고자 했던 '자기 세계' 그 자체를 모두 상실할지도 모른다. '자기 세계'를 유지하면서 그녀를 상실할 수 있는 방법은 그러므로 그녀의 상실 그 자체를 아무런 충격이나 불안도 불러일으키지 못하는 일상적인 사건으로 만드는 것이다. 그것을 위해 한 교수는 그녀를 범한다. 그녀의 처녀성을 박탈함으로써 그녀를 상실해도 좋을 평범한 대상으로 만든 후에 한 교수는 비로소 그녀의 상실이라는 사건을 동요 없이 맞이할 수 있게 된다. 이제 그녀의 상실은 자신만의 고유한 '자기 세계'에 아무런 위협도 가하지 못하는 일상적인 상실에 불과한 것이기 때문이다.

한편 〈건〉의 소년에게 형의 제안으로부터 비롯된 윤간 모의는 윤희를 훼손하는 일이 아니라 형을 망가뜨리는 일로 다가온다. 윤간 모의가 실제로 성사된다면 더 이상 윤희가 형에 대한 믿음을 유지하는 것은 불가능하다. 사랑하는 윤희가 "물이 증발하듯 어디론가 스르르 사라지리라는" 불안감은 그녀의 자신에 대한 호의가 형에 대한 관심으로부터 비롯되었으리라는 의구심에서 나온 것이다. 소년은 끊임없이 그녀의 마음이 자신을 향한 것인지 아니면 형을 향한 것인지에 대해 불안해한다. 그러한 불안을 해소할 수 있는 가장 좋은 방법은 형이 실제로 어떤 사람인지를 확인시켜주는 것이다. 그녀가 믿고 따를 만한 그런 사람이 아니라는 사실을 윤희에게 정확하고 분명하게 전달하는 것보다 더 확실하게 형을 물리칠 방법은 없다. 이것이 윤희에게 치명적인 상처를 주고 그녀를 완전히 상실하게 될지도 모를 일에 소년이 적극적으로 가담하는 이유이다. 윤간 모의의 성사는 자신에 대한 윤희의 궁극적인 사랑을 얻기 위한, 그녀의 '몸'만을 원하는 형과 자신을 구분 짓는 분리선을 확실히 하기 위한, 일종의 모험이라고 할 수 있는 것이다.

상실의 상실

〈생명연습〉의 형과 한 교수 그리고 〈건〉의 소년에게 상실은 새로운 대상 획득의 계기이기도 하다. 형은 어머니를 살해함으로써 완전히 타락하기 이전의 어머니를 박제된 대상 그 자체로 얻을 수 있으며, 한 교수는 정순을 범하고 버림으로써 상실의 충격을 최소화한 채 "옥스퍼드제"의 자기 세계를 얻을 수 있다. 그리고 〈건〉의 소년은 윤간 모의를 실제로 성사시키는 데 도움을 줌으로써 윤희 누나가 형에게로 사라질 것만 같은 불안감을 씻을 수 있다. 그러나 김승옥의 소설 속에서 모두가 상실을 통해 무언가를 얻을 수 있는 것은 아니다. 〈무진기행〉과 〈서울의 달빛 0장〉은 상실과 관련한 다소 다른 이야기들을 전달한다.

제약회사의 전무님으로 승진할 기회를 얻은 〈무진기행〉의 윤희중은 고향 무진으로의 짧은 휴가를 얻는다. 그는 무언가 중요한 일이 있을 때마다 무진으로 향하는 습관이 있는데, 이처럼 윤희중이 때마다 무진으로 향하는 이유는 한때 자기가 진짜로 존재했었다는 흔적을 확인하기 위해서라고 할 수 있다. 무진에서 그는 지금은 상실하고 만 진짜 자기 자신이 한때 분명히 존재했었다는 사실을 확인한다. 그러한 진짜 자신은 서울에서도 무진에서도 이미 사라졌으며, 그의 내면에는 껍데기만 남아 있다. 무진은 자신이 그러한 껍데기라는 사실을 상기시켜줌으로써 내면에 간직하고 있는 자멸의 욕망을 충족시켜줄 뿐만 아니라, 그 껍데기 이전에는 진짜 자기 자신이 존재했었다는 사실을 확인시켜줌으로써 이미 상실한 옛날의 자신을 얼마간 간직할 수 있게 해준다.

그러나 뜻하지 않은 하인숙과의 만남을 통해 윤희중은 지금까지의 자기 세계를 버리고 새로운 삶의 태도를 받아들일 것을 강요받는다. 윤희중이 밝힌 것처럼 어떤 의미에서 하인숙은 이미 윤희중 자신이거나, 혹은 적어도 그가 어렴풋이나마 사랑하고 있는 옛날 자신의 모습을 간직하고 있는 사람이다. 하인숙 역시 젊은 날의 윤희중처럼 〈어떤 개인 날〉과 〈목포의 눈물〉 사이에서 서서히 미쳐가거나 죽어가고 있는 것이다. 하인숙에게 졸업연주회에서 〈어떤 개인 날〉을 열창한 자신은 진짜 자기 자신이지만, 무진의 세무서장 응접실에 모인 시시한 사람들 사이에서 〈목포의 눈물〉을 부르고 있는 자신은 허깨비나 다름없는 자기 자신이다. 하인숙은 윤희중을 처음 본 그 순간부터 자신을 서울에 데려가달라고 부탁하는데, 이것은 물론 진짜 자신을 영영 상실하기 이전에 되찾고 싶다는 의지의 표현일 것이다. 윤희중은 그런 하인숙에게서 무진에 내려올 때마다 서서히 미쳐가거나 죽어가던 젊은 날의 자신을 떠올린다. 윤희중과 하인숙 사이에는 한때 무진에서 죽어갔던 사람과 지금 무진에서 죽어가고 있는 사람 사이에서만 느낄 수 있는 눈에 보이지 않는 공감대가 형성되어 있는 것이다.

이러한 선택의 상황에서 하인숙은 서울로 데려가달라는 자신의 부탁을 철회함으로써 윤희중과의 무조건적인 사랑을 결심하는 쪽을 택한다. 그녀는 무진의 윤희중 앞에서의 자신이야말로 자신이 그토록 되찾고자 노력한 진짜 자기 자신이라는 사실을 깨닫게 된 것이다. 자신이 예전에 간직했으나 지금은 상실했다고 생각한 '진정한 자아' 따위는 애초에 존재하지 않았으며, 자신이 잃어버렸다고 생각한 것은 사실 아직 그녀에게 실제로 나타난 적이 없었다. 윤희중과의 만남을 통해 비로소 그녀는 자신이 한때 간직한 적이 있다고 생각했던 진짜 자기 자신과 실제로 대면할 수 있게 된 것이다.

그러나 하인숙과 달리 윤희중은 그 선택으로부터 달아남으로써 자기 자신을 영영 상실하는 쪽을 택한다. 하인숙과 마찬가지로 윤희중에게도 이미 죽어버린 '자아' 따위는 존재하지 않는다. 하인숙에게 더 이상 〈어떤 개인 날〉을 부른 자기 자신이 의미가 없게 된 것처럼, 윤희중에게도 하인숙 앞에서의 자신이야말로 자신이 그토록 되찾고자 노력한 진짜 자기 자신이었던 것이다. 그러나 윤희중은 그녀를 영영 상실하는 쪽을 택하며, 그렇게 사라진 하인숙과 함께 그녀 앞에서의 윤희중 자신 역시 영영 사라져버리고 만다. 그러므로 윤희중이 옛날의 자기 자신을 실제로 완전히 잃어버리게 되는 것은 하인숙으로부터 달아나는 바로 그 순간이라고 할 수 있다. 그가 이미 오래전에 상실했다고 믿은 진짜 자기 자신은 사실은 하인숙으로부터 달아나는 바로 그 순간 그의 안에서 완전히 사라지게 된 것이다. 그는 하인숙을 잃어버릴 뿐만 아니라 그로 인해 자신이 오래도록 간직하고 있던 진짜 자기 자신을 완전히 상실한다.

김승옥의 마지막 작품으로 기억되는 〈서울의 달빛 0장〉에서도 주인공은 사랑하는 대상을 상실함으로써 자신이 상실을 통해 간직하고자 했던 진짜 자기 자신을 상실한다. 이 소설의 주인공인 '나'는 우연한 기회에 만나게 된 최고의 인기 여배우 한영숙을 사랑하게 되고 간절히 그녀를 졸라 결혼을 승낙받는다. 그러나 사랑하는 사람을 소유하게 되었다는 행복감은 오래가지 못하는데 그녀가 자신 몰래 매춘 행위를 해왔다는 사실을 알게 되었기 때문이다. 이 일을 계기로 둘 사이는 멀어지고 곧 이혼에 이르게 된다. 그러나 '나'는 그녀에 대한 사랑을 완전히 멈출 수 없다는 사실을 깨닫는다. '나'는 그녀를 완전히 상실하지 않기 위해 이혼 후에도 그녀의 아파트에 찾아가도 되는지를 묻는데, 이러한 제의에 아내는 싸늘하게 반응하고 '나'는 그녀와의 "완전무결한 메별"을 실감한다.

'내'가 아내의 아파트로 놀러가도 좋은지를 제안하는 궁극적 목표는 아내가 그것을 거절해주리라는 기대 때문이다. '내'가 원하는 것은 아내가 '나'의 제안을 거절해주는 것이다. 그녀가 '나'의 은밀한 제안을 수락한다면, '나'는 그녀의 음부를 다른 남성들과 공유할 수 있는 권리를 얻게 되는 대신, 그녀를 일시적으로 소유하는 다른 돈 많은 남자들과 다를 것이 없는 존재가 된다. 이것은 이혼과는 또 다른 의미의 상실이자 '내'가 가장 우려하는 상실일 것이다. '나'는 이러한 상실을 피하기 위해 이혼했으면서도 여전히 그녀의 단 한 사람의 특별한 존재이기를 원하는 마음에서 그녀를 시험한다.

아내는 '나'의 제안을 거절함으로써 지금까지 '나'를 깊이 사랑하고 있었음을 확인해준다. 그러나 '나'의 제안은 그녀에게 폭력적인 침입으로 기능하고, 그 때문에 그녀의 '나'에 대한 사랑을 상실하는 계기로 작용한다. 그녀가 지금까지 자신을 사랑하고 있었음을 확인하는 바로 그 순간, 역설적이게도 그것을 확인하고자 했던 '나'의 시도 때문에 '나'는 그녀의 사랑을 완전히 상실한다. 이러한 상실은 물론 말 그대로 '상실의 상실'로 기능하는데, 그녀와의 "완전무결한 폐별"은 '나'로 하여금 아내뿐만 아니라 '나'에 대한 그녀의 사랑까지를 결정적으로 그리고 절망적으로 상실토록 하는 것이기 때문이다. '나'는 아내를 잃어버렸을 뿐만 아니라 그녀의 유일한 사랑의 대상으로서 자기 자신까지도 완전히 상실하게 되는 것이다.

완전무결한 폐별

김승옥의 소설은 사랑하는 대상이 "물이 증발하듯이 어디론가 스르르 날아가버릴 것만 같은 느낌"으로 시작해서 그 사랑하는 대상과의 "완전무결한 메별"로 끝이 나는 긴 여정이라고 할 수 있다. 그사이 남성 인물들은 대상을 상실하고, 그 상실을 통해 무엇이나마 남기기 위해 애를 쓰고, 그러다가 결국 그 대상과, 대상과의 상실을 통해 획득한 그 무엇과, 그리고 자신만의 '자기 세계'와 완전히 이별하게 된다. 그러므로 〈서울의 달빛 0장〉을 마지막으로 김승옥이 더 이상 작품 활동을 계속할 수 없게 된 것은 일견 논리적인 일이라 할 수 있다. 사랑하는 대상을 완전히 상실하고 자기 자신마저 완전히 상실하게 된 이후 아무것도 가지지 못하게 된 사내에게 더 남아 있을 이야기가 무엇이겠는가. 김승옥은 자기 소설의 주인공들처럼 상실한 것들을 곱씹으며 조용히 침묵하는 쪽을 택한다. 마치 〈서울의 달빛 0장〉의 결말처럼 그는 자신의 문학과 완전무결하게 메별하지 않을 수 없게 된 것이다.

곽상순*

---

* 서강대학교 국어국문학과를 졸업하고, 동대학원에서 문학박사를 받았다. 서강대학교 국어국문학과에서 강의했으며, 현재 인천대학교에서 강의하고 있다.

1941년   12월 23일 일본 오사카에서 태어났다.

1945년   일본에서 귀국하여 전라남도 진도와 광양에서 잠시 거
주하다가, 1946년에 순천으로 이사했다.

1948년   여수순천사건이 일어난 직후 아버지가 사망했다. 3년
후, 한 살짜리 여동생마저 심한 열병으로 세상을 떠나자 인간과 죽
음에 관심을 가지기 시작했다.

1952년   월간《소년세계》에 동시를 투고하여 게재되었다. 순천
중학교와 순천고등학교에 입학한 뒤에도 수필과 콩트 등을 교지
에 실으며 꾸준히 글을 썼다.

1960년　서울대학교 문리대 불어불문학과에 입학했다. 문리대 교내 신문인 《새세대》 기자로 활동했고, 학비 마련을 위해 《서울경제신문》에 '김이구'라는 필명으로 연재만화 〈파고다 영감〉을 그렸다.

1962년　《한국일보》 신춘문예에 〈생명연습〉이 당선되었다. 김현, 최하림 등과 함께 동인지 《산문시대》를 창간하고 〈건〉, 〈환상수첩〉 등을 발표하며 본격적으로 작품 활동을 시작했다.

1963년　《산문시대》에 〈누이를 이해하기 위하여〉, 〈확인해본 열다섯 개의 고정관념〉을 발표했다.

1964년　《문학춘추》에 〈역사〉, 〈싸게 사들이기〉, 《사상계》에 〈무진기행〉, 《세대》에 〈차나 한잔〉을 발표했다.

1965년　거대 문명사회에서 소외된 인간의 상실과 비애를 담은 〈서울, 1964년 겨울〉로 제10회 동인문학상을 수상했다. 이후 〈다산성〉, 〈염소는 힘이 세다〉, 〈시골처녀〉, 〈내가 훔친 여름〉, 〈60년대식〉, 〈야행〉 등을 발표했다. 간간이 시나리오 각색을 하며 영화계와 연을 맺었고, 1968년 이어령의 〈장군의 수염〉을 각색하여 대종상 각본상을 수상했다.

1969년   본격적으로 시나리오 각색을 시작하여, 1975년 〈영자의 전성시대〉, 〈내일은 진실〉 등을 각색했다.

1977년   〈서울의 달빛 0장〉으로 제1회 이상문학상을 수상했다.

1979년   《문예중앙》에 옴니버스 형식의 소설 〈우리들의 낮은 울타리〉를 발표했다.

1980년   《동아일보》에 장편 《먼지의 방》을 연재하다가, 광주민주화운동 소식을 듣고 창작 의욕을 상실하여 절필했다.

1995년   프랑스 악트쉬르 출판사에서 《60년대식》이 번역, 출간되었다.

1999년   세종대학교 국어국문학과 교수로 부임했다.

2003년   오랜 친구인 소설가 이문구의 부고를 듣고 뇌졸중으로 쓰러진 뒤 투병 생활을 이어오고 있다.

2010년   순천에 '김승옥 문학관'이 지어졌다.

무진기행

초판 1쇄 펴낸 날 2017년 8월 15일

지 은 이   김승옥
펴 낸 이   장영재
편   집   백수미, 배우리, 서진
디 자 인   고은비, 안나영
마 케 팅   남성진, 김대성, 강복엽
경영지원   마명진
물류지원   한철우, 노영희, 김성용, 강미경

펴 낸 곳   (주)미르북컴퍼니
자 회 사   더클래식
전   화   02)3141-4421
팩   스   02)3141-4428
등   록   2012년 3월 16일(제313−2012−81호)
주   소   서울시 마포구 성미산로32길 12, 2층 (우 03983)
E-mail   sanhonjinju@naver.com
카   페   cafe.naver.com/mirbookcompany